目　次

［下巻目次］

岩波現代文庫／文芸 285

諧調は偽りなり（上）

伊藤野枝と大杉栄

瀬戸内寂聴

岩波書店

諧調は偽りなり

（上）

美はただ乱調にある。諧調は偽りである。

大杉　栄

1

今年の節分の頃であった。祇園《ぎおん》の末吉町のお茶屋「みの家」の二階で、私は自作の「京まんだら」が大阪の舞台にかかるというので、その宣伝のための記者会見に臨んでいた。

あまり広くもない二階は、二つの部屋の境の襖《ふすま》をとり外《はず》し、五十人くらいの人々がすし詰めになり、身動きも出来ないくらいであった。報道関係の記者やカメラマンがほとんどで、床《とこ》の間《ま》の側に並んでいるのは、原作者の私や脚色者や、演出家に、重な出演者の俳優たちであった。

「京まんだら」は祇園を舞台にして、京の四季の風物と、お茶屋の女将《おかみ》や芸妓たちの生活をないまぜたもので、ヒロインのお茶屋の女将というのが「みの家」の女将をモデルにしていた。劇場側では宣伝効果を狙《ねら》い、わざわざ記者会見も、舞台になる「みの家」でという運びになったらしい。

私が所用で少しおくれて着いた時は、すでに、女優さんたちと記者の間で話が弾《はず》んでいて、和《なご》やかな雰囲気がかもされていた。

型通りの原作者の感想や、舞台化への期待が問われ、それに私が答えてしまうと、その日の会見の目的は、ほぼ終ってしまった。

そこへ頃合を見計っていたらしく、女将が挨拶《あいさつ》に顔を見せた。

舞台で女将の役に扮《ふん》する木暮実千代さんがその時、真紅のロングドレスの膝《ひざ》をちょっとすすめるようにして女将に声をかけた。

「女将さん、甘粕《あまかす》大尉の恋文を持っていらっしゃるんですって……小説に書かれてるあれは本当のお話?」

「へえ、ほんまどす。『京まんだら』の中に書かれてるような男はんとの結構な目にはあまり逢《お》うてまへんけど、甘粕さんの話はほんまどっせ」

記者たちが急にまた色めきたってきた。

「甘粕って、あの大杉栄たちを殺した甘粕のことですか」

そう聞いたのは一座の中でも年輩の記者で、若い記者やカメラマンは、その名前から呼び覚まされるイメージはないようだった。

「へえ、そうどす。うちがお目にかかったのは、もう満洲へいてられて、満鉄のお仕事してられた頃どす。うちはまだ十七くらいの時どした」

それからひとしきり、記者と女将のやりとりがつづいた。話上手の女将の話に、記者がすっかり釣りこまれてしまった。

私は女将の話を聞きながら、同じ話を、やはりこの座敷で女将からはじめて聞いた時のショックを思い出していた。

「この床柱《とこばしら》がもし口がきけたら、そらもう、いろんな秘密を喋《しゃべ》りますやろなあ。経済界の内緒話から、政治の内幕から、軍の秘密やら、役者さんの密《みそ》かごとから、何でもこの床柱はのみこんでまっせ」

女将は、柔かな口調でゆったりいいながら、私の盃《さかずき》に酒をつぎたしていた。祇園を書くことを思いたってから、もう一年ばかり通い、ようやく、女将の口からぽつりぽつり、本音の話が聞かれればじめていた。

それでも女将が実名を出す客の名は、すべて故人になっている。戦争中の誰でも名を知っているような軍人や参謀や、政治家の名が次々出てくる中で、私が思わず膝を乗りだした名があった。甘粕正彦《まさひこ》憲兵大尉。

「甘粕がどうして」

私は息をのむような思いでつとめて平静をよそおい、女将に話をうながした。女将は今、記者たちに話しているのと同じことをその時も私に語った。

生家が没落し、十四で祇園のお茶屋に女中奉公に出た女将が、十七の時、客として現われた甘粕に逢《あ》った。

甘粕はいつでも数人の取巻きと一緒で、金の散じ方が気前よく、しかも、祇園で軽蔑《けいべつ》されるような成金趣味の途方もない使い方はせず、程《ほど》をよく心得ていた。それは、年季をかけ、遊び馴れた者でないと会得しないことだ。

芸者や舞妓の扱いも品がよく、芸者や舞妓を遊ばすことを心得た粋《いき》な客だった。

「何より、そらもうええ男ぶりのお方どしたえ」

女将は甘粕の美男ぶりを強調した。なぜか甘粕は美貌《びぼう》や芸達者の芸妓や舞妓には目もくれず、まだ垢抜《あかぬ》けない女中のちま子を格別贔屓《ひいき》にした。芸妓たちが嫉妬《しっと》するほど、他目《よそめ》もはばからないで傍《そば》に引きつけておきたがる。お茶屋としても、金放れのいい上、つれてくる客が、大臣や大将でなければ財界の大物というような、今を時めく人種ばかりなので、上客中の上客であった。甘粕が気に入っているなら、甘粕の座敷につきっきりでもよいということになり、ちま子は甘粕が来れば専属の女中になってしまった。

箱根や熱海への遠出にも、甘粕はちま子を必ず伴っていく。

満洲へ帰るときは、お茶屋へちま子の顔が立つよう十二分の金を置いてくれるし、ちま子自身にも手にしたこともないほどの大金を無造作に残していった。

「もう満洲へ帰るだけだから。帰れば向うに金はあるから、これは使いきっていいんだ。きみは何に使ってもいいが、必要ないなら、貯金しておきなさい」

ちま子は、甘粕がなぜ自分をそれほど可愛《かわい》がってくれるのかわけがわからなかった。

「うちのどこがよろしいんどっしゃろ」

不安になってきくこともある。

「色町の女という感じがしないところだよ。女は顔だけじゃない。女だって心がけ次第で一《ひと》かどのことは出来る。きみは利発だからきっと真面目にやれば、お茶屋の女将くらいには早くになれるよ。しっかりやるんだね」

という。早くに父をなくしていたちま子は、逢えば必ず説教めいた教訓を垂れる甘粕が父親のように頼もしくなつかしく思えてきた。

嫉妬した芸妓の誰彼から、そのうち甘粕は殺人者だと聞かされた。ちま子はそれを黙っていることが出来なかった。

「何だ、知らなかったのか。それは本当の話だよ。私は大杉栄と、野枝《のえ》と、大杉の甥《おい》の橘宗一《たちばなむねかず》という子供を殺して、軍法会議にかけられた。刑に服して出て来たんだ。おれは軍人だったからね。軍人は命令には従わなければならん。あれは上からの命令でやったんだ」

ちま子は黙ってしまった。子供まで殺さなくてもいいのにと思ったが口に出来なかった。

まるでその心を見抜いたように甘粕がいった。

「子供は可哀《かわい》そうなことをした。今でも可哀そうなことをしたと思う」

女将は私にそこまで語り、

「そのお話はそれっきりしかしいしまへんどしたけど、あれは日本のためやったんだといわはって、あんまり悪びれてもおいいしまへんどした」

といった。それから懐《ふところ》に手をいれ、帯の奥から何かをずるずる引きだしてきた。いくらか黄色くなった白羽《しろは》二重《ぶたえ》に包んだものは、甘粕からの手紙だった。三通のその手紙は、見事な流麗な達筆で、すべて巻紙に毛筆だった。中味は、さっぱりした文章で、情緒のこもったものではない。模範手紙文集の中の例文のような文章で恋文と呼べるものではなかった。しかし女将にとっては、体を大切にとか、風邪を引かないようにとかいう一言で、恋文のような感動を呼びおこす力を持っているようであった。

私はこの手紙を甘粕の手が書き、紙を指が巻き、この封筒にいれ、あるいは彼の唾で封をしたのかと思うと、胃の奥がしびれるような痛みを伴うほどの緊張が、湧いてくるのをどうすることも出来なかった。

写真で見た甘粕、軍法会議の調書で見た甘粕の供述、人々から伝え聞いた満洲での甘粕の言動……そのどれからも、なぜか私は甘粕正彦という人物の実体が摑《つか》みきれなくて苛立《いらだ》っていた。

どの場合も、私の思い描く甘粕の影像のまわりに、灰色の霧のようなものが立ちこめていて、甘粕の実像をおおいかくしているような気がしてならなかった。

今始めて、私は甘粕の呼吸を聞いたような感じがしてきた。甘粕のことは長い歳月、私の中で不気味《ぶきみ》な腫瘍《しゅよう》のように生きつづけていた。いつかは切除しなければならない存在なのに、その機会が摑めないでいたのだ。

昭和四十年の四月号から十二月号までの「文藝春秋」に、私は「美は乱調にあり」という小説を連載した。それは大杉栄と結婚し、関東大震災のどさくさの時、甘粕憲兵大尉の手で、大杉や、その甥の橘宗一少年と共に虐殺された伊藤野枝の短い生涯を書こうとしたものであった。

私はその小説を、当然、三人が虐殺されるところまで書くつもりで取りかかった。ところが現実では、私の小説は、大杉が「自由恋愛《フリーラブ》」という持論の実験に、妻の堀保子《やすこ》と、恋人の神近市子《かみちかいちこ》と、伊藤野枝の三人を愛し、その関係がこじれて、神近市子が日蔭茶屋《ひかげちゃや》で大杉を刺すという事件のところで終ってしまった。

その時点でも、伊藤野枝という野性の少女が、九州の片田舎《かたいなか》から気にそわぬ結婚生活をふり捨てて逃亡し、平塚らいてうの始めた「青鞜《せいとう》」に身を投じ、我国ダダイストの元祖と呼ばれる辻潤《つじじゅん》と結婚し、やがてアナーキストの大杉栄にめぐりあい、彼の「自由恋愛」の実験のメンバーの中に組み込まれ、辻とその子を捨て、大杉の許《もと》に走るという波《は》瀾《らん》に富んだ情熱的な生き方の中から、一人の目覚めた新しい女として、急速に成長していく過程は伝えることが出来たと考えていた。しかし、やはり作品が尻切れとんぼに終ったということは、気になっていた。

幸い「美は乱調にあり」は、単行本でも文庫本でも読者を得て、版を重ねつづけて今に至っている。読者からは、なぜ、日蔭茶屋事件で筆を折ったのかという質問を度々《たびたび》受け、後も書くべきだという勧誘や叱責ももらっていた。

私が日蔭茶屋で一たん筆を折ったには理由があった。

連載中、しきりに未知の人々から手紙や電話を貰《もら》い、その人々が口を揃《そろ》えていうことは、甘粕は誤解されている。彼は世間に伝えられているような悪人ではなく、実にいい人間で、満洲で自分は彼の部下だったけれど、温情を受け、あんなやさしい人間はいないと思う。というような類《たぐ》いのものばかりであった。彼等は揃って、「美は乱調にあり」で必ず書かれる筈《はず》の大杉たち虐殺事件の時、甘粕を従来のような見方で書かないでくれというのであった。

中には、仕事で知りあったテレビ局の局長や、編集長にまで、同じことをいう人があらわれてきた。

私はもちろん、自分の考えで調べるだけのことは調べていたし、甘粕という人間の置かれていた立場も認識しているつもりであった。

どんな理由にしろ、大杉たちを虐殺したのは彼なのだとしたら、その人物が他の人間に対して、如何《いか》に優しかろうと、温情にみちていようと、彼の犯した殺人罪が消えるわけはないのであった。

けれども、私はあまり次々押しよせてくる甘粕善人説を聞いているうちに、見定めていたつもりの甘粕像に黒い霧がかかってしまって、しっかりした影像が摑めなくなってしまった。どう払っても払っても霧は執拗《しつよう》に甘粕の影像をかくして晴れようとはしなかった。

そんな曖昧《あいまい》な人間の殺人の現場が、どうしても私には書けそうにない。思いあぐねた末、私は一応前編とするつもりで「美は乱調にあり」を手放したのであった。

もちろん、その後も、後編を書くべく、折にふれ、私は資料をためつづけていた。そして一日も早く、甘粕のイメージを、明確に自信を持って自分のものとすることが必要だと考えていた。

そんな時、思いもかけない場所で、思いもかけない人物から、甘粕についての話を聞かされたのだから、私の愕《おどろ》きも当然であった。

「京まんだら」に私は女将と甘粕の恋文のことも少しは書きこんでおいた。そのエピソードを入れることで、ヒロインにリアリティが出ると考えたからであった。

記者会見の席で女将の話が終ると、当然記者たちは、甘粕の手紙を見せてくれといった。

「すんまへんなあ、実はあんまり肌身につけてましたら、傷《いた》んできましたさかい、今は銀行の金庫に預けてしまいましてん」

一座がどっと笑った。その笑いの波がまだ収まらない時、木暮さんがいった。

「わたくし、戦争中、主人と満洲にいっておりましたでしょ。その時、甘粕さんは満映の仕事をしてらして、私たち大へんお親しくしておりましたのよ。そりゃ羽振《はぶ》りのいいお暮しでした」

私は思いがけない話になったので聞き耳を立てた。いわれてみれば、当然のことだが、まさか、今日、「京まんだら」の主演女優の口から甘粕のことを聞こうとは予測も出来なかった。

「自決した時も御存じですか」

「その場に居あわせたわけではございませんのよ。でも自決なさったことは事実でございます。それより、なくなられる前の日に、わたくしお目にかかっておりますの。突然、甘粕さんからお招きがあって、わたくしたち、在留日本人の奥さんたちがあの方のおうちへ集められましたの、もうソ聯《れん》が国境を越えてなだれのように入っていた時ですから、もちろん、わたくしたちも気が気じゃない時でした。甘粕さんは、わたくしたちが全員揃ったところで、こうおっしゃいましたの。みなさん、もうソ聯軍は明日にも新京へ入って来ます。みなさんは、覚悟を決めて、大和撫子《やまとなでしこ》らしく身を処して下さい。逃げるのも残るのもみなさんの自由です。こんなふうにみなさんと集れるのも今夜が最後でしょう。今夜は何もかも忘れて、うんと御馳走《ごちそう》をたべてパーティを楽しんで下さい。さて、今夜わたくしからみなさんにすてきなプレゼントをさしあげます。いいですか、わたくしが日頃宝石を愛して集めていたのを御存じでしょう。こうなってはもう宝石を持っていてもソ聯軍に奪われるだけだから、みなさんに形見にひとつずつさしあげます。さあ、それを聞くと、浅間《あさま》しいでしょう。わたくしたち、思わず嘆声を発しましたのよ。あの方が大へんな宝石道楽でいらして、いろんな宝石をたくさん集めていらっしゃるのはみんな知っていましたの。宝石だけじゃなく、何しろ、あの方はおしゃれさんで、着る物も、持ち物も、世界の超一流品で固めていらっしゃいました。女中さんがいつのまにか銀のお盆に赤いなめし皮のすてきな宝石箱をのせて目の高さにささげて入って来ました。

わたくしはその時、心の底で思いました。日頃、甘粕さんはわたくしのことを好意的に思って下さってるし、主人とも仲がよかったから、きっとわたくしにふさわしい宝石を下さるわ、ダイヤかしら、エメラルドかしらなんて、虫のいいことを思いめぐらせていました。明日死ぬかもしれないという時にでも人間って、ずいぶんのんきになれるものですよ。甘粕さんは、宝石箱から、すでに一粒ずつ白い紙につつんだ宝石を取りだされて、わたくしたちを一人ずつお呼びになって、御自分の手でわたくしたちの掌の上に、宝石をのせて下さいました。すぐ見たかったのですけど、帰ってから御らん下さいとおっしゃるものですから、みなさん、開けるのははしたないと思って、その晩は御馳走をいただいて帰りました。帰ってあけてみましたら、何の宝石だったとお思いになって？」

美しい女優は一気にそこまで見事な話術で人々を引きよせてきて、彼女の特徴の艶然《えんぜん》とした微笑を浮べて、一同を見廻《みまわ》した。そして声を一段落していった。

「青酸カリでした」

ため息のような凝《こ》った気配が座敷に湧いた。

「あの方が自決なさったのは、その次の日でした。せっかくのプレゼントを用いなかったので、わたくしは今こうして生きております」

かつて私が触った巻紙の感触が指の腹に疼《うず》くような気がしてきた。あの時以上に甘粕という人間の存在感が伝ってくる。同じ祇園のお茶屋の、しかも部屋まで同じ場所で甘粕大尉の亡霊があらわれたような気がして不思議であった。

甘粕の自殺は、様々な伝説を産んでいた。

中国の旧《ふる》い刑罰に手足を馬の足にしばりつけて、八つ裂きにするという残忍な方法があるが、甘粕は自決ではなく捕えられてその刑を受けたのだとか、割腹だとか、いやピストルでこめかみを打ちぬいたのだとか、死んだと見せかけたのは替え玉で逃亡したのだとか……。

「神近市子自伝・わが愛わが闘い」は昭和四十七年三月に発行されているが、その中に次のような一節がある。

――甘粕は三年の刑をすませるとまた兵役につき、大連あたりで大杉虐殺のようすを手柄話のように語っていたという。その後太平洋戦争が終わった日、彼は自殺し、平素その横暴を憎んでいた部下によって、死体は一寸刻みに寸断されたという。

私の読者の一人で、その現場に居合わせ、部屋の入口で阻止されたのを振りきって、自殺の現場にはいった人がいる。

「死体は非常にむごたらしい状態でした。しかし、それまでにうけた弾圧と乱暴の激しさ、あくどさを思うと、止められるのを押してはいり、さらにメッタ切りに刀を振るわずにはいられませんでした」――

その説は、満洲で甘粕と親しく接した望月百合子によって強く否定され、神近市子ともあろうものが、他人の言葉を鵜《う》呑《の》みにして調べもせず書き残すとは何事だと非難している。

様々な伝説が死にまつわる程、甘粕という人間は多角面を持った複雑な人物であったのかもしれない。

その上、甘粕たちの供述だけで、大杉たちの虐殺の模様も、真相は曖昧なままだったのが、当時の死体を検死した医師の診断書なるものが、半世紀ぶりにあらわれるという事件もおこっていた。

私は、もう、「美は乱調にあり」の後編を書くべき時が熟したのだと思った。

2

悲劇が起きる時、背景の時代を無視しては語れない。「美は乱調にあり」の中で、私は伊藤野枝と辻潤が運命的な出逢いをした明治四十四年春四月という時期を、特に取りあげて書いている。

——幸徳秋水《こうとくしゅうすい》たちの大逆事件の処刑が一月二十五日に行われ、まだ二カ月しか経たず、折からの万朶《ばんだ》の花の色にも、春風にも、死臭と血腥《ちなまぐさ》さを感じるような、かつてない無気味な底冷たい春だった——

という文章は、少々身ぶりが大げさだが、私の特にその時を伝えたかった気持はまちがっていない。

すべては、大逆事件に種が蒔《ま》かれていたといって過言ではないだろう。管野須賀子《かんのすがこ》をはじめわずか、四、五人の天皇暗殺計劃《けいかく》をフレームアップして、全国的に社会主義者を一網打尽に捕え、旧刑法第七三条の名に於《お》て、暗黒裁判を行い、十二人の死刑を執行してしまった。明治四十四年一月十八日に判決があり、一週間後の二十四日に十一人を処刑し、只《ただ》一人の女被告管野須賀子だけが翌二十五日に処刑された。幸徳秋水はじめ処刑されたほとんどは正常な裁判なら当然、無罪となる筈のところを、強引に罪に結びつけられてしまったのだ。

残った社会主義者たちは、先に赤旗事件で服役していた為、幸か不幸か、この事件にまきこまれないですんだという連中ばかりであった。堺利彦《さかいとしひこ》(枯川《こせん》)も、大杉栄も、荒畑《あらはた》寒村《かんそん》もそうして生き残った。とはいっても、大逆事件以後の政府の弾圧の手はきびしく、八方の道は固められ、何ひとつ政治的な行動は出来ないようにされていた。

春三月縊《くび》り残され花に舞う

と、大杉栄が詠《よ》んだ血なまぐさい春であった。それからつづく所謂《いわゆる》長い冬の時代の鬱屈《うっくつ》した心情が、必死になって大きな息をしようとあがいた時、「自由恋愛《フリーラブ》」などという遊びの中にさえ、突破口を需《もと》めようという焦《あせ》りが生れていたのだろう。

九州博多の今宿《いまじゅく》に生れた野枝が向学心に燃え、遮二無二《しゃにむに》東京の伯父《おじ》一家に懇願し、上京して、上野高等女学校に入学させてもらったのが、明治四十三年であり、辻潤がそこの英語の教師として就任したのがその翌年の明治四十四年であった。

野枝の家は祖父の代に没落し、父の代にはもう貧乏は底をついていた。頭がよく向学心に燃えていた野枝は田舎で平凡な暮しに入るなど耐えられないと思った。女学校時代、郷里でアメリカ帰りの末松鹿吉の長男福太郎と婚約し仮祝言《かりしゅうげん》までしていた。野枝はこの結婚を、顔も知らない男と親が勝手に取りきめたといっていたが、野枝の妹ツタ子の話では、野枝も承知で、結婚してアメリカに住むということに魅力を感じていたのだという。婚約以後の野枝の学資は末松家が出していた。

卒業と同時に野枝は福太郎と結婚したが、八日で婚家を飛びだし、上京して、すでに愛を感じあっていた辻潤の家に転りこんでいった。押しかけ女房の形で、そのまま潤と同棲《どうせい》したが、この事件で辻は学校をやめさせられ失業する。

二十八歳の辻の花嫁はまだ十七歳の稚《おさ》な妻であった。辻潤は早熟な文学青年で、辻の父は幕臣上りの法律書生で東京市の下級官吏になっていたが、潤が中学二年の時死亡し、それ以来一家の責任が潤の肩にかかり、中学も中退してしまった。

その後働きながら語学を勉強し、英語、フランス語を習い、和漢洋の書物を読破し、大変な博学だった。スチルネルに傾倒して個人主義的アナーキズムになっていた。ニヒルで屈折の多い文学青年だったが、野枝を教育することには生甲斐《いきがい》を感じ、妻というより生徒か同志のような教えぶりであった。潤は、野枝の可能性を引きだすためにはその頃発刊され世間の話題の的になっているらいてうの「青鞜」に入ることがいいとすすめた。野枝はすでに九州から逃げてくる時、手紙でらいてうに助けを需めていた関係から、「青鞜」とは縁が出来ていた。辻の家は潤の母がいたので、家事は母まかせで、野枝は独身のように身軽に「青鞜」に通った。

当時の「青鞜」は、平塚らいてうを中心に自己開発を目指す娘たちが集り固く結束していた。女の自我の自覚と自由への目覚めは、彼女たちをとり巻く厚い因習の壁に立ち向い、これを破ろうとしていた。

野枝はこの中で最年少者としてみんなから可愛がられ、自分も知的向上心を刺戟《しげき》され、大いに満足だった。そのうち、野枝は潤との間に長男一《まこと》を出産した。子供を背負っても、野枝は「青鞜」に通った。

潤は一度得た自由を放そうとはせず、失業以来、就職しないので、家の中は火の車であった。野枝にはやさしかった姑《しゅうとめ》も貧しさの前には神経をとがらせ、家の中は暗い争いが絶えなくなった。

「青鞜」ではらいてうが奥村博史《ひろし》と恋愛し、同棲するに及んで、次第に情熱が雑誌から自分たちの愛情生活の方へ移っていった。発禁がつづいたりしたことから、経営もずっと困難になってきた。らいてうは博史との結婚を「青鞜」紙上から「独立するに当《あた》つて両親へ」と題した父母あての公開状として発表した。

——私は現行の結婚制度に不満な以上、そんな制度に従い、そんな法律によって是認して貰うような結婚はしたくないのです——

といい、入籍などはしないと宣言した。また博史を紹介して、

――私の心を動かしたのは静かな、内気なHでした。私は五分の子供と三分の女と二分の男を有《も》っているHがだんだんたまらなく可愛いものになって参りました。そして姉や母の接吻《せっぷん》はいつか恋人のそれらしく変って行きました――

というようなもので、この結婚が、女が男に従属する結婚ではなく、女が優位から男を選ぶという新しい結婚の形を示している。尚《なお》、子供は今のところ産むつもりはないとも宣言する。

――Hはまだ独立もしていませんから、世間一般の考えから言っても子供を造《つく》る資格がありません――

ともいっている。そんな博史は、俳優の真似をしたりしたこともあるが、画家になろうとしている青年で、らいてうより年下であり若い燕《つばめ》ということばは、この二人の関係から生れた。

そんな頃、野枝の前に大杉栄があらわれた。

大杉栄は辻潤より一歳年下で、赤旗事件で出獄後、堺枯川たちと売文社などやっていたが、荒畑寒村と二人で「近代思想」を発刊して、重苦しい冬の時代に、革命の灯《ひ》を消すまいと努力していた。

野枝の名前だが、ほとんど辻潤が訳したエマ・ゴールドマンの「婦人解放の悲劇」が東雲堂《しののめどう》から出たのを、大杉は「近代思想」に取りあげ絶讃した。

そんなことから大杉は潤の親友の渡辺政太郎《まさたろう》につれられて、野枝を訪ねていった。初対面の二人はたちまち意気投合した。そこへ辻も帰って来て大杉と逢った。

大杉は堺枯川の妻の妹の堀保子と結婚していたが、「自由恋愛《フリーラブ》」という主張を唱えていて、人間は、多角恋愛をしてもいいと常々いっていた。大杉は友人の許婚者《いいなずけ》だった保子に横恋慕して、自分の着物に火をつけてくどき落したというような無鉄砲で情熱的なところがあった。野枝に一目惚《ひとめぼ》れしたが、辻の妻であるため一応はひかえていた。

野枝も大杉に強くひかれたが、たまたま、辻潤と自分の従妹《いとこ》との間に不倫を発見して逆上し、冷えかかっていた潤への愛を嫉妬から取りもどし、折から二人めの子供の出産もひかえていたので、辻といっしょに郷里の今宿へ出産のため旅立ってしまった。

その留守に、大杉は神近市子と恋愛関係におちいった。市子は、長崎生れで、活水女《かっすい》学校から津田英学塾を出た、当時としては最高のインテリであった。津田時代から「青鞜」に投稿していて、そのため、津田を危く退学させられるところであった。

それ以来ペンネームを使って「青鞜」に書いていたが、それがばれて、折角《せっかく》就職した弘前《ひろさき》の女学校を首になってしまった。

その後、「東京日日新聞」の婦人記者になり、男に負けない有能な記者として認められていた。

市子は友人の宮嶋資《すけお》夫夫妻に誘われて、大杉栄の主宰するサンジカリズム研究会に出かけて、大杉と親しくなった。それまで二度ほど大杉を記者として取材していたが、その印象はあまり市子にはよくなかったし、特に妻の保子の印象が悪かった。

ところが、サンジカリズムの会で逢った大杉は以前の印象を吹き消すほど男らしく魅力的で、市子に親しい口をきいた。

「やあ君だったのか。英学塾の生徒で、焼イモをかじりながら『近代思想』を読む人がいると、安成君がいっていたのは……」

焼イモの話はデマだったが、市子はいきなりそう語りかけてきた大杉の中に、これまでに感じたことのない親愛感を受けとった。

やがて大杉は、市子の下宿を訪れるようになり、泊っていくようになった。市子は妻の保子にこだわったが大杉は自由恋愛の実験をしているのだといって、

「君がついてこられないのは、思想的未熟のせいだ」

という。市子が悩みながら、大杉との次第に深まっていく関係に断ち切り難い未練を感じはじめた頃、九州から帰ってきた野枝と、大杉が恋愛関係に陥ってしまった。

大杉は野枝と接吻し、恋を語ったことをすぐ市子に報告した。市子は愕き、ただちに身を引こうとするが大杉は承知しない。

大杉のフリーラブの主張とは、
1　おたがいに経済的に独立すること

2　同棲しないで別居すること

3　お互いの自由（性的すらも）を尊重すること

というものであった。保子ははじめからそんなことは厭《いや》だと主張して悩んだし、市子も不満だった。そこへ野枝がついに下の子供をつれて辻の家を飛びだし大杉のところへ走ってきた。

大杉は仕事もせず三人の女を代《かわ》る代《がわ》るなだめすかしているため収入は全くなっていた。保子は大杉に養われている。野枝も目下一文なしで大杉に頼っている。結局、三人を養う費用は収入のある市子の負担になった。市子はこのスキャンダルのため、新聞社を首になった。それでも翻訳の仕事があったので収入は大して減らなかった。

大杉の愛は新しい野枝との関係に集中して、保子や市子は勢い愛のおこぼれを恵まれるような形になる。

野枝はこの事件を小説にして金にするといい、千葉の御宿《おんじゅく》の宿へ出かけるが、その費用も結局は市子の懐から出たものを大杉から貰うという形であり、しかも大杉は送っていって野枝との愛欲に惑溺《わくでき》して帰って来る。かと思うと一週間も待てずまた出かけて行く。野枝の仕事がはかどるわけもなく、大杉の仕事が出来るわけもない。

市子の不満は積《つも》り積ってきた。大杉の主張するフリーラブの原則を守っているのは市子だけで、他の三人は誰ひとり守っていないではないかというのが、市子の不平の根であった。

大杉ひとりのために出す金は、市子は一向に惜しくなく、むしろ喜びだったが、その金が働きもしないで、でれでれ大杉にまつわりつき大杉に仕事もさせない女たち、特に若い野枝のために費《つか》われるということは我慢がならなかった。しかも、市子が不平を訴える度、

「きみは一向に解《わか》らないが、野枝はよくフリーラブを理解している」

と大杉がきめつける。市子の憂悶《ゆうもん》はもう押えることが出来ないところまで積り積ってしまった。

たまたま、その頃、大杉は三百円の金を内務大臣の後藤新平から直談判《じかだんぱん》して手に入れることが出来た。

それを持って葉山の日蔭茶屋にこもり、今度こそ仕事をしようとした。勿論《もちろん》市子にもその計劃を話した。市子は、

「ひとりで?」

と訊《き》いた。彼女の気がかりはそれだけだった。大杉は言下に「もちろん」と答えた。ところがいよいよ出発の時、野枝がその頃茅ケ崎《ちがさき》に住んでいるらいてうを訪ねたいといいだした。らいてうから野枝は「青鞜」をゆずり受けて、今は責任者になっていたが、大杉との問題で、もう「青鞜」どころではなくなっていた。その言い訳もあったし、らい

てうから今の四面楚歌《しめんそか》の状態の中で、理解のある励ましがほしいという甘えもあった。

大杉は野枝をふり切れず、二人で出発した。

らいてうを訪ね、気まずい想いだけをして、二人はその夜から日蔭茶屋に投宿した。

金はあるし、東京を離れ、子供は今宿で里子に出してしまい、今は二人きりだった。野枝は帰りたがらず大杉の胸の中で燃えた。

翌日の夕方だった。二人で浜に遊びに出て帰り、風呂を浴び、野枝が双肌《もろはだ》ぬぎになって鏡台に向い、大杉がくつろいで机に肘《ひじ》をついている時であった。

「お客様でございます」

女中の声がしてふりむくと、蒼白な顔に特徴のある三白眼《さんぱくがん》を吊りあげた市子がそこに立っていた。

3

日蔭茶屋は、現在も、当時のままの場所にある。相州三浦郡葉山村字堀内と呼ばれていた地名が、神奈川県葉山町堀内十六番地と変っていても、建物の位置は動いていない。

三崎街道に面した古風な玄関の構えも、母屋につづいて南側に建っている白塗の土蔵の風情も、当時とほとんど変らないそうだ。

今は和風レストランとなり、道をはさんでフランス料理部も新設された当世風の経営が当り、大いに繁昌《はんじょう》しているが、旅館はやめているという。

角田庄右衛門《つのだしょうえもん》という古めかしい名前が、およそ不似合な、モダンで瀟洒《しょうしゃ》な当主の話では、旧い建物が広大すぎて、現在では消防法にかかり、引きあわない為、最近旅館はやめてしまったのだそうだ。

たまたま昼時に行き合わせたら、玄関から入ってすぐの庭に面した民芸風のインテリアの食堂は、どの卓もほとんどふさがっているという盛況ぶりであった。

「昔は、夏の避暑客だけがお相手で、夏場に一年中の稼ぎをしたものでしたが、今は東京から日帰りが出来るので、かえって一年中、お客が絶えないという形になりました」

という。創業三百年を誇っているが、明治のはじめまでは、街道沿いの立て場茶屋であったようだ。

明治二十二年横須賀線が開通し、御用邸がこの地に選ばれたりしたため、保養地、別荘地として急に注目されだしてから、日蔭茶屋も割烹《かっぽう》旅館になっていったものらしい。

明治二十一年発刊の「風俗画報」の江島《えのしま》(鵠沼《くげぬま》、逗子《ずし》、金沢)名所図会には、日蔭茶屋が描かれていて、現在の建物よりもっと広大な建物の棟《むね》が並んでいる。その外側を石垣と塀《へい》が囲んでいる。

北側の学校の校舎のように壮大な二階建が、現在も残っている北棟の建物と同じ形をしている。

道の片側は海がせまっていて、舟が岸についていたり、経木帽《きょうぎぼう》をかぶって泳いでいる人の姿も描きこまれている。人力車が何台も列《つらな》って走り、夏帽子をかぶり、こうもり傘を持ち黒紋付の夏羽織を着こんだ紳士が三人いる。その絵の説明に、

——今は昔軍見山《ぐんけんざん》の山陰に些《いささ》かなる茶店ありき、鎌倉より三浦三崎の往還とて、日々往復するもの、此《この》茶店に憩《いこ》いて、昼飯をしたためける、三崎よりするも鎌倉よりするも、殆《ほと》んど道程《みち》の中央《なかば》なればにや、誰れ彼となく休憩《やすむ》こととしつ、いつしか隠れなきものにせられつる、欺《か》くて海水浴場の開くるに従い、純然たる旅館となり、一大宏楼を起す、日蔭茶屋を知らぬものなし。

東京或は横浜《はま》より来て、別荘の用意などなき人々は、概《おおむ》ね此茶屋に宿するか、さなくば別項に記したる、養神亭、長者園に投す、此日蔭茶屋は外国人を迎うるの準備も聊《いささ》か整い居れば、時たま碧眼《へきがん》紅毛の客を見ることあり。宿泊のみならず、料理をも営めば、何《な》んのこともなし、手を三つ鳴らせば、鮮肴《せんこう》佳酒立《たちど》ころに呼ぶを得べく、涼風欄を吹いて衣袂《いべい》為めに湿《うるお》い、前面は開く遠浅の海水浴場、豆相の翠巒《すいらん》煙の如《ごと》し——

と、ある。

明治三十年一月に「読売新聞」に書いた川上眉山《びざん》の「ふところ日記」には、一月三日の夜、日蔭茶屋に投宿し、酒を呑《の》み、十畳の間で泊ったとある。

夏目漱石も家族づれでよく長逗留《ながとうりゅう》したため、久米正雄の「破船」や松岡譲《ゆずる》の「憂鬱《ゆううつ》な愛人」などの舞台になっている。

大杉はその以前から、日蔭茶屋を仕事場のようにして、原稿がたまると、一週間ほど泊りこんで仕事を片づける習慣になっていた。

——お寺か田舎の旧家の座敷のような広い十畳に、幅一間程の古風な大きな障子の立っている、山の直《す》ぐ下の其《そ》の室だけでも、まだ僕を引きつけるには十分だった。——

(「お化けを見た話」)

と書いているから、川上眉山が泊った部屋と同じだったのかもしれない。

「入口のあたりは、ほとんど変っていません。そこに女中部屋があったのです」

当主の生れる前からここにいるという旧い番頭さんが教えてくれる。大きすぎて使えなくなった旧館は間もなく建てかえるしかないという。小ぢんまりした離れふうの幾棟かに分ければいいのだそうだ。こわされないうちに見ておこうと、強引な頼み方で案内してもらい、事件の後三、四年して女中に入り、今も健在なおしずさんという人が案内してくれる。もう七十三歳だというが、若々しく、はきはきしている。

「まだわたくしのまいりました頃は、女中たちの間で、その時の話がよく出ていました。

　大杉さんは、後に逗子の新宿へお住みになりましたから、ここへもよくお見えになりました。

　魔子《まこ》ちゃんをおつれになりましたが、奥さまの野枝さんにはお目にかかったことございません。それはもう堂々とした、色の黒い目の大きな、魅力的な方でございましたよ。おやさしい方でした。私共女中たちもみんな大杉さんにはなついておりました。あの事件の後は一週間くらいは、それはもう大変で、お商売にはならなかったと、その頃いた女中さんたちがよくいっておりました」

　使ってないので埃《ほこり》だらけだけれどといいながら、案内してくれる。玄関の横を左に上ると、すぐ階段がある。それを上って二階に行けば、左側に部屋がずうっと並び、前に廊下が通っていて、庭に面している。

「みんなこれと同じように一間きりで、次の間つきというのはなかったのです。まああの丸太の桁《けた》を見て下さい」

　おしずさんに指さされて見上げると、廊下の窓の上につぎ目のない大丸太の桁が一本すうっと通っている。この茶屋の山から採ったものだという。

　廊下の端までいったら、また階段がある。今はそこまでで行き止りになっているが、当時はそこから更《さら》に奥に別館があって、そこに大杉のお気に入りの部屋があったのだという。

それはもう取りこわしてしまっている。あれば、裏山に一番近く、日蔭茶屋の奥の院といった場所で、たしかに最も静かなところだっただろう。窓からは、広い庭と山が見渡せた筈である。

庭におりて見ると、あきらかにそこから切りとったような壁や屋根が目についた。私は今出て来た建物を見上げ、あの長い廊下を、女中のげんに案内されて、大杉と野枝のいる部屋へ乗りこんでいく市子の胸中を思いやった。

「神近市子自伝・わが愛わが闘い」によれば、大杉栄の「種の起源」の原稿料が入ると知らされた翌日、福四万館《ふくしまかん》に電話して、二人が留守なのを確めたとある。しかし、この時点ではすでに大杉と野枝は部屋代未払いで宿を追われて、仕方なく大石七分《しちぶん》の紹介で、本郷の菊富士ホテルへ投宿していた。市子の記憶ちがいだろう。

本郷三丁目から七十米《メートル》ほど赤門の方へ進み、文京センターの角を左へ折れると菊坂がある。文京センターは戦前の燕楽軒《えんらくけん》のあとである。

燕楽軒といえば、若き日の宇野千代がほんのしばらく勤めていた所で、これも若き日の今東光《こんとうこう》や、尾崎士郎や東郷青児が通ったレストランである。

道の両側は様々な商店が押しあうように軒を並べたどこにでも見る通りで、最初の四つ辻を右へ、急勾配《きゅうこうばい》の坂を上りつめ、坂の上の駐車場の横を左に入ったつき当りに、黄色い鉄筋コンクリートの建物がある。オルガノ商会というその建物の場所が、当時の菊富士ホテルの跡だ。

　私は以前、菊富士ホテルを舞台にして「鬼の栖《すみか》」という小説を書いている。その時、取材のため、今、水上《みなかみ》にある菊富士ホテルへ往き、現在の当主の羽根田《はねだ》富士雄、延子夫妻にお逢いして、当時の思い出を色々語っていただいた。

　菊富士ホテルは、富士雄氏の両親の幸之助、きく夫妻が始めた菊富士楼という下宿屋が次第に発展していったもので、日本の文壇史に欠かせないほど、このホテルには文士や芸術家が投宿したものであった。ざっとあげても宇野浩二、正宗白鳥《まさむねはくちょう》、三宅周太郎、石川淳、増富平蔵《ますとみへいぞう》、三木清、福本和夫、谷崎潤一郎、宮本百合子、湯浅芳子、広津和郎《かずお》、高田保《たもつ》、直木三十五《さんじゅうご》、竹久夢二と恋人のおかね、坂口安吾、宇野千代、尾崎士郎、矢田津世子、大石七分、田中純、役者の片岡我童《がどう》、中村雀右衛門《じゃくえもん》等々であった。そこへ大杉、野枝も転げこんだのだった。

　大石七分は、紀州新宮の出で、大逆事件で、幸徳秋水や管野須賀子と共に処刑された大石誠之助の甥に当る。長兄は文化学院の創始者西村伊作であった。上京して堺枯川の売文社へ出入りしたりしていたので、大杉とも知りあっていた。

　七分は西村家からの庇護《ひご》で生活は楽であった。大杉と野枝が福四万館を追われて困っていたのを見かねて、菊富士ホテルへ誘ったのだった。菊富士ホテルは、何もかも大ざっぱで、部屋代の取立てもきびしくなく、新聞代から煙草代《たばこだい》、店屋物の代までホテルが立替えてくれるので、当分は一文無しでも暮していける。大杉がこのいい話に飛びつかない筈はない。「鬼の栖」には富士雄氏に取材したところを書いてある。

――富士雄夫妻の居間の壁際に、古風な鍵金具が引出しの一つ一つについた骨董品《こっとうひん》的な手簞笥《てだんす》がある。白木地が歳月にくすんで鼈甲色《べっこういろ》になっている。重々しい金具の黒光りにも味があって趣が深い。船簞笥よりいくらか大きく普通の整理簞笥よりいくらか小さめのそれに目をとめた私に、富士雄氏が気づいた。

「ああ、当時の物といってはこの簞笥くらいが名残でしょうか。これは私の生れる前からあって、本郷の菊富士時代もずっと茶の間で使っていました。」――略――

その引出しの中に、止宿人の部屋代もおさめられたし、止宿人の借用証もしまわれていた。止宿人の中で金払いのいいのは、普通より高い下宿代を構わず住む高級官吏や高級会社員くらいで、学生たちは資産家の息子たちが多くてもたいてい月末は小遣いが足りなくなり、下宿代を払うかわりに借金を申し込みに茶の間のきくを訪れるという次第だった。

きくはそんな時、いつでも気前よく、懐のがま口や、この小簞笥の引き出しから、

「なんぼかいなあ」

といいながら金を出して貸し与えた。払える時がきたら払うだろうというのがきくのい

い分で、部屋代は勿論、下宿人の借金の催促もしない。主人の幸之助がしぶしぶその役を買って出ることになるけれど、これがまた一向に押しがきかない――

そんな下宿は大杉にとってはまさに天国だったにちがいない。

「一番払ってくれなかった筆頭が大杉さんでしたね」

富士雄氏は笑っていった。幸之助がたまりかねて、大杉の部屋におもむき、

「ねえ大杉さん、あんたは社会を改革するとか、貧乏人の味方をするとかおっしゃっていなさりながら、わしらのようなけちな下宿屋の下宿代をふみたおして泣かせるというのは理屈にあわぬことではありますまいか」

とねじこむと、

「すまん、すまん、出来たら払う。その証拠にじゃ証文を書こう」

といって、さらさら証文を書き、それで終りだ。その後は、催促される前に借用証書を自分の方からさっさと持ってくる。まるで現金のように堂々とその紙片《かみき》れを出されるので、つい、その気勢に負けて、幸之助の方で、

「はい有難《ありがと》うございます」

とお辞儀までして受けとってしまう。

一番下の引出しが大杉用で借用証書が束になって入っていたが、幸之助がある日、かんしゃくをおこして、みんな焼いてしまった。幸之助の焼いたものはこれだけでなかっ

た。竹久夢二も一向に払わない組で、かわりに油絵の美人画を一枚描いてくれたが、夢二の出ていった後押入れに山のように残っていた反古《ほご》も焼いてしまった、どの紙にも夢二美人がデッサンされていたが、虫の居所の悪かった幸之助は、大杉の借用証書のように、風呂場の釜に叩きこんで一枚残らず焼き払ってしまったという。

大杉と野枝が菊富士ホテルに入ったのは大正五年の十月頃だろう。

二人は女中たちの目にも羨《うらや》ましいほどの仲のよさで、二階の三十四番の部屋は、新婚の愛の巣のようで水いらずでひっそりと終日寝てばかりいたという。ちょっと買物に出るのも散歩も必ずつれだっていて、風呂に入るのもいっしょだった。近藤富枝さんの「文壇資料菊富士ホテル」によると、一階玄関の後側にあった風呂は、四、五人は入れる広さであったが、大杉と野枝はいつもいっしょに入るので、その時は風呂番の亀さんが、女入浴中の札を入口にかけておく習慣になっていたという。

「野枝さんて人はちっともきれいな女じゃなかったですよ。何だか薄汚いような感じで、だらしのない風をしていましたね。どうして大杉さんがあんなに夢中になるのか不思議なくらいでした」

と富士雄氏は語っていた。

「しかしさっぱりした飾り気のない、人柄はいい人でしたね」

大杉たちが来るとすぐ、本富士署から刑事が来て、大杉たちの隣りの部屋を貸せという。断るとそれからは毎日やって来て、応接間で見張りをする。大杉が動かないと彼等も動けないので、羽根田家の子供相手に遊んだり、茶の間で茶をのんで世間話をしたりして時間つぶしをする。大杉がまた無類の子供好きなので、刑事と子供たちが遊んでいると、自分もつい仲間に入り、剣玉《けんだま》をとりあげて上手にやってみせたりした。子供は大杉にたちまちなついて、大杉と遊びたがった。子供を中にして、大杉と尾行も仲よくなってしまったという。その後は大杉は尾行に予定をつげ、買物をやらせたり、荷物を持たせたりして適当に使っていた。

外から見れば蜜月の甘い二人の生活も、無収入に追いつめられて、愉《たの》しいばかりではなかった。村木源次郎が見かねて、食事の差入れをしていたと近藤憲二氏の「一無政府主義者の回想」にはあるが、菊富士ホテルは、食堂へ下りてさえいけば、下宿代を払っていようがいまいが、誰でも赤い御膳につけて、普通よりは上等な食事をたべ放題という構えだったので、むしろ食物ではなく、他の雑品とか金銭の差入れであっただろう。

同書の中で近藤氏は野枝を、

――正直にいうと、野枝さんは美人という部類ではなかった。色は小麦色の方であり、小柄でもあった。日によって、むしろむさく見えたりもした。しかし、日によっては、生き生きと見えることがあった。そういう意味で、変化のある人であった。生き生きと見えるときには、ちょっと奥まった目が、くるくるとして、ことにその特徴である目尻の皺《しわ》が笑って見えた。南国風の、九州人らしい顔であった――といっている。近藤憲二氏のいうドン底時代の中で、大杉も野枝もこうして二人が暮していることが最上と思っていたわけではなかった。野枝は御宿の宿にこもって「青鞜」時代を小説に書き、「大阪毎日新聞」に売りこんで金を手に入れるつもりだったのだが、文芸部長の菊池幽芳《ゆうほう》から、

「内容が個人的すぎる」

といって不採用になって返された。それですっかり金策がとだえていたので苦しんでいた。

二カ月ほど九州へ帰り、叔父《おじ》の代《だい》準介に金策を頼んだり、何とかして大杉の出したがっている雑誌の費用を入手しようと奔走したが、すべて失敗して、結局は大杉の、

――ほんとに僕は、幾度もいったことだが、こんな恋はこんどはじめて知った。もう幾カ月もの間むさぼって、それでもなお少しも飽くことを知らなかったのだ。むしろ、むさぼるだけ益々もっと深くむさぼりたくなって来るのだ。そしてむさぼることに何等の自制もなくなっている程なのだ。――略――

しかしね、野枝子、もしうまくいかなかったなら、あせったりもがいたりするよりも、何よりもまず早く帰っておいで。野枝子自身のことは二人で少し働けば直ぐにも何とかなるのだ。あとの目的の方だってもう少しの間待てばいいのだ。――略――

とか、

——帰っておいで。早く帰っておいで。一日でも早く帰っておいで——

というような大杉の手紙にうながされて、帰って来てしまう。落着くところは大杉の部屋しかなかったのだ。

野枝は、自分が本気で力強く大杉との恋に進めば、保子も市子も退け得るという強い自信を持っていた。ところが、

——大杉さんとの愛の生活が始まりました日から、私の前に収まっていた心持がだんだん変ってくるのが、はっきり分りました。前にもいいましたような傲慢《ごうまん》な心持で、保子さんなり、神近さんなりのことを考えていました私は、二人の方のことを少しも頭におかずに、大杉さんと対《むか》っている事に平気でした。そうして、私がその自分の気持に不審の眼を向けましたときに、またさらに違った気持を見出しました。「独占」という事は私にはもう何の魅力も持たないようになりました。吸収するだけのものを吸収し、与えるものを与えて、それでお互いの生活を豊富にすることが、すべてだと思いましたときに、私は始めて私達の関係がはっきりしました。

たとえ大杉さんに幾人の愛人が同時にあろうとも、私は私だけの物を与えて、ほしいものだけをとり得て、それで自分の生活が拡《ひろ》がってゆければ、私には満足して自分の行くべき道にいそしんでいられるのだと思います——

と考えるようになっていた。言葉通りのような整然とした気持でなくとも、少くとも野枝がこの時点(一九一六年九月)で、大杉のフリーラブの思想に殉じようとしていたことは察しられる。そういう野枝を、大杉は野枝の発展的変化、あるいは目を見はる成長と受けとめて、市子に、「きみはわからないが野枝はわかっている」と繰りかえし、市子の自尊心をより一層傷つけてきたのだった。

4

市子は、青鞜時代、野枝との出逢いの頃のことを書いているが、洗髪で浴衣《ゆかた》に細帯という姿の野枝の初対面の印象に好感は持てなかったようで、小柄で野の匂《にお》いのするような、今ならすぐ好きになりそうな人柄だといいながら、その頃の野枝をどうしても好きになれなかったといいきっている。

――私と伊藤野枝女史は、ほとんど対蹠的《たいしょてき》な過去と性格を持っていた。早熟で才気ばしっていて、小さな身体に似ず、思いがけない大胆さを発揮出来るのが野枝女史であり、年上で身体も大きいのに、臆病《おくびょう》で魯鈍《ろどん》で神経質なのが私だった。その二人が困難な関係につながれ、無理なポーズを見せ合わなくてはならないのだから、敵意はたがいに強く、調和できないのが当然だった――（「多角恋愛」）と、後年市子は回想している。

市子は保子についても終始好感は抱いてはいなかった。婦人記者時代に、大久保の大杉家へ取材にいった時、質問の意味をとりちがえた保子が、いきなり憤然として横からくってかかり、余計なことを言わずさっさと帰れと罵《ののし》ったというのである。おとなしい、しかし物わかりのいいと伝えられている保子像とはあまりにもちがうその保子に愕かされる。保子も本能的に、インテリで自信たっぷりに新しい女の先端を切って婦人記者としてあらわれた市子に、嫌悪とコンプレックスを感じたのであろうか。

二度めに市子が今度は四谷見附のあたりに移っていた大杉家をやはりインタビューにいくと、保子は出て来ず、大杉が「茶をくれ」とどなると、しばらくしてようやく持って来た茶を、市子の前にも置いたが、ほとんど色のない出がらしのような茶であったと、市子は書いている。

保子も保子なら、市子もまた初対面から保子を好感の持てない女として、断定していたようである。

お互い虫が好かない女三人が一人の大杉をとり囲んでフリーラブを実践しようというのだから、本質的に無理があったのだ。それでも市子は、誰よりも強い筈のプライドを捨て、この卍《まんじ》ともえの恋愛の乱れを解きほぐす糸口を得ようと苦しみ、保子をこっそり訪ねていってさえいる。

野枝に大杉を奪われ、そのくせ金ばかり取られる立場の自分と、本妻でありながらないがしろにされ、家にもよりつかなくなった大杉を待つ保子は、野枝という共通の敵を持つ被害者どうしのような気がして、その被害者どうしが傷をなめあい、なぐさめあい、野枝から大杉を二人の手に取りもどす方法はないものか。そんな感傷がなければ、市子はのめのめ保子の許に相談になど出かけなかっただろう。それに保子の生活費も今では市子が出しているという自負が、市子の行動に、ある種の自信を与えていたかもしれない。保子は少くとも自分よりもっとみじめな存在だという考えが市子の態度を不遜《ふそん》にしていたかもしれない。

保子はこの時、市子をけんもほろろに扱い、

「自分でしでかしたことは自分で解決したらいいでしょう」

と冷淡に扱った。市子はこの言葉にどれほど屈辱を受けたか想像に余りある。

大杉一人が、何とか三人の女を引っぱっていこうとしても、女たちがお互い、心の底で憎悪し嫌悪しあっているのだから、所詮フリーラブの夢物語など実現する筈はなかったのである。

なぜ大杉は最後の最後まで、三人の女の誰をも捨てようとしなかったのか。大杉の多情というより、案外大杉の気の弱さと優しさの結果ではなかっただろうか。

保子が苦しんで泣けば自分もその膝にとりすがっていっしょに泣いてやるというよう

な大杉の優しさが、かえって女たちをジレンマに陥れ、破局にひきずりこんでしまう結果になったのだろう。冷酷さも人を殺すが、節度のない優しさも人を殺す凶器になることがある。人の心を傷つけることに弱い大杉の優しさは煎《せん》じつめていけば、人を傷つけることによって、自分が傷つく痛さに耐える勇気がなかったとはいえないだろうか。

外見から、論説から、行動から、どこを押しても男らしさしか見せない大杉の心の底に、幼児性がひそかに温存されていて、女たちに甘えの形であらわれる。年上の保子はいつでも母のように自分を包み、母がどんな子供のわがままも非行も許すように、許してくれることを望んでおり、三つ年下にもかかわらず男並の教養を身につけ、社会に出て堂々と男と並び生活力を発揮出来る市子は、姉のように、いつでも自分の非をかばってくれ、わがままに寛大であってほしいと甘える。そんな甘えがありながら、女たちを統率し、引きずってゆかなければならない大杉自身の中の矛盾も、当然、一触即発の危機感にまで押しつめられていた。

市子は、大杉がどこからか大金を入手し、ひとりで仕事に行くとつげに来た時、

「その時私も一日だけつれていってね」

と頼んだ。大杉はその時約束しておきながら、市子には無断で出発し、野枝を伴っていたのだ。行先は日蔭茶屋だと、菊富士ホテルの女中から聞きだした市子は、その足で二人の跡を追わずにはいられなかった。出かける時、市子はほとんど無意識に、この頃す

っかりなじみになっている短刀を手さげ袋の中に入れていた。大杉の愛を見失いそうな憂悶の日々の苦しさの中で、ある夕暮、日本橋の刃物屋で需めたものであった。苦しい時、その冷い刃《やいば》を見つめていれば、燃えあがる嫉妬の炎も、静められる気がした。いつでも死ねる。死ねばこの苦しさから逃れられる、そう刃の冷さに向ってつぶやく時、市子の絶望感にある種の安らぎが訪れていた。

日蔭茶屋の玄関で、

「大杉さん御夫妻が見えていないでしょうか」

と、つとめてさりげなく女中に訊いた時は、まだ市子は、大杉ひとりならいるという返事を必死の願望の中で待っていた。

「ええ、昨日からいらっしゃいますよ」

女中は愛想のいい声と物腰でいい、いそいそと先に立って案内していく。長い二階の廊下を、市子は自分の足がどう踏みしめているのか覚えもなかった。ここで、裏切りを見届けた以上、このまま逢わずに引きかえせばいいのだという声が市子のどこかから聞えてくるが、市子の足はその声を無視するように、ただ前へ前へと踏みだしていく。自分が見えない糸に引っぱられている頼りない孤独な凧《たこ》のように思えてくる。

部屋の襖は開いていた。湯上りの上気したさっぱりした顔で、くつろいでいる大杉が、卓の向うから真正面に市子を見た。窓ぎわの鏡台に向って銀杏返し《いちょうがえし》に結った野枝が双肌ぬぎのまま、鏡の中に市子を捕え、露骨に不愉快な表情をした。

それからのことは大杉が「お化けを見た話」にくわしく書き、市子は後年になって「わが青春の告白」の中に自分の立場から書いている。

仕方なく三人で食卓を囲んだが誰も食欲はない。食事が終ると、野枝がそそくさと立ち、帰るといった。誰もそれを止めなかった。残された二人におだやかな会話のあろう筈はない。市子はどうしても裏切られたぐちを訴えずにはいられなくなる。大杉は風邪気味だといいさっさと床に入ってしまった。

もう帰りついた頃と思う時間、野枝が電話をかけてきた。ホテルの鍵を忘れたから引きかえした、逗子の駅まで大杉に持ってきてくれというのだ。

思い切りよく二人を残して出たものの、野枝も嫉妬で二人のことを思い描くと胸がおさまらなくなってくる。大杉もいくら市子に踏みこまれたからといって、自分が帰るのを止めようともせず、送っても来ないというのはどういうことか。野枝はいたたまれなくなって、横浜で列車を飛び下りると、すぐまた逗子へむけて引きかえしてきた。駅から電話をした。鍵なんかどうでもいいことだ。ホテルにはマスターキーがある。口実は市子へのものだ。

大杉が駅へ着くと、野枝は泣いたような顔で、ぽつねんと待合室に坐《すわ》っていた。顔を見るなり、

「もう汽車はないわ。あたし、どこかで宿を探すから」

とやけっぱちないい方をした。大杉は、風邪気味もあって、いつもより言葉少なに、とにかく、もう一度日蔭茶屋へつれ帰ろうとした。

「市子さんが承知しないわよ。あの怖《こわ》い目を思いだしただけでもぞっとする。殺されるわ」

殺してやると市子が大杉に逢う度いいはじめたのは、最近のことだった。人前でも興奮すると市子はそういった。野枝もそのことを大杉から聞いて知っている。

「話せばわかる女だよ。とにかく、このままじゃ三すくみでどうしようもない。いっそこうなったら、三人がいいたいことを遠慮なく話しあって解決の道を見つけるしかないさ」

「そんなこと出来るもんですか、あの人の形相《ぎょうそう》じゃ聞く耳持たないわ」

大杉は野枝の手を摑むと無言で歩きだした。車はもうなかった。

その夜、市子を中にはさんで三人が三人とも身じろぎしないような堅さで眠り、朝を迎えた。話しあうどころか、空気はいっそう冷えきって取りつく島もなかった。

野枝は起きると早々に約束通り、引きあげていった。

凶行はその夜、午前三時頃に起った。

〈大杉栄情婦に刺さる

被害者は知名の社会主義者
兇行者は婦人記者神近市子
相州葉山日蔭の茶屋の惨劇〉

という大見出しで「東京朝日新聞」はこの事件を報じている。

私は「美は乱調にあり」の最後の章をこう結んだ。

――「ね、私たち、話しあう方がいいと思うわ」

口をきってしまうと、市子は押えきっていた激情があふれだし、自分を押し流すようなめまいを覚えた。受けた汚辱と、屈辱のすべてを押し流す力がほしかった。

「もうこれ以上、がまんならないわ。今となってはあなたは私にいうべきことがあるはずよ。たとえば……自分が誤っていたとか」

「がまんならないなら、勝手にすればいいじゃないか。こっちに何もいうことがあるものか、好きにするさ」

「こんな堕落《だらく》しきった私たちの状態に責任を感じないというんですか。野枝さんが何です。あなたはふた言めには彼女は理解している、成長していると言いつづけているくせに、仕事をしにくるあなたにしがみついてでれでれついてくるというのは何です。どこに理解や成長があるんです。働きもしないであなたや保子さんの経済生活に厚かましくあぐらをかいている。自分ひとりちゃらちゃらしたいい着物を着て、髪なんか結って彼女のどこに自覚がみられるんです」

「よせ！　野枝の悪口を言うな！」

「言いますよ。なぜかばうんです。なぜ、いつだって野枝さんひとりをかばうんです。あなたの革命理論なんかもいい加減なんだ。私が馬鹿でだまされただけなんだ。高畠さんたちだっていってますよ。大杉のヘボ理論で日本の革命ができるなら、おれは坊主になって見せるって、全くだわ」

いきなり大杉は寝返りをうつと、ぱっと寝床の上にとび起きていた。怒りと興奮で、顔が蒼白に引きつり、大きな出目が血走っていた。

「もう許さないぞ。今度こそ最後だ。きみの正体がわかったよ。ぼくに貸した金があるからそれをかさにきて暴言を吐くんだ。金は返す。さあ、持って帰れ！　これでもうきみとは他人だ。明日さっさと帰ってくれ」

市子は大杉がかばんの中からつかみ出した札束を見て全身の血がひいていった。このわずかな紙幣で、大杉とのすべてが絶ちきられるのだと思うと、もう考える力も尽きはてた気がした。肉親も、友人も、社会も、職も、すべてを犠牲にして自分を賭《か》けた恋の価が、この数枚の紙幣の価値しかなかったのか。市子は、自分が石になったような感じしかのこらなかった。もう野枝も、保子も頭の中にはなかった。空洞になった自分の中を冷たい風が吹き荒れていく。その声だけがしだいに自分のうちにみちあふれてきた。

目の前に、大杉の大きな頭が横たわっていた。灰色の巨大な石膏《せっこう》の首のようにそれは冷たく血が通っていなかった。呼びかけても、語りかけても答えのない石の首……刺しても斬っても刃ごたえのない非情な首……市子は膝の横にころがっている自分の手さげの中に手がのびるのがわからなかった。気がついた時、膝の上に鞘《さや》を払った短刀が電灯の光りを吸っていた。憂悶に堪えかねて市子がいつか身につけた孤独の時の馴れた姿勢だった。石の首は身じろぎもしない。市子はその巨大な冷たい首に何の手がかりもないことを悟った。刺す以外には――今なら刺せる。

短刀を持った右手は鉄のように重かった。及び腰になり、市子は重い腕をひきあげ、刃をのばした。空洞になった軀《からだ》がたいそう軽かった。市子は葉が落ちるように全身で石の首の真上へ刃ごと、ゆっくり落ちていった――

うとうとしていた大杉は、首に熱いものを感じ目を覚ました。「やられたっ」と思って首に手をあてるとべっとりと血のりがついてきた。無意識に「ワーッ」と声をあげていた。

市子を目で追うと、障子をあけ、逃げだそうとしながら大杉の方へふりかえって、悲痛な声をあげた。

「許して下さい、私も死にます！」

一晩でこうも変るかと思われるほど憔悴《しょうすい》しきった顔の市子が、泣きだしそうな弱々しい顔で、目を恐怖にひきつらせ、真蒼《まっさお》になって見つめていた。

「待てっ」

大杉が市子に飛びかかろうと駈《か》けだすより早く、市子が廊下へとびだしていた。階段をどど、どっところがり落ちるように駈け下り、長い階下の廊下を、玄関の方へ向って駈けだしていた。大杉は階段を飛び下り、市子を追った。市子は玄関が閉っていたので、また玄関脇の階段を駈け上り、二階の廊下を走り、その脇の部屋に飛びこんだ。大杉がそこへ追いついた時はまた身をひるがえして廊下へ飛び出していた。外は真暗でいつの間にか雨が降っていた。市子は真暗な雨の中へはだしで飛び出し、夢中で走りつづけた。気がついたら、海辺にいた。真暗な海に重い波音だけがひびいていた。手に握りしめたままの短刀に指がからみつき固くなっていた。それを引き離すと、海に向って投げこんだ。真暗な海の沖の方に漁《いさ》り灯《び》のような灯がひとつ浮いている。大杉は死んだかもしれない。自分も死のう。市子は波の中へ入っていった。身にしみいるように冷い十一月の海水がどこまでいっても市子をさらっていこうとはしない。市子は海辺で育ち泳ぎが達者だった。どう動くまいとしても、溺《おぼ》れようとすると、躯がもがき浮き上ってしまう。海で死ぬことが不可能だとわかった時、市子はずぶ濡《ぬ》れになって渚《なぎさ》に上っていた。

逗子の町へ歩きつづけ派出所の灯を探した。ずぶ濡れの着物はしぼってみたが、肌にからみつき冷さは刻々に氷の鎧《よろい》のように全身をしめつけてくる。

ようやく赤ランプの交番が目の前に見えてきた。

扉をあけ巡査が眠そうな目をして前に出て来た。

「殺人をしてきました。検挙して下さい」

ぎょっとして巡査の肩が引き、目が吊り上った。

「凶器は」

脅《おび》えたように巡査が詰問する。市子は両手をひろげ武器は捨てたことを示した。

「入れ」

巡査がようやく顎《あご》をしゃくっていった。

派出所の床にみるみる市子の衣服から垂れる水がしみていく。自分が幽霊のような顔をしているのだろうと市子はぼんやり思った。その場にそのまましゃがみこみたいほど疲れがどっとあふれだしてきた。

5

その夜の惨劇について、市子自身が書いているのだけでも三種類ある。一番新しいのが昭和四十七年発刊「神近市子自伝・わが愛わが闘い」で、昭和三十二年発刊の「わが青春の告白」がその前である。

さらにさかのぼって大正十一年十月号の「改造」に発表した「豚に投げた真珠」が最も旧い。後の二つはほとんど描写も内容も同じで、「青春の告白」の方が、首に刃物をあてたところで終っているのに対し、「自伝」の方は、それから大杉に追われながら逃げ、交番へ自首して、親切な巡査からありあわせのものを出してもらい、海でずぶ濡れになった着物と着かえ、交番の事務所の一隅に蒲団《ふとん》を敷いてもらって寝かされたところまで書いている。

――怒りを発散したのと、自首をしたのとで、私は静かな気持ちになっていた。やることはやった。復讐《ふくしゅう》はすんだのだ。これからは自分の行為に対して、償《つぐな》いをすればいい。われながら意外なほど、平静な心境だった。

私が情熱を傾けてきた新聞が、やがてこの事件を大きくとりあげ、私の行為をきびしく糾弾するにちがいない。私はそれを思うと夢を見ているようであった――

事件に一番近く、といっても六年もすぎてから書かれた「豚に投げた真珠」では、後年書かれたものとは大分内容がちがっている。

これは九月号の「改造」に大杉が発表した「お化けを見た話」に対する反駁文《はんばくぶん》だから文章も怒りの情熱が伝ってくるような烈しい気力にみちていた。市子は当時世間の物笑いの種となり、好奇心の対象とされた刃傷事件については、当事者は口を緘《かん》することが聡明《そうめい》な身の処し方だと考えていた。もうあの事件からは一日も早く遠ざかり、忘却の霧の中に葬ってしまいたいと思っていた。そのため、当時からひっきりなしにマスコミから事件について書けといわれても、一切断固として拒否しつづけてきている。

そこへ突然、大杉が真向からあの夜のことを書いて発表したのだ。

大杉の見たお化けは、あの夜の市子であり、凶行直後、大杉がやられたと気づいた瞬間、襖ぎわから大杉を見下していた市子であった。

――一と晩の間にこんなにもやつれたかと思われる、其の死人のように蒼ざめた顔色の上に、ふだんでも際《きわ》だって見えた、そして、びっくりしたように見ひらいた其の目には、恐怖と、憐《あわ》れみを乞う心とが、一ぱいに充《み》ちていた。

「許して下さい」

彼女は振り返って、僕が半分からだを起しているのを見て、泣き出しそうに叫びながら逃げ出した。

「待て」

と、其の前に僕は彼女を呼んだのだ。そして立ちあがって彼女を押えようとしたのだ

――

市子はそれを真向から否定してこう書く。

――実際に刺した瞬間だけ私は失神していたようで前夜から記憶が絶たれて了《しま》ってい

るが、仰向に寝ている彼は唯だ一突きであった。只だ私は動脈を思い誤っていたし、逆手《さかて》に突いた為め充分に力が入らなくて気管にも動脈にも致命的な傷を与えるには今五分ほど傷口が足りなかった。私はこれは後で聞いた。

その瞬間は私は自分は目的を達したと考えた。私は長いこと私の身体を包んでいた鬱憤《うっぷん》をその時晴らしたと思った。私はその短刀で直ぐに自分も自殺しようと思って、少しはなれて彼の死ぬ様子を見ていた。すると、彼がフト眼をさました。そして、「ウウ」と言って蒲団の中から手を出して傷口に手をあてていた。そしてその手を電気の光にすかして見て、それが血であることに気づくと、

「ウワーッー」と言う魂の底から絞り出すような驚愕《きょうがく》と悲しみの声を挙げ、つづいて大声で泣き出した。大杉氏の記事ではここが稍々《やや》新派の芝居がかりで、

「待てー」と叫んだことになっているが、事実は反対に彼は大声に泣いていた。そしてこの瞬間に私はもうこれで好いと考えた。この男は今こそ自分でやったことが何に価していたかも知ったのだ。私は彼の全身が私に加えた欺瞞《ぎまん》に対して詫びていることを知った——

その後を追ってきた大杉の顔を二階の電灯の光りでもう一度見たら、死の恐怖と絶望とのため、醜く歪《ゆが》んでいたという。市子は泣きじゃくりながら廊下を走る大杉の姿も書いている。「自伝」では短刀は海へ投げ、自分も海に入ったと書いているが、この時に

は短刀を大杉に叩きつけ、庭から街道に出て、雨の中を走り、よその家の垣根に突き当り倒れ小一時間も半分気を失っていたとある。

市子は、事件の直後、弁護士にすすめられ、出来るだけ当夜のことをこまかく思い出して書くようにいわれたので、記憶が残っているのだという。

この夜の描写で、もっとも市子の許せないのは、大杉がその夜、市子が彼の蒲団に入ろうとし、抱擁を需めたと書いていることであった。市子はそれを否定し、むしろ、その夜の大杉は、最初上機嫌で、床に入る時市子にたわむれかかろうとしたが、緊張していた彼女はその気になれず受けつけなかったと書いている。

市子にしても凶行直後は興奮しきっていただろうから、失神していたらしいとか、半分気を失っていたとかいう曖昧な表現をとらざるを得ないような意識の空白の時間があったのだろう。ということは必ずしも市子の記憶がすべて正しいということにもならない。大杉と市子しか知らないその夜のことは、ふたりの意見の微妙なくいちがいを見せたまま、永遠の謎《なぞ》ではないだろうか。しかし日蔭茶屋では、当時、彼等の世話をした女中たちが、血みどろで倒れた大杉が、

「早く市子を見にいってやってくれ、自殺するかもしれない」

と、くりかえしいったと伝えている。その翌日は、大杉が自分のことより市子のことを心配して、幾度も茶屋の男衆に市子の安否をたしかめに走らせたといい伝えられていた。

市子の「豚に投げた真珠」でのショッキングな告白は、事件の運びや市子の行動、大杉の反応などではなく、市子のその日の心理であろう。彼女は凶行の原因は、野枝への嫉妬は第二義で、一番本質的なものは、大杉に徹底的に利用され踏みにじられ、しかもそれを恥じない大杉の虚偽と卑劣さに対する怒りの爆発であり、反逆と復讐だといいきっている。

裁判の時は、七日に日蔭茶屋を訪れた時は野枝のいることを知らなかったで通したが、本当は前日すべて調べて知っていて、殺意を抱いて訪れたのだ。凶器は短刀に決める前、従姉の子の援助でピストルを入手し、ある夜青山の墓地で彼から使い方を教わり、大地に向けて発射してみたが、その音響に震え上り、二度とそれを使う気になれなかったと告白している。

——短刀は生毛屋のものであった。私は特に念入りに刃をつけさせ、それを手提《てさげ》の中に入れていた。殺意を決してから窃《ひそ》かにそれを抜いて見ると、氷のようなその新刃が人間の血を欲するもののように、キラキラと陽《ひ》の光の中に喘《あえ》いだ。私の心は急に決した。八日の午後、私は日蔭茶屋の裏山に登って、念の為めに刃を改め手許《てもと》が狂わぬよう大型のハンケチをシカとその柄に結びつけた——

そこまで計劃的だった彼女は、八日に大杉が仕事をしている間、海辺へ散歩に出たことになっているが、最後の夜だと考えたから、それまで身につけていた不潔な下着類は皆日が暮れてから海へ捨て、風呂で軀を潔《きよ》め、新しい下着に着がえていた。討入りの心境だったのだろう。

市子はこの文中、最も彼女が傷つけられたことは、金を引き出すために自分は利用される存在でしかなかったということに気づいた屈辱だと力説している。

大杉が千葉へ市子から二十円送ってもらったのは、まとまった金の借りはじめだと書いているのに対し、

——金は、大杉の電報で千葉に二十円送ったのは、私が大杉氏に纏《まとま》った金を送った四度目である。それ以前、五月の月だけで六十円三度に分って彼に渡している。そしてその直ぐ後で、野枝氏が千葉を引上げることが出来ないと言って、当惑していた時、その四十円の金も私が造《こしら》えた。二度の大阪行の旅費も私が造えた。その他、何、何、——その時分野枝氏と下宿にゴロゴロしている大杉氏の身の廻りと小遣との一切を私が用立てていた——

と暴露してしまった。市子が怒ったのは、ざっと二百円に余る金を市子から大杉が持ちだしながら、後藤新平から三百円の金を入手したのに、五十円を保子に渡し、三十円で野枝の着物を質から出し、二十円を下宿の払いに廻し、市子には十円も出そうとしないばかりか、市子には百円しか入手しないと偽り、だからもう手許に金がないといって、一円しか渡さなかったことだった。

市子がそのことをどんなに怨《うら》みに思ったか、大杉は気がついていなかった。今までの市子の寛大さ、金の出しっぷりのよさから、大杉は市子がそこまで金に困っているとは考えもつかなかったのだろう。事実、これまでの市子は、働きさえすれば、四人の中では誰よりも多い確実な収入があった。

大杉は二百円は新雑誌を出す保証金に当てるつもりだったから、さしあたって困っていない市子に、その中からまとまった金を渡すなどとは考えも及ばなかったのだろう。

大杉がその夜、決定的に市子との仲を清算しようという気になったのは、市子から、金のことを持ち出されたからであった。

「よし、わかった。もうわれわれの間はおしまいだ、金は明日全部返す」

と、大杉が叫んだ時、その夜の凶行が決定的になった。

野枝は菊富士ホテルで十一月九日の事件直後、電話で異変を知った。血まみれの大杉が女中にいった第一声は、

「野枝に電話して、すぐ来るようにいってくれ」

だった。電話は「大杉が危篤《きとく》で　野枝に逢いたいからすぐ来てくれ」ということだった。

野枝はすべてを察した。電話では危篤とだけしかいわずあわただしく切れてしまったが、神近が日頃から、何かあるごとに、「殺してやる」と大杉にいい、それを聞く度市子を嫌になると話していたから、とっさに、殺《や》られたと胸に来た。なぜ自分だけ帰って

しまったのかと悔まれてならなかった。

野枝はがらんとした一番列車に乗りこみながら、不安でじっとしていられない。神近の出現が不愉快だというだけで、あの中から自分ひとり逃げだしたのは、やっぱり利己主義だったのだろうか。もっと三人で話すべきだったのか。でもあの殺気にみちた怨めしそうな市子の顔を見たら、どうしてあれ以上、一分だってあそこに止まれよう。

あなた、生きていて下さい。あなたが死ねば、私も死にます。市子はまちがっている。嫉妬のためなら、憎い私を殺すべきではないか。私が殺されてあげたのに。何という馬鹿なことを。

野枝は今、大杉がどんなに自分にとってなくてはならない存在だったかを思いしらされた。大杉のいないこの世など考えられなかった。なぜこんなに大切な人を、他の女と分けあうことなど出来たのだろう。私ひとりでしっかり守っていればいいのだ。もう誰が何といってもあの人を他の女に渡すものか。たとえ、死体になっていても、あの人は私ひとりのものだ。

野枝は大杉を知って以来のすべての日々、あらゆる時間を丹念に思い出しては反芻《はんすう》していた。そうしていないと、不安と恐怖で気が狂いそうだった。

6

保子が逗子から発信人不明の電報を受けとったのは、その朝の九時頃だった。

「オオスギビョウキ　オイデマツ、キトクノオソレナシ」

保子は呆気《あっけ》にとられて電報を何度も読み直した。誰かのいたずらにしては念が入りすぎている。つい三日前の六日に来て、金が入ったからと、珍しく五十円の金を置いていった。頭山満《とうやまみつる》を野枝のお爺《じい》さんだか伯父さんだかが知っていて、その縁で困ったら行けといわれているので、今度雑誌をはじめる金を出してもらうつもりだなどというのを、それまで保子は鼻で笑っていた。野枝がそれまでの金策に九州に行っていると聞いたが、結局一文にもならず帰ってきた時も、保子は内心それみたことかと思っていた。

「あるところで聞いたけど、頭山さんは野枝なんか全然知らないっていってるそうですよ、あなたはあの狐さんにだまされてるんじゃないの、あの人の嘘つきは、想像外なんですからね」

保子が仕入れていた情報を得々と洩《も》らすと、大杉は、露骨にいやな顔をして、

「下らないことをいうな、あなたに頭山の話など軽々しくしたのはぼくの不覚だった」

というなり渋面のまま出ていってしまった。

そんなことがあって間もなくだったので、保子は大金が入ったという大杉に、今更金の出所など聞きもしなかった。大杉もこの前怒ったことなどけろりと忘れたふうで、雑誌のめどがつくと喜んでいた。

大杉が金を持って来た前日の五日、保子が大久保の荒畑寒村家へゆくと、寒村が話した。

「昨日村木源次郎が来てね、何だか野枝が突然ピカピカになったようですよ。つい昨日まで、肩や尻のぬけたあわれな袷《あわせ》の着たきり雀《すずめ》だったのに、きれいな着物をぞろりと着て御機嫌《ごきげん》だっていってましたよ。それに一昨日の立太子の夜は、大杉が同志と自動車で街中駈け廻る予定だったのが、貸自動車がなくて、一晩中みんなで歩き廻ったんですって。日本橋の鴻《こう》の巣《す》で豪勢な晩餐会《ばんさんかい》を開いたとか……なかなかいい景気ですなあ」

保子はそれじゃ金が入ったのだろうと思っていたら、やはりその翌日、金を持ってきたのだった。

大杉は金だけ置くとソワソワして書きかけの原稿など持ちだし、

「ちょっと葉山へいって、落着いて仕事してくる。二週間ほどで帰るから」

といった。

「ひとりですか」

「もちろんひとりだ。野枝は菊富士に残るよ。そのうちどっかへあれも行くさ」

そして帰って行ったばかりだから、保子にはわけがわからない。

とりあえず使《つかい》を堺枯川に出しておいて支度《したく》をしているところへ、枯川が来た。

「どうやら、葉山には野枝も市子も行ってるらしいよ。みんなで集って、話をつけようというつもりかもしれない。まあ、あわてることはないでしょう」

枯川が、誰か伴をつけるからというので、保子は一緒に売文社まで行った。丁度山川均《ひとし》が電話をかけているところであった。

「ええっ、大杉がやられた？　生命は？　病院は……」

保子はそれを聞くなり、血の気がひいて倒れそうになった。

「しっかりしなさい」

枯川が抱き支えてくれている。

「大変なことがおきた」

電話を置いた山川が沈痛な声でいった。

「神近が大杉を刺したっていうんです。千葉病院にいるそうです。生命の程はまだわからないっていっています」

そういう間にもう、新聞記者たちが、どやどや押しかけてきた。たまたま宮嶋資夫が来あわせたので、枯川が保子と同道してくれるようにいった。保子は宮嶋の妻の麗子《うらこ》と市子が昔から仲よしで、その関係で宮嶋夫妻がそもそも市子を大杉のところへつれて来たし、何かにつけそれ以後も市子の味方なのを知っていたので、気が進まなかったが、そんなことをいっている場合でもなかった。二人で出かけた。

宮嶋も保子が何となく煙ったくて固苦しい気分だったが、共通に大杉の身の上を心配しているせいで、長い車中の間に次第に気分がほぐれてきた。宮嶋は、神近が、野枝と大杉が同居するようになってからは、目に見えて荒れてきて、やけ酒を飲んでは、殺してやると、口癖にわめくようになっていた話などをした。

「わたしは、あの人たちのいうフリーラブなんて、阿呆《あほ》らしい理論にははじめっからついていけませんからね。いやだっていいはってきたんですよ。旧い女でも中旧の女でもいいから、夫婦は一夫一婦で誠実をつくさなきゃいやだっていってきたんです。ですから、どうしても二人と別れないなら、私は離婚したいって申し出ているんです。……こんなことになる前に別れておくべきだったんです」

宮嶋は別れておくのが、二人の女なのか、保子と大杉のことかわかりかねて黙っていた。

保子は大杉の身の上が心配になるにつれ、市子や野枝に対する怒りが改めて胸の中に湧きたってきた。

二人の新しい女が派手に振舞《ふるま》い、恥知らずに書きちらすので、世間は大杉と三人の女との多角関係を面白半分に論じているが、保子は苦々しくてならなかった。二人の女がインテリで、保子ひとりがまるでわからずやの古色蒼然とした女のように世間に伝えられていることも、心外でならなかった。そして、まるで生活能力がないようにいわれていることも許せない気がする。

二人が結婚した頃は大杉はまだ二十二歳の若さで、何の定った仕事もなく大杉より十歳近くも年上の保子は堺の世話で「家庭雑誌」を発行して結構収入があったのだ。大杉の度々の入獄の間も、妻としての面会や差入れに務め、留守中は、下宿屋をしたり、人手に渡った「家庭雑誌」を取りもどしたり、孤軍奮闘して留守を守り通した。同志の留守宅を見舞うのも、大杉の実家の兄弟たちの面倒を見るのも、保子は命じられないでもやってきた。そんな保子を大杉は心の底では頼りにし、母親に対するように甘えていた。保子も大杉を愛していたから、その頃の苦労は苦労とも思っていなかった。

去年の暮、大杉の提案で逗子に転居した。二人とも軀を弱らせていたし、大杉は落ちついて仕事をしたいという名目だった。桜山に広い眺めのいい別荘を借りることが出来た。

今年の正月の元旦は桜山の家で水入らずで迎えた。

あの日が幸せな日の最後だったと、保子は考えた。窓外には見馴れた田園の風景が走っている。

元旦の朝「近代思想」が又発刊になったので、二日からもう大杉は上京し、四日の夜まで帰らなかった。帰った大杉は鬱屈した表情で妙に機嫌が悪く物を投げたり、壊《こわ》したりして荒れるので、保子はふっと、ひらめくものがあった。

「あなた、変なことはじめたのね、岩野(泡鳴《ほうめい》)さんの二の舞でしょう」

ずばりというと、大杉はあっけないほど素直に「ウン」とうなずいてしまう。

岩野泡鳴が妻の他に若い女をつくっているのは有名だった。

「相手は誰です、いいなさい」

「それだけは聞かないでくれ」

また保子の胸にひらめくものがあった。

「……神近なのね」

大杉はふたたび、ウンとうなずいてしまう。

保子が絶望的になってせめると、大杉は、

「神近には屈辱的な条件をつけてある。決して君を辱《はずか》しめない。魔がさしたのだ。安心してくれ」

といって泣くのだ。保子は不安でたまらないので堺枯川に相談にいった。荒畑寒村にも高島米峰《べいほう》にも相談した。枯川は、

「いっそこの際、思いきって別れた方がいいのではないか」

という。他の二人は、

「どうせ本気じゃないだろうし、長つづきするとも思えないから、傍観してみてはどうです」

という。保子はまだ大杉に充分未練があって、枯川のいうように、あっさり別れられる心境に、まだ自分がなっていないことを知った。煮えきらない気持で大杉のもとに帰り、また色々談判してみても、大杉は、

「他の女を好きになっても、あなたを嫌いになったというんではなく、別れるなどという気持はちっともない」

というばかりで、保子が持出した三条件の誓約を誓ったりする。

一、神近は今後同志の会合へは顔を出さぬ事

一、保子の事には一切神近が口を出さぬ事

一、大杉は今後神近との往復を遠慮する事

そんなことを誓わせたところで、子供だましのようで、現実家の保子は心の中を冷い風が吹きぬけるだけだ。自分を需めた時の熱情を思いだしても、大杉がどんなふうに新しい恋に情熱的に溺れているかが想像出来る。

保子は、大杉が他の女と抱擁したり、誰か別の女にじゃれついたりしている夢ばかりにうなされるようになっていた。

神近のことを告白して二カ月とたたない頃、

「ぼくはもっと悪いことをしている。いずれ春になれば新聞や雑誌が書きたてるだろう。でもあなたはどっしりと動じないでいてくれ」

といいだした。保子は間もなく、尾行から大杉が辻の家にいったことを知った。保子はまた直感した。

「あなたは何ということをするんです。野枝さんは有夫の、子持の女ですよ。姦通罪《かんつうざい》になるじゃありませんか。恥しいと思わないんですか」

保子がヒステリックにつめよっても、市子の時は泣いてわびたのに、今度はしゃらっとして、

「俺もどうしてこんなことになったのかわからん」

といって、「厚顔無恥」、「厚顔無恥」など落書する。保子はもう駄目だと思った。市子も野枝もフリーラブを実行出来るならすればいい。自分はごめんだと思った。今度こそ、断じてそんな大杉とは別居だと決心した。堺枯川も兄の堀紫山《しざん》も別居よりきっぱり別れた方がいいという。

ところが、保子が自分で四谷に家をみつけ、ひとり引越すと、大杉は仕方なく福四万館へ移っていったが、本も衣類も保子の許に置いて、着物の世話や洗濯物は当然のように持ってくる。下宿代さえ、保子がみかねて払うことさえあった。

私の決断のなさがだめだったのだ。保子は居眠りをはじめた宮嶋の横でため息をもらした。もっときっぱり大杉をつっぱなせなかったのは、やっぱり自分のみれんだったのだろうか。

まさかと思った野枝が子供を捨てて大杉の許に飛びこんできた。その後の思い出すさえ浅間しい恥さらしな事件の数々……。保子は滲《にじ》み出てくる涙が、口惜《くや》し涙か、屈辱の涙か、大杉の生命に対する愛惜の涙かわからなかった。その時ふいに心臓がしめつけられるようになった。もしかしたら、刺されたのは大杉ひとりではなく、野枝も共に倒れているのではないだろうか。そうでないという根拠は何もない。日蔭茶屋に三人が集ったというではないか。宮嶋はさっき、いった。

「神近は今日は葉山分署で取調べられているでしょう。現行犯で捕えられたか、自首かまだわからないけれど、あの人のことなら、ぼくは自首したと思うな」

自殺してやしないでしょうかと、口まで出かかったのを保子はのみこんだのだ。保子の目の中に血みどろになっても卍になりからみあったまま倒れている三人の姿がいっぱいにふくれあがってくる。

千葉病院では首に痛々しい繃帯《ほうたい》を巻いているだけの大杉が、思ったより元気で、三枚重ねの蒲団の上に横たわり、煙草までふかしている。多量の出血のせいか血色は青白いが、大きな目はいつものようにいきいき、動いていた。

保子は、言葉が出ず、ベッドに近より黙って大杉の顔を見つめた。部屋に入った瞬間、野枝が大杉の枕元にいるのが目に入ったが、保子は無視して目も合わさないようにした。野枝の方も頭を下げようとも、席をゆずろうともしない。もう一人その部屋にいた男は大杉の同志の村木源次郎だった。

大杉がいい、保子によく見せるおどけたような顔をしかけたが、どこか痛むのか顔が硬ばった。

「心配しただろう」

保子は市子はよく知っているが野枝に逢うのははじめてだった。野枝が保子さんに逢いたいと、しきりに人にいうのを伝えきいて不愉快に思っていた。「女の世界」六月号に、大杉と市子と野枝の文章が同時掲載された。大杉の旧い友人の安成二郎が原稿取りに廻り、保子のところへも来た。保子は大杉にあなただけは断った方がいいといわれていた。いわれないでも保子はそんな恥さらしなことをする三人の気持が知れなかった。安成二郎は話だけでもと迫ったが、保子は今は何もいいたくないときっぱり断った。

その時も安成が、野枝が保子に逢いたがっていると告げた。

「あの人、始終《しじゅう》そういうそうですが、一体逢ってどうするつもりなんでしょう」

「御本家に御挨拶するんじゃありませんか」

保子は安成二郎と声を合せて笑ってしまった。そしてはしたないと、そんな自分に嫌悪を感じた。思い描いていたより野枝は若々しく、小ぎれいだった。三、四日前、質から出したばかりの着物はぺらぺらした縞御召《しまおめし》で、頭は少し崩れかかっているが粋な銀杏返しで、青鞜の新しい女などというイメージではなく、新開地の酌婦のようだと保子は見た。なりと、子供っぽい顔がちぐはぐだった。そのすべてが保子に嫌悪感を呼び覚ました。本妻の自分が来た以上、せめて席を外そうとするのが礼儀ではないかと思うのに、野枝はそこに生えた樹のように動こうともしない。たまりかねて、感情家の宮嶋が口火を切った。

「保子さんがみえた以上、野枝さんがここにいるのは不都合じゃないですか。今日は見舞客もいっぱい来るし、みっともないでしょう。引きあげてはどうですか」

いいながら、宮嶋は自分の声に興奮して次第に言葉が激してきた。野枝は黙ってその声を無視した。

「聞えないのか。きみは何だ」

「私、ここで、看病したいんです。帰れません」

野枝は泣き声でいい放った。

保子は宮嶋を戸口へ引っぱっていって小声でいった。

「わたしも看病したいと思います。でもあの女と一緒では嫌です。大杉にどっちにいてもらいたいのか本当の気持を訊いてみて下さい」

そこへ荒畑寒村と馬場孤蝶《こちょう》が入ってきた。二人は案外元気な大杉を見て喜びながら見舞をいって帰ろうとした。宮嶋が二人を摑えて、野枝が頑張って、動かないので保子が怒っているると告げた。病室は二部屋になっているので、保子たちは隣室に移っていた。馬場がベッドの部屋へ入って野枝にいいきかす声が聞えてくる。

「……ま、いろいろあるでしょうが、ここはひとつ保子さんを立てて、あなたは一《ひと》まず引き取ってはどうでしょうか。その方が、穏当だと思います」

野枝はただ泣いてばかりいて、誰の忠告も聞こうとしない。馬場がもてあました顔で次室の保子の傍へ来て小声でいった。

「奥さん、これじゃどうも仕方がない。お気持はお察ししますが、ここは場合が場合だから、ひとつ我慢していただいて、まあ本妻と妾《めかけ》といったくらいの積りで、四、五日一緒に看護してやってくれませんか」

保子は荒立つ胸を押えて、

「色々御心配おかけいたします」

とだけいって深々と頭を下げた。馬場と寒村が引きあげていった後、宮嶋が紙片れを持って来た。それには「当分あなたと野枝と二人にいて貰いたい」と大杉の字で書いてあった。保子は病室へ入り大杉の枕元に寄っていった。

「私ひとりで看護します。充分ですよ」

「そんなことといわずに、あれも置いていいじゃないか、当分客も多いし、二人で居てくれ」

「二人にいてもらいたいといったって、野枝のあの態度は何です。あんな横柄《おうへい》な態度されていられますか。きちんと私に挨拶させるべきでしょう」

保子は大杉と二人の時は世間が思っているようにおとなしくて素直なばかりではない。いいたいこともはっきりいうし、我も強いしっかりした女だった。野枝は思いがけない保子の態度や、大杉に対する自信たっぷりの言葉遣いにびっくりして息をのんでいる。大杉が野枝に、

「保子にきちんと挨拶してくれ」

といった。野枝は保子に対する大杉の弱々しい態度に反撥《はんぱつ》した。今までこらえきっていたものが爆発した。

「私は御挨拶しようと思っても、皆さんにもうさんざん侮辱されています。何んと御挨拶したらいいんでしょう」

とうそぶいていう。大杉は苛立った。

「そんなだからあなたは人に誤解されるのだ。もういい、二人とももう結構だ。二人とも帰ってくれ」

その声を聞くなり保子は病室を走り出た。

「私はもう帰ります」

という保子とすれちがいに、宮嶋が病室へ飛びこんで野枝にどなりつけた。

「これだけいわれても、貴様がずうずうしく居坐るのはどういうわけだ。こんな騒ぎの起ったのもみんな貴様のせいじゃないか。貴様こそ首でもくくってわびるのが本当だ」

激昂《げきこう》した宮嶋が野枝に向ってあびせる怒声に耳をふさぎながら、保子は病院を走り出ていた。

日蔭茶屋は大杉の見舞客で満員だった。泊る者も多かった。保子も宮嶋もその夜は日蔭茶屋に泊った。

市子はその日は終日葉山分署で諸留予審判事の取調を受けていた。取調は夜の九時までかかった。市子は落着いていて悪びれず、調べに対しはきはき答えていた。

判事はやさしい口調でたずねた。

「葉山へ出かけていけば、かならずこんなことになるという予感はしませんでしたか」

「お二人にもう少し思いやりか、慎重な計算があったら、おそらく私は行かなかったと思いますが、そのときは反射的にカッとなって、あとさきのことはいっさい考えませんでした」

殺人未遂罪の令状が執行された。

調べを受けている時、宮嶋が市子を訪ねていったが、当然面会は許されなかった。

この夜、市子は凶行の朝以来、はじめて署から出された弁当に箸をつけ少し食べた。拘置所の床に、夜もぐっすり眠っていた。

翌十日は朝から冷い雨が陰気に降っていた。

市子は早朝六時頃、葉山分署の門前から乗合馬車に乗せられ逗子駅に向っていた。日蔭茶屋の前で附添《つきそ》いの飯倉巡査が用があると見え馬車を止めた。それまで黙然としていた市子が掌《てのひら》を合わせて低い声でいった。

「お願いです。人に顔を見られるのが辛《つら》いのでこのまま馬車をやって下さい」

市子が通ったことも知らず、宮嶋はそれから二時間ほどして、茶屋を出て、病院へ向った。丁度病院の庭先で井戸端に出て洗い物をしていた野枝に出逢った。宮嶋は昨日からの鬱憤がこみあげてきて、宿で借りた番傘を持ち直すなり野枝を叩きつけた。ぬかるみに尻もちをついた野枝に襲いかかり、夢中で殴りつづけた。

尾行や見廻りの巡査があわてて仲へ入って止めた。宮嶋は激昂したまま、病室へ野枝を追って駈けこむと野枝に罵声《ばせい》をあびせ、大杉に向っても、

「全快したら決闘に来い」

と吐きだして引きあげていった。

その頃市子は桜木町から市内電車に乗り換え根岸監獄に向けて走っていた。

7

十一月二十一日であった。菊富士ホテルの玄関前に人々が黒山になっていた。主人の羽根田幸之助や妻のきくをはじめ、女中やコックたち、それに居あわせた下宿人のほとんどが集っていた。大杉がもうそこまで帰ってきていると、買物に出ていた女中が飛んで帰って報《し》らせたのだ。

日蔭茶屋事件から十日あまりしかすぎていない。大杉の傷は思いの外軽くて、十日めにはもう病院を出されていた。大杉としては逗子か葉山でゆっくり静養しようと思い、野枝が部屋さがしに奔走したが、事件が事件だけに、どの家も気味悪がって態《てい》よく断られてしまう。

十日の新聞は、いっせいに事件を報じ、

〈大杉栄情婦に刺さる
　被害者は知名の社会主義者
　兇行者は婦人記者神近市子
相州葉山日蔭の茶屋の惨劇〉

という毒々しい刺戟的な見出しが、どの新聞にも大同小異の文句で躍っていた。

〈複雑を極めた婦人関係

男一人に女三人〉

〈野枝と市子は犬と猿

理窟《りくつ》を云う新婦人も

恋の前には平凡な女〉

〈伊藤野枝の情夫

大杉栄斬らる

加害者は情婦神近市子〉

とかで、各紙とも内容はほとんど同じで、七日、市子が先着の二人に合流して以来のことを事細かに書き、まるで見ていたように細々と前夜の出来ごとを報じていた。

センセーショナルなその記事に下宿屋や部屋貸しでもしようという裕福な家主はみんな怯《おび》え、逃げ腰になるのは当然であった。

宮嶋が野枝を殴りつけたことも逐一新聞に報じられているし、ここぞとばかり、大杉たちの自由恋愛のこれまでの経緯がこと細かく書きたてられているのだから、野枝を見れば、世間の尋常な人々が、毒蛇や怪物でも見たように逃げ腰になるのは当然であった。

どうしても部屋が見つからないので、仕方なく、大杉は野枝につきそわれて、菊富士ホテルへ帰るしかなかったのだ。

「あ、来た」

誰かがつぶやいた。玄関からまっ直ぐ通っている細い道の角に、大杉があらわれた。頭から首へ痛々しく繃帯がかけられ、五尺五、六寸はある大きな軀を、小さな野枝の肩に支えられ、ステッキを片手に、ゆっくり、ゆっくり進んでくる。まだ顔色は青白く、いつもは光り輝き、絶えずいきいきと動いている大きな目が、顔のやつれのため、いっそう大きく見え、思いがけないホテル全館あげての出迎えに、いくらかはにかんで柔かく笑みを浮べている。

「お帰りなさい」

「よう御無事で」

口々に歓迎の声をかけられ、拍手さえわきおこった。羽根田夫妻は、太っ腹だし、下宿人たちは揃ってインテリで大杉に好意を寄せていたし、使用人たちは大杉になついていたから、みんなの歓迎には真心があふれていた。

「う、ぅぅ」

何かいいかけて、大杉は日頃のどもりが高ぶった感情のためいっそう強くなり、声をこもらせて目ばかりぱちぱちした。大きな目にうっすらと涙が滲んできた。

野枝はここを出て以来、ずっと張りつめ通していた気持が急にほぐれ、いつもの強気

も失せ、大杉の腰をしっかりと支えたまま、手放しで涙を頰《ほお》にあふれさせ、

「ありがとうございます……ありがとうございます」

と、頭を下げつづけた。

荷物は一足先に村木源次郎が持って帰って、部屋の掃除もし、火鉢に炭をおこして、薬罐《やかん》に湯気を立てさせて待っていた。一銭の金がなくても、ここへさえ帰れば、食事だけは食べることが出来る。

大杉はさすがに旅の疲れが出て、すぐ村木が敷いていた床の中へどさりと軀を投げつけて横になった。

「疲れただろう。大変だったね」

窓ぎわにぺたんと腰を落して、思わず大きなため息をついた野枝にいたわりの声をかけることは忘れない。野枝は首を振った。

「大丈夫。あなたこそ疲れたでしょう。病院から、ここまで、じろじろ人に見られつづけですものね」

「そりゃ、仕方がないさ、こんな目に立つ恰好《かっこう》をしているし、新聞で全国津々浦々に宣伝が行き渡っているんだから」

村木が気をきかせて、

「じゃ僕はこれで」

と腰をあげようとすると、大杉も野枝も口を揃えて止めた。入院中も、村木ひとりはずっと二人の側につきそって、あらゆる奉仕をすすんでしてくれていたのだ。野枝が殴られて泥だらけになった衣類を洗ってくれたのも村木だったし、保子のことで、ふたりが興奮して、云い争いになった時も、間に入ってなだめてくれたのも彼であった。差出がましいことは一切いわないけれど、村木の態度の中には、大杉に対する絶対の親愛と信頼がみなぎっていたし、大杉の愛する者として、野枝をも偏見なしに受けいれようとする公平な態度があった。

「ゆっくりしていらしてよ。今、村木さんに帰られてしまうと、あたしが淋しいわ」

野枝は真直《まっす》ぐ村木を見上げて、つぶらな黒い瞳で追いすがるようにいう。

「もう少し、いてやってくれよ」

大杉も口を添える。村木は立ちかけた腰をまた落着けて、長い膝を抱いて壁ぎわに背をもたせかけた。野枝は安心したように頰笑み、

「何か食堂でとってきてやろう」

といたずらっぽく、ちろっと舌を出して、肩をすくめ、部屋の外へ弾むように走りだしていく。

村木は十日余りの病院の生活で、間近に野枝と大杉の間を見て、大杉がなぜ、三人の女の中で野枝を選ぶはめになったたか、解った気がしてきた。

保子が来て、自分ひとりで看病するから野枝を帰せと大杉に迫った時の、大杉の困りきった表情を忘れることが出来ない。大杉は市子に刺され、意識が戻った瞬間、女中にまず野枝に電話をかけてくれといっている。大杉の心はもうすでに野枝で占められていたのだ。死ぬ前に、野枝の顔を見、野枝に手をとられて死にたいと望んだとっさの感情こそ、大杉の本心だったのだ。野枝の知らせで、野枝より一汽車遅れて村木が病院に駈けつけた時、野枝にぴったりとつきそわれた大杉は、安心しきった表情をしていた。

「保子にも知らせないと悪いと思って、さっきこれに電報うたせておいた」

と、大杉がいった。その口調には、保子の面子《メンツ》を立て、義理を果《はた》さなければならないというような気づかいが窺《うかが》われた。

保子と宮嶋が来てからの修羅場《しゅらば》の一部始終を目撃してしまった村木には、野枝へ同情する気持が湧いていた。保子を全く知らないわけではなかったが、大杉が保子には一目置いて、頭が上らないのを感じていたし、いつでも保子をかばって物をいうので、おとなしいがしっかりした家庭的な古風な女というように思っていた。

病室で見た保子は、気の強い、我も強い、したたかな感じがした。野枝よりもっと小柄で、子供のような軀つきだが、色白で下ぶくれの顔は、若い時は可愛らしかったかと想像出来るが、大杉より十歳も年上の上、大杉の恋愛問題で悩まされてきたせいか、陰《いん》険《けん》な暗い感じがして、年より更に老《ふ》けて見えた。態度は横柄で傲慢だった。病室へ入って来て、野枝が挨拶しないと文句をつけたが、最初からその場にいた野枝にも村木にも目もくれず、全く無視した見下した態度で通した。野枝にはともかく、村木に対しては、大杉の妻の立場なら、お世話になりますくらいの挨拶があって当然ではないかと、村木も思った。

村木は保子にも野枝にも、市子にさえ公平な気持を持っていたつもりだが、今度のことで、一命をかけてまで自分の感情に忠実に動いた市子の情熱に同情せずにはいられなかった。一方、野枝については、そのなりふりかまわぬ看護ぶりに、やはりそこに全世界を敵に廻しても大杉との愛に殉じようとする女のひたむきさを認めて感動せずにはいられなかった。

けれども保子は、自分の感情より、世間態とか、見栄とかが先行しているように感じられた。野枝を帰せと大杉に迫る口調や態度には、野枝を妾扱いして見下げた気持が露骨だった。そんな保子をたしなめようとしない大杉の方が村木には不思議にさえ感じた。保子の前では大杉が妙に子供っぽく、怖い母親の前にひき据えられたいたずら小僧のようになってしまうのが心外でもあり、おかしかった。

野枝も自分と同じことを感じただろうと、村木は察していっそう野枝に同情した。野枝が殴られている時、村木も警官といっしょに仲に入ってふたりを引き離し、野枝をつれて逃げさせた。野枝は気丈にそこまでは涙一滴見せなかったが、病院の廊下へ走りこんだ時、いきなり、暗い廊下の隅で村木にしがみついてきて、わっと声を放って泣きだした。子供が泣く時のように、火のついたような激しさで全身で泣いた。夢中でこぶしで村木の胸を打っては泣いている。村木は仕方なく、野枝の軀をしっかりと抱きとめていた。

野枝の固ぶとりの軀が熱を持ち、その熱さと柔かさが村木の胸にも伝わってくる。泣き声の中に、くやしいとか、あいつとかいうきれぎれのことばがまざっている。村木はいつのまにか片掌《かたて》でしきりに泣きじゃくる野枝のまるい背を撫《な》でさすっていた。野枝が小さな子供のような感じがしていた。村木の掌の下で野枝の泣きじゃくりは次第におだやかにおさまってきた。

そこへ今まで警官たちになだめられていた宮嶋が野枝を追いかけて駈けこんで来たので、野枝は病室へ逃げこんだ。宮嶋がわめきどなりちらして引きあげたので、大杉には何の説明もいらなかった。

「ひどいめにあわせたね」

大杉が泣きはらしている野枝の赤い顔を見た時、野枝は、ううんと、首をふって笑いかけた。

「殴られてすっきりしたわ」

村木は、白粉《おしろい》もはげ落ち、素顔を真赤に光らせて大杉に笑いかけているこの時の野枝の顔を、はっとするほど美しいと思った。

野枝の崇拝者を任じてはばからない中村孤月《こげつ》が「新潮」で野枝を絶讃して、特に野枝の顔を、普通の美人タイプとは縁遠いが、

――いかにも活々《いきいき》とした、充実した、肉の豊かな、それで居て理智に富んで居る顔――略――多くの人間は、あなたの顔を見ても、其れが最も優《す》ぐれて居る顔と感じないかもしれない――略――其れほどあなたの顔は優ぐれて居る顔です。殊にあなたが活々とものを言う時の顔は何とも言われない顔です。私は唯だ驚嘆して、今まで知らなかったものを知った心持に充たされました――

と、書いた時、仲間といっしょにあばたもえくぼもいい所だと孤月を嘲笑《ちょうしょう》したが、今、孤月のいった意味がわかったように思った。

村木は大杉を時々、大きな子供のように感じることがあった。いたずら好きで無邪気で純情で感じ易く、遊びに夢中になる。大杉が無類の子供好きで、どんな子供にでもすぐ好かれるのも、大杉の中に子供がそのままいるからだと村木は自分流に納得していた。

野枝もまた、身近に暮してみると、たぶんに子供の部分を残していた。ゆたかな感情の波を押えたり、ひめたりすることが出来なくて、すぐ顔に出し、全身にあらわしてしまう。情熱がいつでも小さな軀の中にあふれていて、おさまりきらず、子供が勢いがあまって、いつでもはねまわっていないではいられないような弾んだものが体内に充満し

ている。

よく笑うし、よく泣くし、よく怒った。ただすねるということがなかった。怒った後や泣いたあとでも、すぐけろっとしていることが、また子供じみていた。愛情のだし惜しみや技巧が出来ないので、いつでもありったけの愛情を相手に示してしまう。それは憎しみの場合でも同じだった。

かけひきの出来ない生き方は、横でみていて、危っかしくはらはらするようなものがあったが、根が楽天的なのか、一向にくよくよしない。そんな点が大杉と双生児のように似ていると村木は思った。似たもの夫婦ということばを思い出さずにはいられなかった。しかしあまり似すぎていて、果して共同生活がつづけられるのだろうかと、老婆心《ろうばしん》がおきないでもなかった。

自然児とか野性とかいうことばが一番ぴったりした。傲慢なところや図々しいところもあって、そこが人に、特に同性に嫌われるだろうと思われるが、大杉に叱られ、すぐあっさりあやまるところなどは、素直で気持がよかった。

機嫌がいいと、いつでも鼻唄を歌っているような陽気なところが、案外野枝の本性なのかもしれなかった。

病院でいつか野枝が使いに出ていた留守に、何かの拍子で野枝の話を大杉としたことがあった。

「結局、大杉さんは野枝さんののんきなところに救われるんですね」

村木がいうと、大杉が寝床からぎょろりと大きな目をむけて、照れたようにヒ、ヒ、ヒと笑った。時たま、大杉はびっくりするような美しいはにかみの表情をみせることがあった。その時もそうだった。

「一直線だからな」

大杉がつぶやいた。

「手毬《てまり》のように弾みっぱなしだから、危くて目がはなせない」

村木もにやにやしていった。

「要するに可愛いということだ」

大杉がまた、ぎょろりと目を光らせた。

「天性の理解力があるんだよ。理智的じゃなくて、みんな軀で感じとってしまう力があるんだ。動物的なんだね」

のろけを聞かされたような気がして村木はそれ以上、相槌《あいづち》を打たなかった。

病院で、大杉が保子と離婚する決心を固めたらしいことを村木は感じていた。野枝も大杉もそれについては一切口にしていない。

野枝が一度だけ、村木と井戸端で洗濯している時にいったことがある。

「あのね、村木さん、あたし、今度のことでほんとはとても気持が軽くなったのよ、わかる？」

野枝は村木の返事を待たず、洗濯板に大杉のネルの寝巻をごしごしこすりつけながら、たすきがけの薄桃色の腕を肘までしゃぼんで光らせていた。

「今度のことがおこるまで、頭で何とかして大杉のいうフリーラブの理想に近づこうと無理していたのだけれど、どうしたって気分が重かったのよ。神近さんも気の毒だし、保子さんには、もっと悪いような気がしていた。それに大杉が保子さんのことをとてもよくいっていたし……村木さん、大杉が『女の世界』に書いたもの読んだ？」

村木は、安成二郎の解説つきで、多角恋愛の当事者たちが、それぞれの立場から所感文を発表したことを知っていた。馬鹿なことをするものだと思ったが、大杉の下宿で見せられ、ざっと目は通していた。保子は書くことを拒否していて、それは賢明だと好感が持てた。

大杉のは「一情婦に与へて女房に対する亭主の心情を語る文」という題がついていて、野枝にあてた書簡文形式になっていた。これまでも大杉のよく使う手だった。

それを見れば、もう大杉の気持が三人の女の中で野枝に最も傾いていることが知らされるという塩梅《あんばい》になっていた。中には野枝の御宿からのラブレターが公開されているので、大杉と野枝の恋愛の披露とも受けとられた。

一生懸命、安成二郎の請いに応《こた》えて、大真面目にこの風変りな恋愛の場に置ける自分の立場や、大杉に対する愛情について正面切って書いている市子が、真面目であればあるほど哀れに受けとられるような結果を見せていた。

8

噂や外貌《がいぼう》から受ける感じには反し、市子の「三つの事だけ」という文章はむしろ謙虚で真摯《しんし》で、正直で好感の持てるものであった。市子はその中で大杉とつきあいはじめた頃、まだつづいていた前の恋人についても誌上で告白している。三年間つきあったその男も、妻子のある立場であったが、互いに惹《ひ》かれあって深刻な恋愛関係になり、半年ほどで、

――二人を取捲《とりま》く事情が非常に複雑な事になり始めた時、急にある研究の為に外国に行かねばならなくなりました。複雑な事情はその為に据置《すえおき》の形になりましたが、その形に到る迄国許《までくにもと》に帰っての私の苦しみは大きなものでした。一年近く血みどろになった様な心持を持って、冷笑と嘲罵《ちょうば》と貧困と肉体の苦痛と争いあがいた後、私は東京に出たのでした。凡《すべ》てのこの苦しみの間私が持っていた僅《たっ》た一つの光は遠いその人の上でした。私は悲しみも苦しみも分《わか》つ積《つも》りで、絶え間なく手紙を書きました――

という状態がつづいている中で、大杉に惹かれていったというのであった。外国にいる男は、彼女から大杉と恋に落ちたという報告を受けた時、大杉の人物を好く知っていて敬意を持っている、といって市子の新しい恋を祝福してきたという。しかし市子が遠い男に大杉とのことを書き送ったのは、大杉が保子に市子のことを告白したと聞いたからだった。

市子はこの男との間に女の子を産んでいた。その子は市子の故郷でひそかに育てられていた。

保子については野枝のことがおこるまで、あまり考えなかった。それというのも、前の恋も妻子ある男だったので、人の夫と恋をするのに慣れてしまって何でもないのだろうと考えていた。慣れていなかった前の恋人の時でも、考えてみれば、極めて自然な気持で恋に落ちたことを思い出さないわけにはいかなかった。若い男に興味がなく、惹かれるのはいつでも中年の家庭持ちの男なのが市子の運命らしい。

市子は大杉が保子にばらすまでは、自分の恋は世間にも保子にも秘密のままでゆこうと考えていた。それも前の恋の経験で、自分が口をわらないかぎり、恋の秘密は守れるものだと思っていたからだ。秘密にしたい気持の中には社会的にも経済的にも打撃を受ける結果になることを恐れる打算が、無意識ながら働いていたのだろうと反省している。恋愛しながらも、独立した人間の立場を守るためには、秘密にした方が好都合だという市子の保身は、打算でも何でもない、当然の保身術だったのだ。ただそうまで独立に固執しながら、感情が市子の理性を裏切り、どうしようもなく急激に、大杉へ向って惑溺していってしまった。しかも、野枝がライバルとして現われてから、その勢いはより激しく強くなっていったことを認めないわけにはいかない。市子はこの錯綜《さくそう》した関係の中で、嫉妬の苦痛の中に投げこまれることから必死に目をそらし、「花から花弁が落ちるように」自然に、苦悩なく恋する者たちは離れられないものだろうかとその文章を結んでいる。

市子より野枝の方がはるかに保子について関心と気づかいを抱いていた。それに対して大杉が答える形になったのが、亭主の心情なるものである。それにはすでに保子や市子を、自分たちの恋愛を貫くための「犠牲者」ということばで呼んでいる。フリーラブの理念の中からは犠牲者ということばは出ない筈なのに、大杉がはしなくもぽろりとその尾っぽを出してしまった感で愛嬌《あいきょう》がある。

――君は保子と神近と云う二人の所謂犠牲者を出した訳だ。尤《もっと》も神近は、最初は保子を犠牲者の地位に陥しいれて、更に君のために、こんどは自分が犠牲者になったのだが、――略――分り易く云えば、人の亭主若《も》しくは愛人を寝とった女と、その夫を寝とられた女との心持の差異である。

君は、自分が僕の愛を一番多く持っていると云う事に、自分の安心があるのではないかと云う事を、絶えず怠らず反省している、と云う。至極結構な事だ。しかし猶《なお》それと同時に、君が一番最後に僕の所に来た人であると云う事をも、十分考えて見なければならない。現に神近は、平気で人の亭主を寝とって置きながら、その男を更に他の女に寝とられて、急に騒ぎ出した。男を殺して了うとまで狂い出した。それでも猶神近は、遂に自分をしっかりと握って、再び起《た》ちあがる事が出来た。——略——

保子は自分の亭主を、しかも二人の女に寝とられた女である。

保子の事に就《つ》いて考える時には、第一番に先ず、この事をしっかりと念頭に置いてからなければならない。そして、彼女から亭主を寝とった君や神近は、自分等の考えの進みかたのえらさに余程の割引をして反省しなければならないと共に、猶保子の態度に就いて物を云う時には、余程の遠慮がなくてはならない。

保子は、諸君の如き反省や思索のトレエニングのない、無教育な女だ。しかし彼女は、生じっかの学問のある女よりは、余程よく物事の分る女だ。むずかしい理屈を云う事にはとても諸君に及びもつかないが、世俗の事についてならば、諸君なぞはとても彼女の足もとにも及び得るものでない。それに彼女は、ふだんは随分やさしいおとなしい女であるのだが、それでいて、なかなかに意地もあり張りもある女である。——略——

野枝さん。

僕は繰返して云う。彼女は、その亭主を、しかも二人の女に寝とられた女である。其の亭主及び二人の女に対する、彼女の嫉妬や恨みや、いやみや皮肉が、なぜ無理なのだろうか。それをしも、単に彼女の盲目とか醜悪《しゅうあく》とか云って、其の亭主及び二人の女は済ましていられる事だろうか。

彼女は、諸君と同じく、愛か然《しか》らずんば嫉妬かの、幾千幾万年の習慣の中に育って来た女である。愛を奪われたと思う時の、其の嫉妬に、何んの不思議があろう。──略──男を奪われたと思う時の、其の絶望に、何の不思議があろう。しかも彼女には、本当に安心して頼るべき親戚もなく友人もなく、そして彼女自身は、所謂不治の病を抱いて、手荒らな仕事の何に一つ出来ないからだでいるのだ。──略──僕自身も保子の悲哀を見るたびに、又その事を思うたびに、とても堪えられない程の苦痛に攻《せ》められるのだ。本当に幾夜泣きあかしたか知れない。──略──彼女は号哭《ごうこく》する。そして僕も又、彼女の側に倒れて歔欷《きょき》する。──略──

村木は大杉の持前の限りない優しさと、虫のいい甘えを見て、苦笑いしてしまった。野枝の側の犠牲者、辻や子供たちはどうなるんだといいたくなってくる。これを読んで市子が怒らなければどうかしていると思われた。保子だって侮辱を感じるだけだろう。

「保子さんについてああいうことを始終大杉は私にいってきかせていたのよ。だから、私は保子さんにとても同情していたし、大杉のことばから、あるイメージをつくりあげていたの。それがどうでしょう。今度のことで、何もかもわかってしまった。少くとも神近さんは妻と愛人を同列に考えている。でも保子さんは妻という立場を特別上なものにして、愛人を妾扱いして見下げているじゃありませんか。差別して、妾と同席するのもけがらわしいという態度でしょう。何だかあれでさっぱり憑《つ》きものが落ちたようよ。重荷がひとつ外されたみたい」

野枝は晴れ晴れとした目を村木の瞳に真直ぐあてて、ね、そうでしょう、というように見つめた。そして村木が何とも返事しかねているのにこだわらず、またざぶざぶと洗濯に取りかかった。

村木は今のうちにいっておいた方がいいという気持になって、大杉の顔を見た。大杉は目を閉ざし、平穏な表情で何か考えている。

「ちょっと耳にしたことがあるんだけど」

「なんだい」

大杉が目をつむったままいう。

「保子さんが今度こそ別れるって、山崎さんに頼んでいるらしい」

「ありそうなことだな」

「十一月十五日に、堺さんのところへ山崎さんや馬場さんや、荒畑、山川たちまで集って保子さんの云い分を聞いて善後策を講じたらしい、それから何度か、同じようなメンバーで相談会があって、結論が煮つまってきたようだって」

「……うん……」

「昨日、和田に逢ったら、荒畑さんから聞いたといっていた」

「覚悟はついてるよ」

大杉は平静な声でいった。

「僕の気持は馬場さんにちょっと病院で話しておいたから……離婚の話は今度がはじめてではないんだ。今年の三月、保子が逗子の家を引き払って、四谷の山田さんの家の裏隣りに引越した時点で、その話はあったんだ。世間じゃ、僕が恋愛に都合のいいよう福四万館へひとり移ったように見ているが、そうじゃないんだよ。保子が、そんな不純な関係の中に巻きこまれるのはごめんだといいはって、別居をいいたてて聞かなかったんだ。気の強いことをいっても、僕を頼りきって生きてきたんだし、心が離れているわけじゃないし、ただ嫉妬だけの問題だから、そんなに軽々しく離婚してしまえば、あれは気持のはりも失って病気になって死んでしまうよ。だから、僕は別居は仕方がないが、離婚だけは止めようといってきかなかった。山崎今朝弥《けさや》さんが仲に入って、三月五日に話しあいを持つことになったけれど、僕はすっぽかして、馬場孤蝶さんに頼んでとりなしてもらったんだ。堺さんや、紫山は、もう別れてしまえと、保子にいい、保子も後へひけなくなってしまっていた。しかし本心は、まだみれんがあったから、その時はうやむやにしてしまうことが出来たんだ。君も知ってる通り、その後だって、保子は僕の着物の洗い張りや縫い直しを今まで通りやってくれているし、僕も四谷へはちょいちょい泊りにいって慰めているし、そんなふうでこれまできていたんだ。今度は、もうこれだけ世間に大っぴらになって醜聞《しゅうぶん》をまきちらしたから、紫山は承知すまいし、堺さんも女のことでは僕に愛想をつかしているし、保子もふたりに頼んだ手前、引きかえせなくなっているのだろう。離婚したって、あれがちっとも幸福になるわけじゃないのに……世間の理窟っていうものは、そこをねじ曲げてしまうんだよ」

「保子さんにまだみれんがあるんですか」

「みれんじゃなくて、可哀そうじゃないか。僕と別れて、あれは……何を生甲斐にしてこれから生きていくんだ……」

大杉がくるっと肩を廻して壁の方に顔をそむけた。村木は大杉が泣いているのを見て、胸をつかれてしまった。

神近が自分を刺したのも当然だと二、三日前、大杉は野枝にしみじみいっていた。ばたばたと足音をさせて野枝が帰ってきた。

「ほうら、見て。みんなが、お見舞ってくれて、こんなにいろいろ貰っちゃった。みんなここの人は親切よねえ、村木さん食べない」

野枝はそれまでどこかでせしめてきたらしい大きな果物籠の中から、みかんや、りんごや、パンやせんべいを次々手品のように取り出して、大杉の枕元にひろげていく。

その手は小さいながらふっくらとして、指の根に箸で押したようなえくぼがついていた。

「今度のことで世間は私のことを鬼だっていってるそうよ。どうせ、あたしは辻の家を出た時から、子供を捨てた鬼なんですからね。今更びっくりもしないわ」

自嘲的《じちようてき》に病院の庭でいっていた野枝の声を思い出す。鬼の手は今氷の水の中からひきあげたように清らかに赤く染まり、えくぼを並べていきいきと動いている。

十二月十九日

山崎今朝弥が仲に入り、保子と大杉の離婚は成立した。連帯責任になっている金の六百五十円を大杉が月に二十円ずつ支払うという条件がついた。すべての事務的なことは、山崎を通じて行うということになった。山崎と大杉は旧い相許した友人関係だったから、弁護士といっても、なごやかな話しあいだった。

それから二日後の十二月二十一日、秋田雨雀《うじやく》が、横浜根岸監獄に市子を見舞っている。その日と前日の「雨雀日記」には市子のことがつづいて記されている。

十二月二十日

――略――ハジソン嬢と神近君を訪《おとな》う約束のことからいろいろなことが考えられて困った。三上君（於菟吉《おときち》）に神近君がぼくを愛していたのだといわれたので、妙な気がした。

十二月二十一日

昨夜はよく眠らなかった。神近君を横浜根岸監獄に訪うた。朝七時に起きた。非常に眠いはずだが気が張っているせいかあまり眠さを感じなかった。車屋さんにきてもらって車でゆく。途中がじつに寒かった。——略——九時ごろに横浜ゆきに乗る。ハジソン嬢と英語でずっと通した。日があたってきた。河岸を電車で走った。果物とカステーラをハジソンが買った。鈴木富士弥弁護士にあった。監獄は立派。神近君にあった。すこし顔が青ざめていたが、快活に話した。ぼくに対して非常に信頼していた。将来、芸術家として立つといって喜んでいた。

十二月二十七日の「朝日新聞」に、

〈貞操を弄《もてあそば》れし

復讐なりと市子弁ず〉

という見出しで、昨二十六日に予審中だった市子に有罪と決し公判に付されるという記事が出ていてその最後に、

——尚市子は予審の際判事が犯罪の動機に就き野枝を排して自ら恋の独占を企てしも失敗し其結果兇行に出でたるものの如く調書に記載したるを憤慨し、動機は決して恋愛的のものにあらずして彼大杉が自己の貞操を弄びたる復讐として此挙に出でたるものなり故に万一野枝との関係介在せざりしとするも或は殺害を敢《あえ》てせしやも知れずとの意味を物したる半紙五、六枚の弁駁《べんばく》を二十三日付、諸留判事の許に差出したり——

と出ている。

この十二月九日には、夏目漱石が胃潰瘍《いかいよう》で死亡している。

9

昭和五十六年二月二十六日、つまりこの原稿の進行過程の間のことである。

その日、市川房枝女史の葬儀が青山斎場で営まれ、出席した私は、その足で、日産厚生会玉川病院に入院中の荒畑寒村翁のお見舞に参上した。

新築の新しい病院の二階の角の部屋は、窓から明るい陽がいっぱいに射し入り、気持のいい快適な部屋であった。

突然の私の出現を、翁はいつものように、「ほう」というため息といっしょに認められるや、赤子のような無邪気な笑顔に笑み崩れて喜んで下さる。点滴のせいか、翁の顔色はよく艶々《つやつや》して、頬も前よりほっくらしているし、はれているのではないかと思われるほど皺など少くなっていた。

その日、翁は上機嫌で、活力のある話し方で二時間近くも話しつづけられた。幾度も婦長や看護婦が覗《のぞ》きに来て心配そうに止めさせようとしたが、相手にしない。私も、翁を疲れさすことはわかっていて、何故か、翁に安静を強いるような気持になれなかった。どんなに話したがっているか、その表情にあらわれていたし、一見元気そうに見えても、翁の病状が、これまでの中で最も危険なことが察しられたからである。

「思う存分話しておいて下さい」というような私の気持があった。翁に少しでも話させるより私が喋って疲れさせまいとして、大杉の多角恋愛のことや、保子さんの思いがけず気の強いことの発見等について話しはじめた。すると、それがかえって、翁の話の誘い水になって、翁の記憶の糸がますます手速く手繰《たぐ》りよせられてくるという結果を招いてしまった。

「ほう、また書いているのですか、そいつあ知らなかったな」

新聞を開く度、広告欄に目を走らせ、私の名がないと、

「病気でもしてるのではないか」

と心配して下さり、私の名があまり目につきすぎると、

「ああ仕事をしては病気になる」

と案じて下さっていた翁が、一月からは新聞もあまり目を通されなくなっていたのかと察しられた。私は御病状を察して、雑誌を贈るようなこともさしひかえていた。

「『諧調は偽りなり』という題で、『文藝春秋』に、『美は乱調にあり』の続きに当る部分を書きはじめているんです」

「ほう、それは読みたいな」

「それで今月は、保子さんのことを書いてきたばかりですが、案外気が強かったんですね」

「そう、大杉も保子さんにだけは頭が上らなかった。別れた後で、平民社に大杉がいる時、たまたま保子さんが階下へ訪ねてきたりすると、大杉は赤くなって、ぐずぐずして、階下へ下りても行けないんですな、天下に怖い者なしの大杉も保子さんだけは本当に怖いとみえるといって、みんなでからかったもんですよ」

寒村翁はその時は痰《たん》が咽喉《のど》にからんで、気の毒なほど、ことばとことばの間がつまった。

咳きこんだり、痰を吐きだしたりしながらの言葉であった。私がはじめて寒村翁にお逢いした十三年前、私はなぜ大杉と「近代思想」の後、袂《たもと》をわかつようになったのかという質問をしたことを思いだした。

「だんだん、大杉の考え方とちがってきましてね。それに、大杉がわれわれの雑誌を出しても出しても発禁にされるのに対して自棄《やけ》をおこして、その活路を需めるためもあって、自由恋愛と称して四角関係をおこしたんです。私は真剣な美しい恋愛は大いに賛成もするが、大杉のその頃のやけっぱちな情痴沙汰《ざた》には不愉快を感じて、段々大杉そのものも嫌になってきたんです。しかし、大杉というのは実にいい人間で、やっぱり友情は互いに持ちつづけていました。殺される前の日にも、わざわざ私の家へ訪ねてくれたそうです。ちょうど震災の時私はモスクワに行っていて、女房のお玉がひとり留守していたんですが、そこへ末の子を乳母車に乗せてやってきて、お玉に、『寒村が留守でも、ぼくらがいるから、安心していなさいよ。何でも困ったことがあればいってくれ』と慰めてくれたというんですね。私が留守で震災にあって身寄りもなく心細かったお玉は、大杉のその親切がとても嬉しかったとみえて、終生彼のことを徳としていましたよ」

そんな話をしながら翁の顔も、なつかしそうな和んだ表情を浮べていたのを思いだした。

「語学は天才でしたなあ。一犯一語と称して監獄へ入る度に一カ国語をマスターして出て来たもんです。相当ひどいドモリでしてね。昔エンゲルスは二十カ国の語でドモッたといわれているが、大杉は仏、英、エスペラント、スペイン、イタリイ、ロシア等、六、七カ国の語でドモルと、堺先生もよくからかっていわれたほどです」

そしてその時、幸徳秋水について言葉が及んだ時、

「秋水はアナーキズムの元祖みたいにいわれていますが、日本におけるアナーキズムの元祖は、何といったって大杉ですよ。明治三十九年の末、大杉はパン・デストラクション(万物破壊)なんていっているし、自分の子分どもに、理性でなく本能に従って行動しろと説いていましたからね。ぼくはそのどちらの主旨にも賛同しなかったけれども、

大いに感心したんです。そんなことをいう社会主義者はそれまで誰もいませんでしたからね。ところが後になってバクーニンを読むと、半世紀も前にバクーニンがいってることばなんですね。なあんだバクーニンの受け売りかって思ったけれど、大杉がいうと、いかにも彼の腹から出た言葉のようで、ちっとも受け売りらしく聞えないところが大したもんでしたよ」

といわれたのも思いだした。保子をくどくのに、大杉が着ている浴衣に火をつけたという話も、私は活字でなく、その折寒村翁の口から直接伺った話であった。

その後も長いおつきあいの間に、翁と私の間には大杉の話は幾度くりかえされたかしれなかった。自由恋愛事件では、翁の立場はいつでもはっきりしていて、保子びいきであり、市子にも立場には同情を寄せていたが、人物の印象としては、

「はじめて神近に逢ったのは、たしか大杉の家でした。僕が遊びに行っていたら、そこへ宮嶋資夫が女房といっしょに神近をつれて来たのです。その時の神近の衣裳が実に何とも派手だったのが印象的でしてね。僕はすぐ帰りましたが、しばらくして宮嶋に逢った時、『いやあ、君、あの風采《ふうさい》には驚いたよ。正に肉を抱いて餓虎《がこ》の群、いや餓虎に投ずるようなものだよ』といったものです。その後間もなく大杉と神近の噂が聞えてきましたが、僕の予感が適中したわけでしてね」

というものだった。翁の話はいつでも過去にさかのぼるほど正確で、歳月や日時までは

っきりしていた。

野枝についてはほとんどつきあいがなかったので知らないといい、多角恋愛事件の中では最も冷淡な反応を示していた。

「あんまり印象に残っていないが、野暮《やぼ》ったい女でしたよ。私たちのやっていた『近代思想』の後、大杉が野枝とはじめた『文明批評』を、また一緒にやってくれないかと、二度まで誘われたのに、二度とも私が断ると、大杉は『君は野枝が嫌いなのか』といったので、こっちが驚いたことがあります。何故なら、私は伊藤野枝とはほとんど面識がないし、好悪の感情が入る余地は無いからです。日蔭茶屋事件の時、見舞ったら、病室にいたようにも思うが、野暮ったい女がいたくらいの印象しかないんですよ。何しろあの時は、異常な時だったし……今から思えば、そんな時、野枝の名が出たのは、大杉のノトリアスな四角関係が、既にわれわれの関係に分離の作用を及ぼしていたのかもしれませんね。私は大杉と神近との関係を知った時は、むしろ大杉に同情すべき理由をもっていたが、ただ保子の生活問題で、保子の愁訴《しゅうそ》を伝えたり、誓約無視を責めたり、日蔭茶屋事件では大杉の態度に批判的だったりしたものだから自然に二人の関係は疎隔していったと思いますね」

ということであった。「近代思想」の紙の世話をしたり、「青鞜」に「近代思想」について野枝が同情的文章をのせたりしたことから考えて、もっと野枝について好感を持っているのかと思ったのに意外な反応だったのを覚えている。

「私と大杉との間を疎隔させたもっと大きな原因は、むしろ思想的な問題でしょう。赤旗事件で出獄してから私は獄中にいる間に管野を幸徳秋水に寝とられた怨みで、ピストルで幸徳を狙ったり、それに失敗すると、桂首相を狙ったりしたが、何《いず》れにも失敗して絶望的になっていました。私の後から出獄して来た大杉もなすすべもなく悶々としていた頃です。何しろ、大逆事件の処刑が明治四十四年一月で、それ以後は生き残りの社会主義者に対する政府の弾圧は苛酷で、われわれは手も足も出ず、雌伏《しふく》隠忍するしかない情態だったのです。所謂冬の時代ですな。大杉や私なんぞ血の気の多い連中は、そのうち隠忍にも限度が来て、もうとてもじっと待っていられないという心境から、いっそ運動復興の機運を自分から造ろうということになって、大杉とふたりで、『近代思想』の発行を思いたったわけです。丁度明治天皇の諒闇《りょうあん》にぶっつかったので、予定よりちょっとおくれ、大正元年の十月一日に初号発刊という形になりました。三十二頁、定価十銭という薄っぺらな雑誌だったけれど、あの冬の闇黒時代にかすかながら運動の灯を公然とかかげたということで、われわれ二人は意気軒昂たるものでした。ふたりとも文壇に野心があるわけでもなし、ただ圧迫されてやり場のない運動に対するエネルギーのはけ口にしていたわけだから、文壇の既成の権威や、傾向にも遠慮なく批判攻撃するものだから、かえってフレッシュな感じがしたとみえ、結構評判になり、愛読者も得たわけです。金も払わないのに錚々《そうそう》たる寄稿家を集めバラエティに富んだ誌面を造ることが出来ました。第一次『近代思想』の末期から、私たちはサンジカリズム研究会を開いて、毎月二回、大杉と私とで講演を行うことにしました。『近代思想』のおかげで、大杉は新進評論家として認められ、私も『新潮』に小説が載るようになったものの、本来の目的が文壇人になることではないので、それでは落ちつけないわけです。満二年で第一次『近代思想』を廃刊し、大杉と『平民新聞』を発刊したものの、毎月発禁で六号で廃刊の止むなきに至るわけです。つづいて第二次『近代思想』を出したものの初号以外は全部発禁というわけで、大杉はもうすっかり精神的にまいって自暴自棄になってきました。その鬱憤のはけ口を恋愛に需めたと彼はいっていますが、まあ、理窟は後で何とでもつけられます。その頃から、大杉と私の間ではっきり思想的相違があらわれてきたのです。私は労資の利害に反する社会制度は、労働争議も、究極は階級闘争に発展さすべきものので、それにはまず労働組合を造ることだという考えに固まっていき、大杉はのっけから革命的、戦闘的な組合の結成を主張し、アナルコ・サンジカリズムを理想としていました。ロシア革命に関しても、彼はアナーキズムの原則上から、あくまで中央集権に反対し、ボリシェヴィキ政府を否認したのがふたりの考え方の別れで疎隔の原因だったのです。大杉はスチルネル流のアナーキズムで、何といっても日本のアナーキストとしては、幸徳より大杉ですよ。理想主義者で現実的な認識に欠けるところがあったし、まあ、実際運動家より、あくまで思想家、むしろ文明批評家といった方が適確かもしれない」

以前に何度も聞いた話だったが、翁は活字を読むようにいつでも正確に同じ話をされる。この日も大杉についてのこの話が出た。

大正四年の「新潮」六月号に、中村孤月が「伊藤野枝氏を論ず」というのを書いたのと並んで、生方敏郎《うぶかたとしろう》の「大杉栄氏を論ず」というのが載っていて、その中で生方敏郎が、

――荒畑は好い男だ。それに多血質のカッと来るところ――近松物の色男の素質を持っていて、而《し》かも矢張《やはり》薄気味黨《ママ》の一人だから、御両人で一緒にいると丁度河内山宗俊《こうちやまそうしゅん》と直侍《なおざむらい》という形だ――

という条《くだ》りがある。私はそれを付添さんにベッドをやや起してもらって、いっそう愉しそうにされた寒村翁に話してみた。

「昔の先生はハンサムで直侍のようでしたって、大杉が河内山宗俊で」

とたんに翁は、九十三歳とは思えない何ともいえない色気のあるはにかみの表情を見せて苦笑され、すぐ応じられた。

「いやあ、三千歳《みちとせ》のいない直侍なんざあ」

私が今度調べた堀保子の資料の中に大正六年、「中央公論」三月号に発表した「大杉と別れるまで」というのがあり、その中で管野須賀子が一時保子と同居していたことをはじめて知った。

明治四十一年の赤旗事件で、堺枯川や大杉栄や荒畑寒村が千葉の監獄へ入獄した後、残された家族たちは、悲惨な状況に置かれた。枯川夫人の堺為子は幼い真柄《まがら》さんをかかえ、女髪結になって生活をした。軀の弱い保子は、労働は出来ないので、大杉がエスペラントを教えていた支那革命党の谷、馬、栄などの中国人たちが、大杉への報恩のためといって、革命党の寄宿舎を作り、保子をそこの監督という名目で仕事を与えてくれた。

そこへ赤旗事件で無罪になった管野須賀子がころがりこんで来て同居したのだという。ところが、半年程経って、日清両国の圧迫が厳しくなり、革命党の中国人たちは皆帰国せざるを得なくなった。ふたたび路頭に迷うはめになった保子は、手の届く限りの借金をして、一度手放していた「家庭雑誌」を取り戻し、守田有秋《もりたゆうしゅう》などの世話で発行をつづけたが、発売禁止に続く禁止と、官憲の迫害はつきまとい、最後は二カ年の長期停止を命じられてしまった。

——此の困苦の中から大杉へは間断なく外国から取寄せた書物の差入れをしたり、又及ばずながら同志の家族のお世話などもして余所《よそ》ながら大杉の志を扶《たす》けて居りましたのです。

管野と別れたのは其頃の事で、其後幸徳さんとの関係を聞いた私は非常に驚きました。管野に向って散々其不心得を責め、元の心になって荒畑さんの出獄を迎えるようにと涙を以ていさめましたが遂にだめでした。其から私は管野は勿論、幸徳さんとも往来をせず、為子さんに逢うぐらいを楽しみにして淋しい月日を送りましたが、生活の方は若宮さんの経営していた或る雑誌の広告取を手伝って、辛うじて其日の糧を得て居りました。私は其頃大久保百人町に住んでいたのです――

という一節があった。

保子は大逆事件で捕えられた管野須賀子の刑が決定して後、処刑される前、獄中の須賀子に面会に行っている。「死出の道艸《みちくさ》」という須賀子の獄中日記の中には、このことが書かれていて、その日の日記は須賀子の心の動揺を伝えていて痛ましい。私は管野須賀子のことを「遠い声」という作品に書いたが、当時は、保子のこの手記を見つけることが出来なかったので、保子が須賀子を見舞ったのは、単にまだ入獄中の大杉に代って、同じ主義者としての同志を見舞ったのだろうくらいに思っていた。一つ屋根のしたに暮した仲の女友だちとして保子が見舞ったなら、須賀子がそこだけに見せた心の動揺や弱り方にもうなずけるのであった。

寒村翁に私は保子の手記について話し、須賀子のこの頃の動静を御存じだったかを訊いてみた。

「いやあ、知らなかったですね。保子さんのところに管野がねえ……そんなこともあったかもしれない。しかし僕はちっとも知らなかった」

ちょっと顎をひき、感慨深そうな表情をされた後、

「保子さんのことでは面白い話があります。女房のお玉の話ですが、ある日保子さんが来て、縁切榎《えのき》へお詣《まい》りして榎の皮かなんかとって来て、こっそり大杉に喫《の》ませたというんですな。お玉が、あんな聡明な保子さんでも、色情沙汰になると、ああも人間暗愚になるものかっていって嘆いていたのを覚えています」

と、面白そうに笑われた。

「あの時分は、今の日劇の裏の方、日劇ももうなくなるそうですが……読売新聞の向いっ側くらいに山勘横町というのがありましてね。その中には、看板だけかけて、中は何もしていない店がずらっと並んでいて、店には机ひとつと電話一本だけあるんです。その電話を色んな人が使っている。電話番がひとりいるくらいなんですよ。その山勘横町に、僕らの使う店もあって、僕らの仲間の服部浜次が洋服屋で店を一軒持っていたんです。そこへ僕なんざ毎日のように出かけては、服部浜次や鈴木秀男なんかと、だべってたもんです。そんな時の話に、大杉が来て神近君のぐちをこぼしていったというんです。大杉が神近君があんまり猛烈なんで、人間は生理的な面だけではいけない、精神的なつながりの方が大切だって柄にもないお説教をこんこんと一時間ばかりしてやると、その間神近君はじっとおとなしく傾聴している。そして大杉のお説教が終るや否や、飛びかかってくるというんですなあ、こっちはばかばかしくなって、それはまあお気の毒と申そうか、お羨ましいと申そうかって、いってやったんだというんです」

その話は、「寒村茶話」にも収録されているし、私も、幾度か聞かされていたが、山勘横町の店の使い方ははじめて聞く話だった。翁の話は絶妙の話術に何ともいえない調子のいい間《ま》があって、名優のせりふを聞いているようなところがあった。

自由恋愛沙汰に於ける保子の立場には犠牲になった被害者ということばで同情は寄せていたが、大久保百人町で大杉家と隣合せに住んでいた時代、大杉の一番下の妹のあやめをひきとっていたのに対し、保子が辛く当るのを見かねて、玉夫人がいつもあやめを荒畑家へ呼んで面倒を見ていたというような話も聞いたことがある。あやめが大杉の父の軍人遺族扶助料の受取人になっていて、その金で当時の大杉家は食べていたというので、あやめは単なる居候《いそうろう》ではなく大切な客分だったわけである。それなのに保子がやさしくしないというのが大杉には不満で、この頃からよく保子とけんかして家を飛び出していたという。

「要するに大杉の自由恋愛なんてものは、何のことはないテーゼ・アンチテーゼ・ジンテーゼ、いわゆる正反合の唯物弁証法を実践していただけですよ」

というのも、よく翁から聞かされたことばであった。

山勘横町の服部洋服店には、大杉も労働運動社の看板をかかげていた。

――有楽町の労働運動社は、かりに友人の家に看板を置いただけの事で、其処《そこ》には滅多にいない。尤も其処で聞けば、僕が上京しているか鎌倉にいるかは大がい分る。其処は服部と云う洋服屋で、電話は丸の内一三七一。

十六日　　　　　　　　　　　　　　栄　──

という福富菁児《ふくとみせいじ》あてのハガキが残っている。大正九年の十六日のハガキだという。この頃の大杉は鎌倉に移り越したばかりだった。

10

日蔭茶屋事件の反響は、予想を上廻るほどの賑々《にぎにぎ》しさで大正五年十二月号の各雑誌を飾りたてた。

大杉栄がそれらの文章に対して大正六年一月号の「新日本」に、

新しき男女の一対……　大杉　栄

〈附 世論に答ふ　ザックバランに告白し《ザックバランにこくはくし》〉　伊藤野枝〉

という題と署名で反駁文を書いている。

その中で大杉の目に触れたものだけでもとして挙げているのが、すべて十二月号の、「ビアトリス」、「婦人公論」、「六合雑誌」、「太陽」、「新聞の新聞」、「日本評論」等で、執筆者は、山田わか、山田たづ、岡田幸、山田邦、久保田富江、野母、生田《いくた》花世《はなよ》、安部磯雄《いそお》、一條生、与謝野晶子、杉村楚《そ》人冠《じんかん》、岩野清《きよ》、平塚らいてう、木村駒子、宮田修、木村秀雄、岩野泡鳴、武者小路《むしゃのこうじ》実篤《さねあつ》、赤木桁平《こうへい》、松本悟朗、磯村春、西川文子《ふみこ》等であった。

反駁文は、二人の名前を併記しているが、文章は大杉ひとりが書いている。

大杉の挙げた順に並べていくと、平塚らいてうは、

——今度の事はあなたがたに反省のいい機会を与えたでしょう——

と野枝に葉書をよこしたので代表される意見で、これは自分たちの理解者だとつい先頃まで思っていた大杉や野枝を、最も失望させたらしい。

山田わかは、

——あれは皆さんが自由恋愛だなぞとお思いになったら大間違い。あんな不自由恋愛は又とはありません。あの一団の間には、傷害、怨恨、憤怒、焦慮《しょうりょ》とあらゆる人間界の悪い分子が充満しているではありませんか。——略——何処《どこ》までも自由の意志で自己の観望する所を土台として対者を選択せよ、と云うものが自由恋愛なのです。けれども人の夫であろうが、人の恋人であろうが、好きだから食附いて行くと云うのは、獣性恋愛です——

と書いた。

女の感想はもっと智的にか、もっと文学的にか表現の差はあれ、大体同じような主旨であった。

岩野泡鳴は「大杉氏の事件と自由恋愛問題」という特集の中で、

「放縦恋愛、無責任恋愛」と題して、

——昨年からの渠《かれ》の特別な行動は、情事に過ぎないとは云っても、僕等には虐待に対する焼け気味の放縦としか見えぬ。若《も》し果して僕等のこの同情ある推察が正しいとすれば、渠がその細君を棄てようが、人の妻と浮かれ歩こうが、もう、どうでもいいことで、僕等の問題ではない。僕等は道徳の教師たるような野暮な仕事は初めから御免を被ってるから——

と、割合同情的な意見を述べているが、大杉は、自分を批判したことごとくに対して噛《か》みついていて、泡鳴に対しても牙《きば》をむいて吠えたてている。

——大杉氏も嘗《かつ》て僕の家を訪問した時、此頃では渠自身の考え方も渠自身から大分ぐら付いて来たというような事を僕に告げた。渠の真意では、一般のなまぬるい社会主義を棄てるのが、幸いに退いて全く非社会主義になるか、然らずんば一層激烈な方面に進めば、無政府主義も同様の極度のサンジカリズムに行くかの所謂堺目の瓢簞《ひょうたん》であった——

とあるのに、

出鱈目《でたらめ》も捏造《ねつぞう》もいい加減にしてくれ」とどなりつけ、「真意もへちまもあるものか、「僕は既にとうの昔から、無政府主義者として又サンジカリストとして名のって出ているのだ。出鱈目野郎！」

と意気まいた。また泡鳴が調子にのって、

――大杉氏が其の友人に語ったと云う所を聞くと、矢っ張り妻としては従来のがよく話し相手としては無学な野枝子よりは神近氏の方がよいそうだ。如何にもそれは尤もらしい――

というのに、「この出鱈目の大馬鹿野郎！」とわめきたてるしかないようであった。

武者小路実篤には他の雑誌で、欧羅巴《ヨーロッパ》のどこかの絵の先生が二人の女と一緒に同棲しているのを実にえらいものだと感心していたくせに、何で自分等のことをそれとは別の話のように批判するのかおかしいと反論した。赤木桁平は「新潮」六月号で、

――大杉の自由恋愛事件は車夫馬丁の私通野合とその類を同じゅうするものであり、伊藤野枝は論ずるに足らぬ不良女子である――

と決めつけているが、その中でドイツの社会民主党の創立者、フェルジナンド・ラサールが、一八六四年八月三十一日、ヘレネ・フォン・デンニイゲスという女性との三角関係から、恋敵ラコウイツ伯と決闘してスイスのゼネバ湖畔で斃《たお》れたのを、真剣で真面目な恋と、赤木が絶讃しておきながら、今の大杉の事件を罵倒《ばとう》するのはおかしいではない

かと、大杉は噛みついている。

これらの批判の中で「婦人公論」に載った安部磯雄の「所謂新しい女の殺傷事件」というのが、一番冷静に、事件を批判していた。

——大杉対神近の殺傷事件は近頃の不祥事である。神近市子にしろ又伊藤野枝子にしろ、今日の我国婦人界に在っては教育もあり智識もあって、日本婦人界の覚醒の為に大《おお》に働いて貰わねばならぬ人々である。此等の人々に依って此不祥事を惹起《じゃっき》したというのは、此等の人々の為めばかりでなく、我婦人界の為めに最も悲しむべき現象であると謂わねばならぬ。

私は茲《ここ》で之を単なる殺傷事件とせず、少しく彼等の思想方面に入って研究して見たいと思う——

という書き出しで、自由恋愛とは配偶者を選ぶ場合の「選択の自由」ということで、

——一旦自由に選択して結婚した以上は、双方共に互に制限せらるべきものである。若し制限を超える時は自由に放縦に流れるから不可《まず》いというのである——

という意見が述べられ、

——私は茲に要求する、我国今後の自覚した婦人は結婚に於ける選択の自由は、大いに之を主張して貰いたい。然しながらこれと同時に其の選択の自由から更に進んで、フリー・ラブ或は一夫多妻、一婦多夫主義にまで進めば、それは婦人の向上でなくて、堕

落であると考えて貰いたいことである——

と結ばれている。大杉はそれも、

「なんだつまらない」

と一笑に附して片づけてしまった。

大杉が自分たちへの攻撃を片っ端から撫で斬りのようにやっつけたところで、何となく今度ばかりは大杉たちが惨《みじ》めに見えるのは仕方のないことであった。世間の大勢は、判官びいきで、全面的に神近乃至《ないし》は保子に同情が集り、大杉、野枝は恋の勝利者の誇りもなく、悪役に廻ってしまった。

世間からは悪魔のように非難攻撃を受け、文字通り四面楚歌の中にあって、ふたりは相変らず菊富士ホテルで無銭飲食を決めこんでいた。

11

年が変った二月十九日、神近市子の第一回公判が、横浜地方裁判所で行われた。

秋田雨雀は「自伝」の中で、この日の模様を伝えている。

——朝早くなのに法廷は八分通りの傍聴者で埋められていた。そして五分の一ほどは女性であった。その内二、三人の若い女性たちは、法廷で漱石の文集を読んでいたのが眼についた。裁判長は新保という私と同学の人で、何かの事件で名判官という名をえていた人であった。

神近は九時半頃、看守につれられて地下から法廷に現われてきた。ひきつめた、さっぱりした髪をしていたが、日光を見ないせいか血色が少し悪かった。彼女は法廷へ出たとき、私たちの方に目礼を投げた。裁判長は比較的物柔かに訊問をした。彼女の答弁は、普通の日本女性に多く見るようなセンチメンタルな要素をほとんど持っていなかった

——

三月二日に第二回公判で検事の論告があり、三日後に四年の刑が下った。市子はすぐ控訴の手続きをとった。

三月七日、市子は保釈を受け、保護者の役を引き受けた宮嶋資夫の家に引き取られた。獄中の感想を聞きにジャーナリストたちが押しかけてきたが、みんな市子の意外に明るい表情に愕いた。事件発生前の陰惨な疑惑や嫉妬に苦しめられていた当時より、むしろ市子は憑きものが落ちたようなさっぱりした顔付になっていたし、自分の感情に生きたという自信から、卑屈にもなっていなかった。人々は今更のように命がけで恋をした女のすがすがしさを見る想いがして、市子への同情を深め好意的になった。

それから半年ほど、市子は宮嶋家の近所の下宿屋の二階に下宿して、原稿を書いて生

活した。入獄前以上に注文が絶えないので、生活には困らなかった。恋は失ったが、市子は世間の同情と愛情に囲まれていた。

12

大杉と野枝の方は、次第に同志たちさえ遠のき寄りつかなくなっていた。ひとり村木源次郎だけが相変らず二人の側にいて、唯一の慰め手であり、世間とのパイプ役を勤めていた。こちらも原稿だけが収入源だが、それさえ、悪役の彼等にはほとんど注文が来なくなった。

その上、野枝が妊娠したことがわかってきた。子煩悩の大杉はようやく、自分の子供が生れるというので有頂天になって喜んだ。

保子が病弱で一度も妊娠しなかったのを大杉は、

「僕は子煩悩だから、自分の子供が出来たら、子供にかまけて何も出来なくなるから、産んでくれないのが有難い」

などいって、保子の気持の負担を軽くしてやっていたが、本当は子供が欲しくてたまらなかった。

友人の子供でも、道端に遊んでいる子供でも、すぐ手なずけてしまう。子供の方でも大杉を自分たちと同じような子供扱いして、なついて慕ってくるのだった。

野枝が辻の所に置いて来た一《まこと》なども、大杉にはよくなついていた。

野枝が辻の家を出てしまった後も、大杉と野枝はよく辻の家に出かけ、一《まこと》を連れだしたりした。辻は野枝の出た後、よく家を何日もあけて放浪するようになっていたので、野枝や大杉が訪ねていくと、辻の母はかえって喜んで迎えた。世間には理解されない不思議な関係が結ばれていた。

逢えばすぐ、手を洗えとか、服を汚しているとか、行儀が悪いとか、口吐言《くちこごと》の多い野枝に、一《まこと》は冷い目をむけて反抗した。一《まこと》は自分を捨てていった野枝を本能的に嫌っているところがあった。そのくせ、一《まこと》は大杉が大好きだった。時には野枝が家に残り、辻の母の手伝いをして洗濯やつくろい物を片づける間、大杉が一《まこと》をつれだして遊ばせてやることがあった。そんな時も大杉には尾行がついている。

ある日、大杉は一《まこと》に目くばせして、尾行をまこうとした。野原の中を一本の線路が走り、列車が走っていた。小さな駅が見える。

大杉と一《まこと》は手をつないで突然走った。尾行もあわてて後を追って走った。

すでに発車しかけた列車に大杉は一《まこと》を小脇に抱えこみ飛び乗った。尾行は一瞬の差で乗り遅れた。大杉は一《まこと》に尾行の間の抜けた顔を見せ、イヒヒと嬉しそうに笑った。

一《まこと》も大杉と一緒になって腹の底から笑い声をあげた。陰気な父親といる時には決して感じたことのない快感が一《まこと》の胸にあふれていた。冒険って何て愉しいんだろう。一《まこと》はそう思って、こんな大冒険をけろりとする大杉おじさんを英雄のようにすばらしいと思った。

それから五十年近い歳月が流れ過ぎてからも、一《まこと》はこの冒険の愉しさを娘に語り聞かせていたという。

大杉は野枝の妊娠が確実になった頃から、家探しをはじめた。菊富士ホテルはいくら寛大でも子持ちの客は一人も置いていなかった。

家探しといっても、引越しの金もないのだから、なかなか適当な家など見つかる筈がなかった。

野枝はそれでも夏の間に「自由意思による結婚の破滅」という題の長いエッセイを九月号の「婦人公論」に書いたり、「サニンの態度」というエッセイを他の雑誌に発表したりして、引越料を稼いでいる。

「女の世界」十月号には大杉の「野枝は世話女房」というのが出た。勿論原稿料ほしさのもので、同社の安成二郎のはからいであろう。

大杉は開き直った形で、この中で徹底的に女房ののろけを並べたてている。まるで世間を馬鹿にしきった態度であった。

この頃ようやく巣鴨宮仲町二五八三の小さな借家がみつかり、無理矢理引越しを決行した後で、大杉の生涯でもドン底時代と呼ぶにふさわしい時期であった。

家の後ろにはだだっ広い庭があり、そこには芥《あくた》や新聞紙などが山の様に捨ててあった。それでも境の破れ垣根の根元からやせたコスモスの茎が群をなしてのびて、おびただしい花をつけていた。

――もう今日か明日か知れない産月の大きなお腹を抱えて終日ごろごろして呻《うな》っているあいつに、何んの近状などと書き立てる程の大した事があるものか。

それや、書けば、いくらでも書ける。しかし、

「ねえ、ちょいと、又こんなに動いててよ」

など媚笑の中《うち》に一寸眉《ちょっとまゆ》をしかめて、そっと手をひき引きよせて擦《さす》らせて見る、と云うような光景ばかり詳《つまびら》かにされちゃ、君の方で迷惑だろう――

という調子のふざけた書きだしの文章は初めから終りまで手放しの野枝礼讃に終始する。保子もいい世話女房だったが、賢夫人ぶる面があってけむったかった。野枝は全く予想の外に保子以上の世話女房だというのである。

まだ若いのに三十五ぐらいのよほど気のきいた女房ぶりだという。

水汲みや掃除は大杉がする。

野枝は大きなお腹をかかえて怠けているが、気がむいて庖丁を持つと、なかなか見事

な腕前を振う。

——実際あいつの手料理に馴れてからは、下手な料理屋の御馳走はとてもまずくて口にはいらない——

という大甘ののろけ振りである。

野枝は辻の家でもよく客に手料理を出したというが、らいてうと奥村博史が結婚した時、近所に住んでいた野枝が、らいてうの家事無能力を見かねて、自分が料理を受け持ってあげようと申し出、共同炊事を一時引き受けたことがあった。野枝の料理の乱暴さは、鏡をまな板に代用したり、洗面器にカレーライスをつくったりするので、神経質で菜食主義の博史が、先ず音をあげ逃げだしたということもあった。

大杉はぜいたくな美味《うま》いもの好きだが、本当は味のわからない男で、葉巻を吸っていても、何《ど》んな葉巻でもよかったし、御自慢のミルでひく大杉家のコーヒーは水っぽかったという証言があったりする。それでも野枝の料理に、大杉は大満足なのだから結構な次第である。

野枝はお針も上手で、ふとんやセルの縫い直しをしたり、赤ん坊の着物やおしめの支度を手早く片づけている。仕立に頼んでも気にいらず結局自分で縫ってしまう。

「僕にしても、やっぱりあいつの縫ったものの方がよほど着心地がいい」

というのだからおめでたい。

おしゃれも心得ていて、湯の帰りに銀杏返しなどに結いこんで薄化粧して別人のようになってあらわれ、大杉を悩殺するというのだ。そんな時は辻の家でよくしていたように、三味線《しゃみせん》をかかえて端唄《はうた》など歌って聞かせる。

こういう下町好みの髪や化粧や三味線の爪引きなどという趣味は、すべて辻家で野枝が覚えたものであった。

仲間の中でもハイカラ好みの大杉が、野枝のそんな下町趣味、それも田舎者が俄仕込《にわかじこ》みで身につけたものに、陶然とするのだから、愛というフィルターをつけてしまった視力は怖しい。

保子は金遣いにしまりがあったが、野枝はあればあったで、ぱっぱと使い果し、なければないでけろりとしている。

そんなところが大杉の性質や、生活の仕方にそっくりで、ふたりはますます意気投合するのであった。

こんな駄文の原稿料も、当時の二人の生活には重大な収入であった。

食うや食わずのそんな極貧の中で、若い生命力に満ちた野枝は、月満ちて女の子を安産した。大正六年、九月二十八日のことであった。大杉にとっては初めての子、野枝にとっては三人目のこの子は、悪魔の子だからというので、親たちから魔子と命名された。

13

市子は保釈の身で、原稿を書きながら、秋田雨雀や、エロシェンコや、宮嶋夫妻の温かな同情に包まれて一見元気そうにしていたが、内心おだやかでいられるわけはなかった。世間の同情が大杉たちより自分に集っていることは肌で感じられるし、宮嶋たちもそういってくれているが、所詮、恋の敗残者であることにちがいはないのだ。

いっそ、あの時、死んでいてくれたら――

苦しさの余り市子が思うのは、いつもそれだった。市子は凶行後二日ほど、大杉が死んだものとばかり思っていた。あの時自分に訪れた安らぎは何であったのか。死んだ大杉の為なら、何年の刑でも耐えられると思った。野枝の腕にも大杉は永久に抱けないのだと思うと、胸を灼《や》きつづけてきた嫉妬のほむらも、ようやくなだめられる気がした。

大杉は生きていた。そして今は保子とも別れ、天下晴れて野枝と夫婦になって片時も離れずいっしょに暮している。それを思うと、自分のしたことは二人の恋を成就《じょうじゅ》させるために役立ったとしか思えなくなってくる。刑罰を受けるのは彼等ではないかという憤りがこみあげてくるのを押えることが出来なかった。

判決の時の新保裁判長の声が度々浅い眠りの夢にあらわれる。不思議に凶行の場面は出て来ない。

「本件犯罪の動機を見るに、大杉に対する忿怒《ふんぬ》の念と野枝に対する嫉妬の念に依りて殺意を生じたること明かなり。之を一面より見れば恋に破れたる普通一婦人の犯罪なるも、他の一面より見れば新しき思想に囚《とら》われたる教育の欠陥と見るを得べし、而して大杉の態度に対する被告の行為は大に同情すべきものあり、然しながら殺人罪は軽視すること能《あた》わず、殊に堀やす子なる妻ある大杉と通じたるは人類社会の道徳上断じて許すべからざるものあり、要するに主観的に於ては愛情の誠意を認むることを得るも、客観的に於ては社会の秩序を紊《みだ》したるものなり、依って懲役四年に処するを相当とし、未決拘留百十日を本刑に通算すべし」

そこで大抵目が覚める。寝汗をびっしょりかいていた。

弁護士は一年くらいにしてみせようというが、市子は不安だった。公判の時も裁判長がくどいほど、保子というれっきとした妻がいるのに恋愛関係に入ったということに、罪の意識はないのかと問うのに対し、気の毒とは思うがないといった時の、裁判長の機嫌の悪さも思いあわされてくるから、とうてい弁護士のいうように刑は軽くならないだろうと思われてくる。

市子は不安や苦悩を忘れるために、ひたすら仕事をした。夜型なので、深夜書きつづけ、昼前に起きて人に逢う。人と逢うといっても保釈中なので大っぴらに人に逢ったり、居所をくらますわけにはいかない。

宮嶋夫妻より、この頃は秋田雨雀の親切や、やさしさが親身で有難かった。ほとんど三日か五日ごとには雨雀が訪ねてくれるし、市子も訪ねていった。秋田家では家族ぐるみあたたかく迎えるので、時には心の弱りをそのまま見せて泣いてしまうことさえあった。

別れた男高木信威《のぶたけ》との間に出来た子供を、未決監から出て来るなり死なせた悲哀や痛苦も、雨雀夫妻には素直に打ちあけることが出来た。雨雀は市子のインテリらしい理解力や知識欲に対して、いつでも一種の讃嘆の情をかくそうとはしない。文学や社会問題を論じあうと、雨雀はいつまでも愉快そうにして市子と話したがった。

男と女の間に恋愛ぬきの友情が成立するものとしたら、雨雀との間を、恋にしてはならないと市子は思う。

それでも逢えば数時間はまたたくまに経っていた。

市子は下宿を度々変った。変る度雨雀は小まめに市子の新居を訪れてきた。時には市子の家で食事をだすこともあり、風呂に入って行くこともあった。雨雀の仕事を熱心に読み、市子は適確な批評をして雨雀を喜ばせた。

六月十七日、控訴公判の結果、市子の刑は二年になった。

市子はもうこれ以上控訴して不安定な生活を送るのが苦痛になってきた。思いきって二年の実刑を受けてしまえば、さっぱりするのではないか。二年になっても何の喜びも湧いて来ない。中途半端な立場でいるよりも、いっそ二年で受刑した方がさっぱりするのではないか。

市子は銀座一丁目の鈴木富士弥弁護士の事務所を訪れ、自分の気持を訴えた。

「そうですか。その方がいいかもしれない。ぼくは一年以下の微罪にしてあげようと思ってたんですが、待たされる間のことを思えばすぐ一年くらいすぎてしまう。では取り下げましょう」

弁護士はすぐ納得して市子は服役することになった。九月半ばに入獄ということに決り、その間に原稿の書きだめを片づけた。一番書きあぐねていた事件に対する感情の吐露と反省の手記を一気に書きあげてしまった。「引かれものの唄」という題をつけたその原稿の扉に「礼子の幼き霊に捧ぐ」という献辞を書きこんだ。

「秋田雨雀日記」は、毎日克明に記された日記だが、大正六年の日記には、市子との交渉がほとんど三日にあげず書きこまれている。

——七月十二日

夜、移転した神近君を訪う。染井《そめい》の墓地の近くの家であった。いなかったので、もとの家の方へくると、彼女は店で話していた。大変喜んで氷を御馳走した。二人で菓子屋により、それから二人で宮嶋家を訪い、U子さんと三人で話しながらお菓子を食べた。そばもとった。十一時ごろ神近君が送ってきた。神近君が大変若く美しく見えた——という日もある。

その後、三日にあげず逢っているが、八月二十日には郷里の板留《いたどめ》へ帰省する雨雀を市子は上野駅まで見送っている。

九月十二日に帰京した雨雀は、市子を上野の絵の展覧会や、イプセンの「ゴースト」を観に浅草へ誘いだしたりしている。娑婆《しゃば》にいる時間がもう残り少くなっている市子へのサービスは尚つづき、九月二十七日に、市子に頼まれ、神田へつきあい、獄中で読む哲学書を買い集めている。

市子の下獄の日は十月三日と決っていた。

十月一日午前一時頃から、突然大暴風雨が東京に襲来した。二十八日頃から関西地方に降りつづいていた豪雨が東上してきたもので、東京始まって以来の大猛威を揮《ふる》った。風雨に雷鳴が伴い、家屋は倒壊し、海岸は海嘯《つなみ》が起り市内は浸水し、電線は切れ、全市暗黒となるといった惨状で、東京は恐怖の地獄に投げこまれてしまった。

雨も風も午前中にやみ、空は快晴になった。

雨雀の家でも瓦が飛び、垣根は倒れ、惨憺《さんたん》たる被害を蒙《こうむ》った。ところがその中で、雨雀は市子を訪ねている。

――神近君から手紙「東京の星」を賞めてよこした。三日に入獄するというので、訪ねて行く。月が実にいい！　自然は何も知らないように静かにしている。二人で鈴木弁護士を訪い、帰りに須田町のレストランで会食した。お別れだ！――と書きつけている。

この暴風雨は三、四十年来のもので、東京全市の被害は、死者百名、行方不明二百三十六名、負傷者百六十五名、倒壊家屋千二百五十二戸、床下浸水三万五千九百五十八戸という惨状だった。

十月三日、暴風雨の惨害が残っている中を、市子は下獄した。雨雀は送って行くとお互いにセンチメンタルになるといけないからというので、見送りをひかえた。

その夜も嵐の後の不気味なほど美しい秋の月が輝いていた。

市子は一応横浜に収監され、そこから八王子監獄に護送されることになった。曳《ひ》かれていく同囚は女ばかりの五人で、みな獄衣を着せられ深い編笠《あみがさ》をかぶせられているので、他人の目に顔をさらすことはなかった。看守は三人ついていた。

それでも、電車の中や、乗りかえのプラットホームで、もしや知人に見られはしないかと、市子は気が気でない。まだ嵐の余波の残った惨憺たる東京の町を通りすぎるのは、これから始まる荒涼とした歳月を象徴しているようで、市子はともすれば感傷的になりそうだった。

市子はつい数日前、雨雀と神田へ行った翌日、野枝が女の子を産んでいることなど知る筈もなかった。

八王子女監の門の中は、想像していたより清潔だった。廊下をはさんで両側に五室ずつ並んでいる独房の第一房に市子は入れられた。

その日の八王子朝日通信は、市子が独房で泣いていたと報じている。

14

嵐は巣鴨宮仲町の大杉たちの家にも吹き荒れて過ぎた。たてつけの悪い雨戸が吹きとんだり、瓦が落ちたり、垣根が倒れたりしたが、野枝は悠々《ゆうゆう》と魔子を懐に抱いて寝そべっていた。

大杉と村木の二人が一日中、まるで仕事が見つかったのが嬉しくてたまらないように、庭に出たり屋根に上ったりして修繕に余念がない。

ひっそりしていると思ったら、ふたりで嵐の被害を探険と称して、他家の惨状の偵察に出かけているのだった。

嵐の後、急に秋色が濃くなり、朝夕の涼しさが身にしみてきた。

大杉家の窮乏は改まるどころか、いっそう底をついている。

質種《しちぐさ》になるものは一切合財《いっさいがっさい》、質屋の蔵に入っており、秋風がそぞろ身に沁《し》むこの季節になっても、大杉と村木は浴衣一枚だった。

「ハックション」

と大杉が大きなくしゃみをすれば、すぐそれが村木にうつって、こだまのように村木も負けずにくしゃみをする。

村木は病弱だし、大杉も図体は大きいが、監獄で肺を悪くしてからは、寒さにはからきし弱くなっている。

三人三様に、早く着物を請けださなければと心にあせっているけれど口には出さない。口にしたところで質種をひき出すめどがつかないのがわかりきっているからだ。

産婦はまだ起きてしゃきしゃき働くというほどには体力が恢復《かいふく》していないので、出来るだけ陽当りのいい十畳の間の縁側近くに蒲団を敷きっぱなしにして寝ている。

赤ん坊は胎教で抵抗力がついているのか、まことに悠々と眠り、大きな声をはりあげて泣き、無性におなかを空かせる健康児である。

大杉は閑《ひま》さえあれば赤ん坊をのぞきこみ、ほっぺたをつついたり、髪の毛をひっぱってみたり、鼻をつまんでみたりして飽きることがない。

「この子は別嬪《べっぴん》だね。父親似だねえ」

「そうですかねえ」

野枝は相手にしない。

「頭がいいよ、鉢が張ってるもの、おでこだし」

「福助の頭だって大きいですよ。頭の大きいのが頭がいいって決ってやしないわ、ねえ村木さん」

村木はこんな時はにやにやして返事をしないことに決めている。

たてつづけにくしゃみをすると、大杉は野枝の蒲団の裾《すそ》にもぐりこむ。

「村木君、入れよ」

「いらっしゃい村木さん」

村木も大杉の横から蒲団にもぐりこむ。そうでもしなくては寒くてたまらないのだ。

赤ん坊の生れた直後、有楽町の服部浜次の娘の清子が母親にいいつけられて手伝いに来たことがあった。若いぴちぴちした娘は、二日もいると、黙って逃げ帰ってしまった。

「まあお清、どうして帰ったの」

「だっておっかさん、あの家ったら、なあんにもないんだもの」

「なあんにもって何が」

「お台所のものよ、お米でしょ、お醤油《しょうゆ》でしょ、お砂糖でしょ、なあんにもないの」

清子は訴えながら笑い出してしまった。

「お米がありませんよ、買って下さいっていっても、だあれもおあしをくれないんだもの、どうやってお料理するのよ、あたし困るわ」

母親もそこまで徹底した貧乏だったのかと呆《あき》れてしまった。

お米は産婦の乳が上ってしまうとこまるので、お粥《かゆ》にして野枝ひとりに食べさせる。大の男たち二人はふかし芋を買ってきて、大ていはそれで間にあわせる。芋は五銭で二人が食べるくらいは買えた。

元気がいいと大杉は洗濯をする。赤ん坊のおしめも野枝の下着も洗う。それは見るからに不器用で落着かない腰付きだが、大杉は結構それも愉しんでやっている。

寝ころがってそれを見ながら、野枝は別にすまなそうでもない。

「不器用そうに見えるけど洗濯も辻より上手よ」

村木にそんなことをいう。

「へえ、辻くんの不精者が洗濯するんですか」

「赤ん坊のおしめはよく洗ってくれたわ」

そういう野枝だけに浴衣の上にお召の羽織をかけている。妊婦だからというので、それ一枚は遺《のこ》しておいたものだ。お納戸色無地のその羽織は、いつでも野枝が外出に着ているもので、事件の前は、逗子のらいてうの許を訪ねた時も着ていて、らいてうがそのぞろりと羽織を着た後姿を見て、料理屋の女中が旦那の後ろからついていくような感じがしたと、情けない想いで見つめた羽織である。この羽織はまた、山川菊栄《きくえ》が野枝との初対面の時も印象強く菊栄の目に映っている。

去年の一月のことだった。山川菊栄は神近市子に誘われて、どうした拍子でか歌舞伎座へ出かけた。東京に生れ育ちながらそれまで歌舞伎座へ一度も行ったことのない菊栄は、そこで偶然野枝に出逢った。たまたま、「青鞜」五巻十二月号に書いた野枝の「傲慢狭量にして不徹底なる日本婦人の公共事業について」という論文を見て、菊栄は、反論を六巻一月号に投じたところであった。

野枝の論文は、日本婦人矯風会の廃娼運動にふれて書き、売春をしている女性たちを、矯風会では、「賤業婦《せんぎょうふ》」と差別した呼称を使い、彼女たちを蔑視していながら、六年間に公娼を絶滅せよという運動をしている事に対し、怒りをぶちまけたものである。

野枝の直感は誤りとはいえないのだが、矯風会の偽善臭と、思い上りを憎むあまり、「男子本然の要求」であり「存在理由をもっている」などといってしまったため、菊栄が手きびしくやっつけたのだ。菊栄は、公娼廃止問題の大切さを説き、「人間のつくったものであり、こわしたい時にはいつでもこわせるものである」として、男の身勝手さを認めず悪いものはさっさと廃すべきであると反論した。感情的で、直感だけを頼り、論理性に欠ける野枝の論旨の虚を突いたもので、野枝は口惜しがってまたその菊栄の論文に噛みついたが、それもまた菊栄の整然とした論陣にやっつけられてしまった。どう

みても菊栄に軍配が上った論争であったが、このため、菊栄はかえって大杉栄から、

「逢ってみたら、きっとお互いいい友達になれるよ。野枝はきみが考えてるような女じゃない」

とすすめられ、その気になっていた矢先、偶然、歌舞伎座での予期せぬ出逢いとなったのである。

この日の野枝はたっぷりした髪を銀杏返しに結び、絣《かすり》の着物に、ぱっと目に立つお納戸色無地の例の羽織をなまめかしく着流していた。菊栄は「青鞜」で活躍するイキのいい田舎出の野性的な娘のイメージから余りにもかけはなれている野枝の姿にびっくりした。

そしてそのどことなくしっくりしない野暮ったい感じは、野枝が気どっている江戸っ子の粋にはほど遠く、「露骨に云えば地方出の料理店の女中でも見るような」感じがしたと、全くらいてうと同じ意見を後になって菊栄ももらしている。

その問題の羽織は、野枝にとって、というより大杉夫妻にとっては最後の切札だったのである。なぜか、その羽織は質屋で金目になったのだ。あるいは、質屋は一度高値がついて以来、それを固執する大杉には、あきらめていい値に貸していたのだろう。男でも女でも子供でも、一目逢えば、持って生れた独特の魅力でたちまち虜《とりこ》にしてしまう大杉が、目的を持って質屋の主人や番頭、あるいは、内儀を味方につけてしまうくらいお

手のものではなかっただろうか。いわば、そのお納戸色の羽織は、大杉家にとっては質屋の手形のような役目を果す打出《うちで》の小槌《こづち》であったのではなかっただろうか。

産婦の野枝が子供を産んだ後の洗ったような清潔さの滲む顔をして、まるい肩にその羽織をかけ床の上に坐っていた。

嵐の後の秋空は、ここ二、三日、吸いこまれるように高く青く冴《さ》えかえっている。

大杉は散歩に出て留守だった。嵐で倒れたコスモスが男たちの手で垣根に結いつけられ、秋の陽に輝きながら風にそよいでいる。

「ねえ、村木さん、神近さんはまだかしら」

野枝がコスモスに目をやったまま、庭の隅にごみ穴を掘っている村木に声をかけた。

村木がどこかから拾ってきたぼろスコップの手をとめた。

「聞いてるんでしょう」

野枝がまたいった。市子と仲のいい宮嶋のところへは、大杉と共通の友人が出入りしていて、そこからの情報を村木は得ている筈であった。市子が二年の刑を上告せず受刑にふみきったということはもう野枝も聞いていた。教えてくれたのは村木だった。

「九月のいつかだっていってやしなかった」

「ええ、実はのびて十月三日だったんです」

「えっ、それじゃ昨日じゃありませんか」

野枝は村木の顔に目をあてた。村木が目をそらせた。

「八王子の女囚刑務所に入りました」

野枝が返事をしないので村木がふりかえると、野枝はまるい頰に涙を流れるにまかせ、口を歪めて、子供がべそをかいたような顔で泣いていた。

「寒いでしょうね」

しばらくして野枝がぽつりといった。野枝は事件の後、新聞記者たちに取材されると、「市子さんがあのようなことをなさったのは、極めて自然であろうと思います。市子さんに対しては同情に堪えないし、また大杉さんにも気の毒だと思います」と答えている。それは大杉が死なないと決ってから言えた言葉で、もしあの時、大杉が殺されていたら、自分も市子を殺して死んでいただろうと思った。

「二年って、長いわね」

「あの人はしっかりしているから」

村木がつぶやいた。

「おい、うまいぞう、ほかほかふかしたてだ、食おうよ」

大杉が外から大声をあげながら帰ってきた。洗いざらしの寒そうな浴衣の胸をふくらませているのは、男たち二人の食料のふかし芋だった。五銭でふたりの腹も一応一杯にする量はある。それもまた芋売りの婆さんを手なずけて、芋の一本や二本、おまけにつけてくれるようになっていた。

「入れよ源兄《げんにい》」

村木は仲間うちでは源兄《げんにい》と呼ばれていた。

野枝も小さいのを一本貰って羽織を蒲団の上にかけ、寝床にもぐりこんだ。裾の方から大杉と村木がもぐりこみ、ふかし芋をかじる。

大杉の足がふざけて野枝の足にいたずらしている。野枝が時にまちがえて村木の足を蹴りかえしたり、からませてきたりする。村木はもう馴れっこになっているから平気だった。

「おれはか、かんがえたんだ。芋をつつんでもらいながら、ひ、ひらめいたんだよ」

大杉がどもりながらいう。今度出す雑誌は「文明批評」にしようというのだ。

「もう我慢出来ない。何かやらなきゃこのままじゃ骨まで腐ってしまうぞ。いいか、『文明批評』の第一号の発刊は大正七年一月だ。ロシア革命のあった今年は、大杉栄にも革命があったのだ。え、源兄、そうだろう」

村木は黙ってうなずいていた。ロシア革命はこの年三月に勃発していた。

「世の中は変るんだ。じっとしていられないぞ。もう冬眠は充分だ」

「資金は」

「無いさ、しかし有るのを待っていたら雑誌なんか永久に出来やしないさ。ともかくやるんだ。やってしまえば、金がついてくる」

そうは思わなかったけれど、村木はこんなロマンティックなことを考え、またそれをやってのけてしまう大杉が好きだった。

「仲間は俺と野枝と源兄だ。ふかし芋から出た発想たあお釈迦《しゃか》さままでも御存じあるめえ」

大杉は愉快でたまらないように笑う。

「荒畑と山川の『青服』だって四号でつぶれてしまった。あいつたちにも書かせよう。動かないことにはどうにもならない。まず雑誌をつくることだ」

「いい名前ねえ」

蒲団の向うから野枝がいう。

「『文明批評』ってすてき、すっきりしてる」

「うん、『近代思想』くらいいいだろう」

野枝は大杉の熱っぽくなってくる声を聞きながら、大杉も市子の下獄を知っているのだなと思った。

あの事件で、せっかく後藤新平から貰ってきた雑誌の費用の三百円もとっくに消えてしまっている。いや、あの三百円が直接の原因で市子を爆発させてしまったのだ。市子が公判でも、しつこく三百円の金の配分について恨んでいるのが新聞にも出ていた。いずれにしろ、自分たちの恋愛問題で、社会主義運動全体の足を引っぱったことだけは確実なのだ。

大杉がそのことで自分を責めていたのを野枝は知っている。市子にもすまながってい るのを知っている。夜中に大杉は奇声をあげて飛び起きたり、野枝にしがみついたりすることが多くなっていた。市子の幽霊が蒲団の裾の方にあらわれたというのだ。あの夜の凶行直後の市子だという。

「ばかね、あなたは、いくつなの」

野枝は大杉の頭を自分の胸に引きよせ、幼児にするように頭をぽんぽんと叩いてやる。

「おいたがひどいとお化けにくれてやりますよ」

「ごめんなさい、ごめんなさい」

大杉もふざけていっそう野枝にしがみつく。

大杉の見る市子のお化けは、大杉の市子への憐憫《れんびん》と、同情と、愛情と、嫌悪と、恐怖のいりまじった複雑な心の所産だと思われる。

大杉が下獄する市子への贖罪《しょくざい》の意味でも、雑誌をつくり、そこで自分の思想を洗い直そうとする気持は納得がいく。野枝は全く無収入の現在に目を据えていた。おそらく、今年の末になっても金の入る目当などある筈はないのだ。

でも大杉ならやるだろう。野枝は信じた。前途への不安は何もなかった。ふたりで長生きして共白髪《ともしらが》まで添いとげようなどとは考えてもいない。多くの人々を傷つけ、呪いを受けている自分たちの愛の巣が、いつまで守られるかわかったものではない。太く短くていい。野枝は心から思った。贅沢《ぜいたく》が許されるなら、同時に死にたいものだ。

その時、玄関で人の訪れた声がした。

「ごめん下さい」

声は、しわがれた老婆のものらしい。村木がのそのそ蒲団を這《は》い出していくと、小柄なみすぼらしい老婆がしょんぼり立っている。

短く刈った白髪の多い頭がそそけ立って、垢じみた顔に、濁った眼がどろんと見開かれている。魔法使いの老婆のような気味の悪さがある。老婆は野沢と名乗り、大杉に逢いたいと告げた。

村木が取次ぐと、大杉は、

「うん、そうか」

といいざま、蒲団から抜けだし、寒々しい浴衣姿で堂々と出ていった。

「だあれ」

聞きもらしたらしい野枝がたずねた。

「野沢という婆さん」

「あらっ、そう、お金がいるのよ。でも困ったわね、今は……」

「野沢って誰」

「ほら、築地の親爺っていう、有名な俥引《くるまひ》きさん」

「ああ、あの人……」

「そのおかみさんよ」

村木もすぐ思いだした。大杉の書いた「労働運動の哲学」という本に写真も載っている俥夫であった。

逢ったことはなかったが、村木も話にはよく聞いていた。

野沢重吉というその俥夫は、銀座尾張町の角の「尾角組」駐車場にいた俥夫で、俥夫仲間や、銀座の縁日商人たちの間では、「築地の親爺」で通っていた。日本に社会主義運動が起った最初からの、最も熱烈な、戦士だと村木は聞いていた。

その本の序の中で大杉は書いている。

――略――此の「労働運動の哲学」に就いても、西洋の書物から其の知識と思想とを得来った事は事実である。けれども其の翻訳的知識と思想とが、本当に僕自身のものとなり、僕自身の中に生きて来たのは、日本に於ける労働運動の事実の詳細なる観察によってであった。殊に、東京に於ける労働運動史の殆んど総てを其の生涯とアイデンティファイした故野沢重吉君は、僕自身の中に此の翻訳的「労働運動の哲学」を生かしてくれた最も重要なる一人物であった。

君は其の三十年ばかりの労働生活の間に、自由民権論、資本労働調和論、社会民主主義と云うように、漸次《ぜんじ》に其の思想を進めて行った。そして最近には、猶此の相異なれる三主義を多分に保存しながらも、更に無政府主義的傾向をすらも少なからず帯びていた。斯く君が相矛盾する種々なる思想を同時に抱いていた事は、主として日本の労働運動の薄弱であった事に因《よ》るものであろう。——略——けれども君の生きんとする強烈なる意志は、絶えず君をして何事かを計劃せしめ又実行せしめた。そして——略——其の度び毎に君の思想を深めて行った——

序文にそれほど熱をいれて書くほど大杉の敬愛していた倅夫の寡婦は、金を借りに来たらしい。玄関脇の四畳半から出て来た大杉が、台所で野枝の粥を煮はじめた村木の所へ来て、にやりとしていった。

「おい、すまないがまた一っぱしり行ってくれないか」

大杉の手には野枝の羽織がぶらさげられている。

村木は黙ってそれをくるくるまるめ、そこにあった古新聞でくるみ、そっと台所口から出ていった。質屋は黙っていても五円も貸してくれた。やはりこの垢じみた羽織は魔法の羽織だと感心しながら、村木はわざわざそれをこまかく崩してもらって家へ駈けもどった。これで野沢の婆さんも喜ばし、残りで二、三日分の米も買って、味噌《みそ》もほしいな、卵のひとつも産婦にのませたいし……

大杉は待ちかねていて村木に掌を出した。

「五円も出したよ」

「あ、そうか、御苦労、御苦労」

あっというまもなかった。大杉は村木の手から金を全部取りあげると、さっさと客の所へ行った。

「はい、甚だ尠《すくな》いが、今日はこれだけで――」

この挿話を大杉の死後書いた村木は、こう結んでいる。

――私は一寸ぽかんとしましたね。まさか皆んなは渡すまい、せめて二三日間の米代は残すだろうと思っていたのでした。

が、しかし私は、お婆さんを送り出している大杉の後ろ姿を呆れたように眺めているうちに、何んとも云えない気持――と云うよりは温い血潮のようなものが、何んだか斯う腹の底の方から湧き上って来るように感じて来ました。そして、大杉のよくやるニヤリとした笑いが、私の顔にも現れました――

ところがこの羽織は案外早く野枝の許にもどったようである。

その年の大晦日《おおみそか》、大杉と野枝は子供づれで、借金取りを逃れるのが目的で、いきなり山川家へ押しかけていった。その時、野枝はこの羽織を着ていた。

「一緒にここでお正月しましょうよ」

野枝はけろりとして、魔子と丁度同じ頃生れた菊栄の長男の振作の横に寝かせた。

「あなたは炬燵《こたつ》で寝てらっしゃいよ。私がみんなしてあげるから」

野枝は自信あり気にいい、菊栄の金で、丁度来あわせていた青年を買物に走らせ、自分はいそいそと台所に立った。羽織をぞろりと着流したまま襷《たすき》もかけようとしない。

菊栄が見かねて、普段着や前掛を取り揃えて出し、

「着かえてちょうだい」

というと、大杉が横からにやにやしながら口を入れた。

「いいんだよ。この人はこれが一張羅《いっちょうら》で常着《つねぎ》、天にも地にもこれ一枚しかないんだから……風呂に行く時も台所する時もこれっきりなんだ。襷なんぞしやしない。同じ着のみ着のままでも、木綿よりこの方が質種になるからね」

野枝は笑いながらそれには口を添えず、羽織の袖《そで》をちょいと腋《わき》の下にはさみこみ、景気のいい庖丁の音をひびかせてとんとんと、なますを刻みはじめていた。

15

「東京監獄八王子分監」の高い塀の中での市子の生活は、孤独で単調を極めていた。

女囚は、午前八時から午後五時まで、監獄内の機織《はたお》り工場で、機織りや管糸巻きの労役が課せられている。

市子は二畳ほどの独房に置かれて、その労役には参加しない。部屋でひとり、五十糎《センチ》ほどの織り残りの屑糸《くずいと》をつなぐ作業が課せられる。子供の頃郷里の家で母や姉が糸つなぎをするのを見覚えていたし、手伝いもさせられていたので、市子には楽な仕事だった。

二畳のうち半畳は便所で、便所の上には板の蓋《ふた》がはまるようになっていて、その上に手洗いの水桶が置いてある。北向きの窓は高く、鉄の棒がはまり、窓硝子《まどガラス》はいつでも曇っていた。

北向きのため日光の射し方は少いので昼間でも黄昏《たそがれ》のように薄ぼんやりと暗さに包まれていた。

廊下に面して一方に扉があり、別の一方にかなり大きな差入口がついていた。その下に小さな棚があって、土瓶《どびん》と茶碗が一つのせてある。湯は炊事係が食事の度入れかえてくれる。扉の下半分は板で上半分は鎧戸《よろいど》になっていた。扉の前に一番よく光線が落ちていることを発見し、市子はいつもそこに坐って壁の方に向《むか》い屑糸つなぎの作業をしていた。

社会では女として最高学府の教育を受け、婦人記者という最先端を行く新しい職で活躍し、華やかな人生の脚光を浴びてきた市子にとって、与えられた二畳の空間の孤独な暮しは、予想以上に骨身に沁みるものであった。

天気のよい日は屋外に出て三十分の歩行が許される。編笠をかぶったまま、ぐるぐる歩くだけだ。庭は広く市子の知らぬ樹々や草が生い繁っていた。植物好きの看守がいて、よく樹や草の名を市子に教えてくれた。

昼食後の三十分の休憩と、夜食後から八時の就寝までは自分の時間で本を読むことが出来た。日曜の午後は講堂で教誨師《きょうかいし》の説教があるが、市子はキリスト教の学校を出ているので出席しなくてもよかった。読書だけが唯一の慰めであった。

市子の部屋以外は、たいてい二人ずつ入っていたが、市子の前の部屋は二十四、五歳の女がひとり入っていた。

夜は検視がある。獄監がくると、外から扉が開かれる。扉の入口に坐って女囚は検視を受ける。扉が開いた時前の独房が丸見えになる。

覚悟していたものの、外で想像していたのと、実際の監獄生活では雲泥の差があった。市子は落ちる所まで落ちたという覚悟が坐ってはきたが、外ではあれだけのことをしても、自分に集ってきた他人の同情やこれまでにもまして厚くなった友情をひしひしと感じ取ることが出来て、むしろ、凶行前の出口のない地獄の中でのたうっていた頃より、むしろさっぱりして、幸福になっていたことが思いかえされた。

愈々《いよいよ》世間と隔絶されたこの世界に入ってみると、自分が娑婆で考えていた受刑者の生活がどんな甘いものであったかを思い知らされた。

労役があったり、廊下に人の足音がしたり、工場の機《はた》の音が伝ってきたりする昼間はまぎれていたが、物音という物音がすべて絶えてしまった夜の時間の孤独がたまらなくなる。

市子は獄内のもっそう飯が咽喉に入らなくて、ほとんど何も食べないでいた。そのため極度に栄養失調になり、いつでも眠くてたまらなく、うつらうつらしていて、その気になればすぐ眠れるようになった。眠りの中には夢があらわれる。実によく夢を見た。故郷の嘆き悲しむ母の夢の時は、目がさめると市子の頬も涙で濡れていた。

すでに刑期をすませ、帰っている夢もよく見た。なつかしい友人たちと話したり、会食したりしている。覚めれば、失望のため、前よりいっそうひどい絶望感と孤独感にさいなまれる。

大杉が死んでいる夢を見ることもあった。静かな死顔を自分がじっと見下している。涙がその顔に落ちていく。またの日は血みどろのまま子供のように泣き声をあげて、日蔭茶屋の廊下を走る大杉をあの日よりももっと鮮明に見ることがあった。

そんな夢の覚めた後では、市子は興奮して眠れなくなった。大杉に対する恨みや、あの頃自分の受けた惨めさや屈辱の口惜しさは、一向に衰えも薄まりもしていないことに気づかされる。わきあげてくる熱い涙は、自分をそんなところまで追い込んでしまった彼等に対する恨みの涙であった。二年の苦役の間に、大杉と野枝に対する憎悪が消え去ろうとは思えなかった。

ある日、市子はあれほど見ただけで食欲をそがれていた食事をきれいに食べてしまった自分を発見した。愕きと共に深い物悲しさがふくらんで胃《い》の腑《ふ》の底から湧き上ってきた。

とうとう自分もこちら側の人間になってしまったという感慨があった。それはこの上もなく淋しい感情だった。

監獄の食事に馴れたからといって、その極度な少量さと質素さは、満腹感にほど遠いものだった。いつでも飢餓感にさいなまれていた。夢はほとんど食物のことに変っていた。

かつて自由な世界でたらふく食べていた好物や高級な御馳走の山が目の前に大量にあり、それに箸をつけようとするところで夢は覚めた。ごく稀に食べてしまった夢をみたところで、覚めての落胆と失望の度に変りはなかった。

聖書を読みかえし、仏教書を読むようになった。獄中にある書物といえば、仏教書くらいであった。

市子は大正九年一月から「婦人公論」に発表した「牢獄通信」の中では、しきりに、獄内で仏教に目を開かれていく過程をのべている。親鸞《しんらん》を読み法然《ほうねん》を読み、蓮如《れんにょ》を読む。念仏を称《とな》えるかと思えば、法華経にも感動する。どうやら市子の教誨師は念仏信徒ではないかと思われる節があるが、市子の仏教の摂取の仕方は自由に宗派にこだわっていないようであった。はじめは宗教の話をされるのがうるさく、

「私なんか、浄土があってもなくても構いません」

と教誨師にくってかかった市子が、いつのまにか阿弥陀経の極楽の描写に感動したり、念仏に熱中したりするようになっている。

――暗い壁に背中を当てて、右の膝を立てて右の肱《ひじ》にのせ、右の手で頤《おとがい》を支えている私の姿を、役人や囚人はよく見かける筈ですが、そのポーズを取っている時、私は何時も念仏しながら、熱心に念仏を聴いているのです。始め二三カ月は、矢張り以前の習慣と負惜しみと驕慢《きょうまん》を捨て兼ねて、充分素直に念仏を聞くことが出来ませんでしたが、今は余程完全に、それを聞くことが出来るようになりました。

最も重大な、最も激しい心の革命が、静かに、静かに心の中に行われて行くのを私は感じて居ります――

市子はまた囚人は社会の人々に比べて、意志が弱いのではなく、感《かんじ》が深いのだと判断する。他の人々が罪を犯さず切りぬけていく誘惑や苦痛や怨恨に対して、一たまりもなく屈伏してしまう。それは彼等の感度が鋭く深いからだという。つまりは自分の犯した

罪に対しても、市子が彼等フリーラブの関係者の中で最も純粋で感が深かったのだとも聞えてくる。

宗教は感じることだと市子は理解する。従って、天性感受性豊かに恵まれている者は、天国に近いのだと確信する。

市子は恐れていた冬の寒さも無事に過《すご》し、囚人たちとの会話もひそかにする方法も覚えるようになり、浴場で、腹膜炎で臨月のような腹をした女を見ても、「銀次郎命」など腕に刺青《いれずみ》をした女囚を見ても愕かなくなる。

深夜、罰分房で、自暴になった女囚が、ありったけの大声をあげて、

「一つとや、ひとりであんまり淋しいから、監獄歌でも唱いましょう
二つとや、ふびんな父《とう》さん血の涙どうして今日日《きょうび》は送るやら
三つとや、みんな私が悪いから、許しておくれよお母さん
九つとや、心からとは云いながら、役人共にはいじめられ、赤い着物で苦労する」

という哀切で陰鬱《いんうつ》な歌が流れだしても、もう涙が出なくなってきた。

市子は新聞記者らしい身についた観察眼で、この異常な経験の中でのすべてを吸収しようとしていた。草木の名でさえ、社会へ出た後、役に立つのではないかと覚えようとしていた。

囚人たちは互いに「お大事にね」という挨拶でいたわりあった。教養も、身分も、財

産も、女としての武器の美貌も、ここでは何の役にも立たなかった。唯自身ひとりで自分を守り抜くしかないのだ、平等といえばこれほど平等の場はなかった。

市子は獄内で病気になった。左の足のふくら脛《はぎ》が膨れ上ってきて、激痛に襲われる。病監に移され罨《あん》法《ぽう》療法をしてもらっても大して効《き》きめもなかった。

それもまた経験だった。市子は痛みを忘れたいため、もう読み古してしまった仏教書にまた目を通すことくらいしか出来なかった。

「牢獄通信」の最後の方で、

――私は、今自分が救われたのだと云うことが、深く感ぜられます。あなたは、救いの働きの不可思議なことを、今の私ほど深刻にお感じになることは出来ますまい。あなたは、恐らく地獄の底にお沈みになったことがないでしょうから、極楽の台上に救われて生るるよろこびをも、お持ちになることは出来ますまい。私は今、そのよろこびに居ります。地獄に落ちたことは、今日極楽に生るる為めであったことを考えれば、私は地獄を通って居った時にすら、大悲の止み難い力の働きに守られていたのだと云うことを、考えずには居られません。

過去の私の凡ては、誤りであったのです。怨んだことや憎んだことや、誹《そし》ったことや妬《ねた》んだことや、それら凡て過《あやまち》であったことは勿論ですが、愛したことも又実に大きな過でありました。今日私はへりくだった謙虚な心持で、人と神との前に、それを詫びなければなりません――

　二年間の受刑生活が、あの誇り高い市子をこんなふうに変えてしまうことが出来たのだろうか。市子は尚この文中で、保子に対し、夫を奪い、家を奪い、安全を奪った罪を、死に価するといって詫びている。大杉に対しても、大杉を憎んでも大杉の生命を憎む理由はなかったのだと詫びている。

　この手記だか本当の手紙だかわからない文章が、もし獄中から出されていたものとしたら、当然、検閲の目を意識して書かれていただろう。

　出獄して後、市子が書いた自伝の中には、入監中の話に触れてはいても、こういう懺《ざん》悔《げ》や回心の記録は一切はぶかれている。

　そしてむしろ、大杉、野枝夫妻への反感と憎悪は、以前にもましてむき出しに表している。どちらの市子が本当なのか。おそらく、監獄という特殊地域の中での異常な生活の中から、市子はある一時期、確かに神を感じ仏の声を聞いたのであろう。

　しかし現実の社会に戻った時、市子が本来の市子に戻り、受けた屈辱や憎悪が、前にも増してほとばしり、よみがえったとしても不思議ではなかっただろう。なぜなら、市子は人間で、まだ若い生きた女だったのだから。

　大杉が日蔭茶屋事件を小説ふうに書き「お化けを見た話」を発表した時、「豚に投げた真珠」という反駁文を「改造」(大正十一年十月号)に書き、徹底的に大杉の卑劣さを糺《きゅう》弾《だん》した文章には、「牢獄通信」のしおらしい改悛《かいしゅん》の情などみじんも残されてはいない。

16

大正八年十月二日、市子の二年の刑期は終った。その夜遅く、市子の出獄があるというので、ジャーナリズムは色めき立ち、各新聞社から社会部の記者たちがいっせいに八王子へ詰めかけた。新宿駅で幾人もの記者が偶然落合い、中央線に乗りこんでいく。八王子に着いた時は、もう夜も十時をまわっていた。

一同で仲よく駅前の宿屋に落着いたものの何時に出すかわからない。十二時すぎれば、三日だから、やはり今夜のうちだろうとか、いや、われわれが詰めかけるので、わざと時間を外してこっそり出すかもしれないなど、様々な臆測が出る。とにかく、門前で待機するのが安全だといいだす熱心な記者がいて、次第にみんながその意見に傾いていった。

「まさか、女を真夜中に出すものか」

という記者もいたが、その男ひとりを残して、数人はつれだって夜道を歩いていく。道には家の灯も見えず、行けども行けども鼻をつままれてもわからないような暗さだった。ようやく監獄の正門前についても、高い正門と塀にさえぎられ、中は何も見えない。

どこの記者も、出獄の時間を知らなかった。

結局、差入屋のおかみに、引取人が来ない以上出るわけはないと教えられ、差入屋で雑魚《ざこ》寝《ね》して待つことになった。

そんな頃、秋田雨雀は市子を迎えるために雨の中を車で走っていた。

九月三十日に、宮嶋麗子《うらこ》から市子が三日の午前五時に出獄すると告げて来たので、出迎えの用意を整えておいたのだった。四月の中頃、獄中の市子から、出獄したら、たちまち金が入用なので、「福岡日日」に書く約束で、百円か五十円ほしいといってきていた。市子が頼んでほしいといった人物からは出なかったのを中溝民子が五十円だした。中溝民子の夫は中溝多磨吉といい一種の政治ゴロで、三多摩の壮士で顔役だった。

目黒に大邸宅を構え、その日本庭園は泉水や築山や名石の配置もあり、贅を極めたものだった。邸も廻り縁のついた大広間を持った豪邸で、なぜか、中溝夫人が市子の身元引受人になってくれていた。

民子は夫が妾宅に入りびたって本宅にほとんど帰って来ないので、自立を考え、白金台町に蒼生堂という書店を造ろうとして、そこへ市子を雇うつもりになっていた。

当日、出迎えの車も民子が自分のを出すことに決った。雨雀は、市子のために買物な

ども して、三日の午前三時に白金台町を出発した。民子と雨雀の外に新宿の中村屋でエロシェンコを拾った。エロシェンコはインドの旅から帰ってまた日本に来ていた。市子に好意を持っているエロシェンコの出迎えは、市子を喜ばすだろうと雨雀も同乗に同意していた。

小雨の中を走りつづけ、多摩川の渡しをやっと渡った後、車はパンクしてしまった。二度もパンクして、どうやら八王子にたどりついた。彼等の車は、もう待ちくたびれていた記者連に活気を与え、たちまち包囲されてしまった。

雨雀が門で案内を請うと、ようやく小使いが出てきて応対した。三人だけ中へ入れられて、分監長、看守部長、教誨師たちに逢った。

午前七時頃になっていた。年とった教誨師は、雨雀たち三人に向って、

「神近さんはこの監獄内ではよく獄則を守って模範囚でした。健康にもよく注意していられたので、どこも悪くありません。どうか出獄後はいっそう軀に気をつけて立派な生活をなさるよう、皆様も見守ってあげて下さい」

という。

しばらくして、ようやく市子が三人の前に姿を見せた。濃いたっぷりの髪をきりっとかきあげて引っつめに結い、縦縞《たてじま》のセルの着物に帯を胸低く締めて、思ったより顔はやせていなかったが、日光の足りない生活のせいか、蒼白な艶のない皮膚をしていた。市

子は特徴のある眦《まなじり》の吊り上った目に涙をこらえて、なつかしい雨雀とエロシェンコを見つめた。口をきけば泣きそうだった。盲目のエロシェンコが市子の手をとってしっかりと握った。

「しばらくでした。神近さん。いかがですか？」

「ありがとう。よく来てくれました。私はこんなに元気です」

市子もエロシェンコの手を握りしめた。雨雀は、車が二度も途中でパンクして気をもんだことを話した。監獄側との話合いで、市子は雨雀たちの車で帰ることになった。

市子は愈々二年間を過した建物に別れをつげようとした。その時、市子の胸にいいようもなく切ない熱い想いがこみあげてきた。

中でいつでも喧嘩口論はする、教誨師に嚙みつく、罰分房ではあばれる、歌う。あらゆる違反をしては革鞭《かわむち》で打たれ、それでもこりずにまた反抗し、違反する。そんな繰返しの女囚二号が放免になって娑婆へ出ようという時、二号が取締に話している声を市子は聞いた。

「おかげ様で私ひとりは帰れますけど、まだ十号さんや三十九号さんは出られません、それからここにいるほかのみんなも帰れません……ほかの監獄にもたくさんいる囚人たち……その人たちも帰れません……私だけが帰れてもつまりません」

そのことばを聞いた時と同じショックが、今、市子の胸をひたしていた。自分ひとりが放免されることで、嬉しさに胸がいっぱいで、他の囚人たちのことなど考える閑もなかった自分は、あの無知で常習犯中の常習犯といわれた二号よりも劣っているではないか。

みなさん、さようなら、さようなら、御大事に。一日も早く出られますよう。

心の中で大声で叫び、頭を下げると、市子は思いきって、二年間ただ今日のこの瞬間をだけ待ちわびて、暮しつづけてきた建物に背をむけた。

市子より先に雨雀が門の外へ様子を見て出て、すぐ引きかえしていった。

「外にはね、昨夜から徹夜であなたの出獄を待ちかねている新聞屋の連中が十人ほどもいるんですよ。みんないっせいに取囲まれるから、覚悟を決めておいて下さい。それとも別の出口から出してもらいますか」

「いいえ、正々堂々とここから出て行きたいですわ。私だってまだ記者だったら、見逃さないでしょうからね」

市子はゆとりのある微笑さえ浮べていたので、雨雀はほっとした。

小さな風呂敷包みをかかえた市子が門の外へ出るなりフラッシュが光った。誰かが飛びだしてきて、

「まあ、神近さん、御無事でね」

と声をかけた。記者をしていた頃、幾度か口をきいたことのある万朝報《よろずちょうほう》の婦人記者だっ

た。市子は黙ってお辞儀をして、空を見あげた。雨が上り青い十月の空が広がっているのを市子は見上げた。昨日までと同じ空なのに、この高い塀の中で見上げていた空と、塀の外に立って見上げる空ではちがう空のように思われるから不思議だった。

ようやく、自由になれたのだ。ようやく許されたのだ。熱い想いが胸をつきあげてきて、市子の目から涙が今にもほとばしりそうになってきた。そんな市子に、いくつものカメラのレンズが銃口のようにいっせいに向けられて、シャッターを切る音がせわしなくつづいていた。

市子は覚悟して、おとなしく彼等の前に身をさらしつづけた。明らかに徹夜の疲れの滲み出た顔付の彼等に、市子は憐憫の情を感じている自分に苦笑した。憐れまれているのは自分の方だった。前科者の女というレッテルをはられて、これから生きていく自分の前途に、どんな屈辱と困難が待ち受けているか、仰々しい彼等の出迎えが、そのことを暗く暗示していた。

「今の感想を聞かせて下さい」

「二年ぶりで社会にもどられる心境は如何ですか」

「大杉氏に対して、現在どう思っていられますか」

矢つぎ早な質問が浴せかけられ、市子は答えなかった。これが二年ぶりで聞く娑婆の人の声だと思って、その声音だけが耳いっぱいになり、口々にいっていることばの意味はむしろ何も聞えて来ない。

「私は只、たった今、暗い処から明るみへ出たという許《ばか》りで、何んにも申しあげることが出来ません。今日は只御挨拶だけにしてこれで御免下さいませ」

「あなたのために、我々は昨夜ずっとここで徹夜したのです。獄中の感想だけでも聞かせて下さい」

一人が畳みかけて、逃すまいとする勢いで訊く。

「これからどうする予定ですか。身元引受人は誰ですか」

「仕事は何《ど》んな予定がありますか」

市子はただ蒼白い顔を伏せて何も答えない。ただその態度が、言葉を失って途方にくれているような頼りなげなやさしい感じで、以前、英会話がペラペラの女記者という全盛時代の人を喰った驕慢さはみじんもなくなっていた。

「肥ったんじゃないか」

その質問にだけ、

「ええ、五百め……ああ一貫めも増えましたでしょう」

と笑っていい、そのまま、雨雀やエロシェンコに守られるようにして、車に乗りこんでしまった。

車は彼等を後にして走りだした。

「お疲れさま、まあ、仕方がないですね。彼等の身になってみれば……あの程度はね」

市子は二年ぶりで目にする世間が珍しくてならないように、視線はずっと車窓にはりついたようになっていた。

雨雀がようやく改まって中溝民子を紹介した。民子は市子を初めて目《ま》の当りに見て以来、想像していた市子とのあまりのちがいにただ愕《ほうらつ》いていた。見るからにインテリらしい市子の態度にずっと圧倒されてもいた。夫の放埒《ほうらつ》や妾宅への入りびたりに、内心死ぬほど口惜しい想いをしながら、表面さりげない顔をして、世間に対しては、あくまでさばけた正妻という仮面をかぶりつづけている自分が浅間しくなってくる。

自分の心に正直に従い、世間にも道徳にもしばられず、思いきった行動をして、その行動には自分で責任を持ち、下獄までして罪のつぐないをしてみせた市子という女が、民子の目には英雄のように見えてくる。

市子は雨雀から二年間に起った世間の動きやニュースや、知人の噂を次々聞きながら、自分が如何にこの二年間、浮世から隔絶されて生きてきたかを思い知らされた。

雨雀の話の中で、何といっても市子の耳に感動的だったのは、昨年十一月五日に島村抱月《ほうげつ》が誰にも看とられないままひとり芸術倶楽部の一室で淋しく死んでいったことと、松井須磨子《すまこ》が抱月の後追心中をして、一月五日に、芸術倶楽部の道具部屋の物置で、正装して縊死《いし》を遂げた話だった。

「須磨子は舞台稽古《げいこ》に行っていて、死目に会えなかったものですからね、それはもう泣いて可哀そうでしたよ。無知で、稽古の時、ヒロインに同情して本当に泣き出すようなところがありましてね。驕慢で手に負えないところもあったけれど、純情な面もありました。死ぬ前は、心細くなって、座員の楠山といろいろ噂されていて、困ったことになっていたんですが、やっぱり、須磨子は抱月あっての須磨子だったんですね。首をくった死顔は、半面紫色になっていましたが、とてもきれいでしたよ」

「でも、島村抱月ほどの人にあれほど愛されて、家庭も子供も捨てさせて、須磨子は幸福な女でしたね」

市子の想いはどうしても抱月の純情と、大杉の非誠実とを比較してしまう。何を聞いても市子は自分の全身の細胞が、乾いた海綿のように、すべての言葉を一滴も残さずたちまち吸収していくのを感じた。

車の外にはいきいきと動きだした朝の街が走っている。家々の看板の文字さえ市子の目にはなつかしい。子供が走っている。襷がけの女が洗濯物を干してあげている。犬がじゃれあっている。自転車が走る。自動車が走る。老婆が二人、長い長いお辞儀をしている。

何も見ても、何が通りすぎても市子はなつかしく嬉しく、声をあげて笑いたくなった。須磨子のように死んでしまってはどうしようもない。よし、生きてやろう。昔の神近市子は、もう大杉を刺した時死んでいるのだ。監獄の二年で死んでいるのだ。今日こそは私の新年の日だ。人生は長いようで畢竟《ひっきょう》短い。短いようで畢竟長いともいえる。もう一度生きよう。市子は不思議な力が全身に力強く湧きおこってくるのを感じた。市子は三十一歳という自分の年齢をふりかえってみた。大杉を刺した二十八歳の十一月から丁度満三年めを迎えようとしていた。この三年間で市子は幾度も死をくぐり抜けたのだと思った。一番訊きたいことを市子は訊けなかった。雨雀は他の人々の噂はすべてしたが、大杉と野枝については何も話さなかった。

車は白金台町の民子の店につけられた。階下がまだ改築中で、二階へ上り、民子の心づくしの昼食を食べた。

「ああ、美味《おい》しいお茶、これがお茶の味ですね」

市子は湯呑みを掌に抱きしめ、涙ぐんでいった。独房で、食事の度、とりかえていってくれた水が唯一の飲み物だった。

「あそこで見る夢は、食物の夢ばっかりでしたよ。人間って、最後は食欲だけになるんですね。スリッパのように大きなビフテキとか、こってり脂《あぶら》ののった鰻《うなぎ》のかば焼とか、部厚いトンカツとか、とろの握りの山とか、美味しかったと思うものがベルトに乗って、すうっと目の前を通っていくんですよ。早く食べなければと焦っている間に、たいていみんな逃げていってしまうんです」

市子の話にみんな泣き笑いさせられる。

そこへ、民子の夫の中溝多磨吉が来合せた。

多磨吉は盲目のロシア人のエロシェンコが流暢《りゅうちょう》に日本語を使うのに、すっかり愕いた。

そこからみんなで目黒駅に近い中溝家の本邸に行った。市子は邸の豪壮さや庭園の豪華さにただ驚嘆した。その夜は市子の出獄祝いだといって大広間で、大饗宴《だいきょうえん》が開かれた。文字通りの山海の珍味が山と出され、雨雀もエロシェンコも驚嘆する。

市子は、

「胃腸が、粗食に馴れてしまっているので、急に御馳走をいただくと、きっとおかしくなると思います」

といって、要心して箸をひかえていた。

その夜から、市子は中溝家の食客になった。

予期しない快適で贅沢な生活が始まった。

市子の出獄を知って、ジャーナリズムは捨てて置かなかった。入獄前以上に、編集者たちはひきもきらず訪ねてくる。誰もが御殿のようなところに暮している市子を見て目を丸くした。

市子は中溝邸で書きに書いた。

民子の白金台町の本屋の話がそのうち沙汰止《さたや》みになったことがわかった。妾宅に入りびたりだった多磨吉が、市子が来てから、活気の呈して来た家が珍しくなったのか、ずっと本宅に帰るようになったため、民子は急に忙しくなって、本屋どころではなくなったというのであった。

市子の客が多いのを中溝家では一向に嫌がらず、いつまでも一緒に暮すようにと、あくまで好意的だった。

民子の本屋の計劃が中止になった以上、市子はいつまでも食客でいるわけにはいかない。たまたま「大正日日新聞」から、夕刊小説の依頼があったのを機会に中溝家を出て、修善寺に行き、小説を書きはじめた。

新聞社の狙いは、市子の身の上の告白的私小説だったが、市子にはまだ、それを書く心境にはなれなかった。もうその頃は大杉と野枝に魔子が生れていることも、二人の生活があれ以来、どん底に落ちていることも知っていた。

自分のしたことは結局はあの二人に天下晴れて一緒になり、子供を産ませることだったのかと思うと、獄中であれほど悟ったつもりだったのに、市子はやはりおさまらない感情が胸に沸きたつのをどうしようもなかった。

修善寺で書いた原稿料のおかげで市子は中溝家の垣根の向うの貸家に引越し、独立することが出来た。

中溝邸より気がねがないので、この家にはサロンのように人々が集ってきた。雨雀やエロシェンコは当然常連だったが、新しい客も多かった。入獄前よりも、社会や人々が市子に好意的なのを、市子自身認めないわけにはいかなかった。二年前の贖罪の生活のたまものと思うほど、市子は単純でなかった。

市子の耳に、大杉が事件をおこし、豊多摩の監獄へ入っているという噂が伝ってきたのもそんな頃であった。

17

伝記的な作品を連載中には、必ずといっていいほど、不思議に途中で、色々な資料が集ってくるものだ。私はその現象を、作中の故人たちの霊の意志が働いて、私に知らせてくれるのだというふうに、いつからか解釈している。

今度も、次第に故人の彼岸からの声が届けられはじめた。なぜか、堀保子の声が多い。

――突然に失礼とは存じますがお許し下さいませ。私、毎月文藝春秋を読ませて頂いております一人です。

今月一月号よりの「諧調は偽りなり」は、私には何と申してよいか、言葉にも筆にもうまくいい表すことは出来ませんが、拙文ながら一応お読み下さったら幸せと存じ筆をとりました。私、七十三歳になります。父は堀紫山、堀保子の兄で、保子は、私には叔母《おば》でございます。

堺真柄さん、現在の近藤真柄さんはいとこ、そんな関係で興味も一《ひと》しお深く、毎月愉しみに読ませていただいております。

当時、私は小学校に上って一年か、二年の頃でしたので、事件の真相もよくは理解しておりませんでした。

今、想い出しますと、あの日蔭茶屋事件の当時、叔父大杉栄に、どんな文句であったやら覚えてもおりませんが、たどたどしい御見舞のはがきを出しましたようです。その返事に、

「ちっともいたくはなかったよ……」

とあったのが、はっきり記憶によみがえってまいりました。そしてあとの文句は何も思い出されませんし、そのはがきも今はありません。

父紫山は、まことに厳格な人でしたので、こういう大人の世界の、ましてや色恋沙汰の刃傷事件については苦々しく思っておったのでございましょう。家では、ほとんど話題にもしなかったように思われます。それも今の私がそう思うことでございまして、果してあの頃はどうでありましたやら……。

叔母の保子は、その頃ちょいちょい私の家へ姿を見せておりました。どんな話を親た

ちとしていたか、全く存じませんでした。

大杉と別れて四谷伊賀町に一人で住んでおりましたが、亡くなる一年位前から、その家を引上げて、私の家で療養生活をしておりました。父や母に手厚い看護を受けまして、とうとう亡くなりました。とてもみかんの好きな人でした。毎日買いにやらされたのを覚えております。しまいには、何となく叔母の顔が黄色になってしまったようです。その頃はもう私も小学校を卒業して、女学生になっておりましたので、可哀そうな叔母さんだったなと、同情を寄せておりましたのを、はっきり記憶しております。

私、もう何年も筆をとりませず、手紙も苦手でございます。次々想い出すことは湧いてまいりますのに、話も後先になってしまいます。

かすかな記憶に、筒袖姿に、ステッキを持った背の高い大杉栄のこと、あなたの文中にございますように、まことに子供好きだった大杉が浮んでまいります。私もよく抱いてもらったようです。

大杉の妹のあやめさんとも遊んだような、いえ、可愛がられたような気もしてまいりました。

父は主義もちがっておりましたせいか、堺枯川や大杉栄と親戚になりましたのに、全く疎遠がちに暮していたようでした。交際も好まず、どちらかといえば、さけていたのではないでしょうか。

関東大震災の時、父は、

「大杉は殺されたらしいぞ」

と言いました。あやめさんの子供も一緒にと聞きました。その時、私は甘粕大尉って、どんな怖しい人間かと思い、その人を憎らしく憤ったものでした。

あれから六十年も経ちました。

長い年月の折節には、ふと、あの時の甘粕大尉はその後、どうしているのかなと、思わないこともございませんでした。今度の御作で、当時のことが、あれこれわかって、遠い遠い昔のことですが、私にはあらたな、あたらしい事実のように、しみじみなつかしいのでございます。

お目にかかった人はなくても、耳にしました人々の名に興味を持ちながら、知らざりしことを今改めて知らされながら、読ませていただいて居ります。——

上越市からの宮越節子様よりのお手紙であった。文中大杉の筒袖とあるのは、有名な話で、大杉はいつでも筒袖を着ていた。

ただし、材質は大島で、上等の大島を平気で筒袖にして着ているところが如何にもおしゃれの大杉らしく、人の目に映っていたらしい。

この大島の筒袖について、大杉の死後、佐藤春夫が面白い話を書いている。これは大正十二年十一月号の「中央公論」に載ったものだから、大杉の死後間もない回想記である。大杉の死後、その特集がどこの雑誌でも見られ、実におびただしい大杉の思い出が語られているが、私はほとんど目を通したそれらの回想記の中で、佐藤春夫の「吾が回想する大杉栄」というのが、一番印象的ですぐれていると思った。佐藤春夫の詩人的な作家の目が実に適確に大杉の人間味を温かくそして鋭く捕えていた。

大杉と佐藤春夫という結びつきは、ちょっと意外な感じもするが、十年近い歳月、互いに好意を持った友人関係が保たれていた。佐藤自身は、

「一面識があったという文字面よりは少しばかり近親で、友人と呼ぶにはちょっとばかり疎遠で、つまり私と彼とは事実に於てそうであったように、どこまでも隣人であったのだ」

と語っている。

最初の出逢いは佐藤が最初の結婚で、大久保に新家庭を営んでいた頃、大杉も堀保子と大久保に棲《す》んでいた。大杉の自称弟子で文学青年の荒川義英《よしひで》という男が、いつのまにか佐藤家へ転りこんでいて、ずるずる半年も押しかけ居候になっていた。その頃通用しはじめた不良少年という言葉がぴったりの、邪気のない憎めない不良で、佐藤春夫は迷惑しながらも、荒川の人間性を愛していたらしい。

荒川は大杉に心酔していて、どもりの話し方まで自分で気づかずうつっているほどで、表情から、ヒ、ヒ、ヒという一種独特の短い笑い声まで大杉の真似だった。

その頃は大逆事件の余波を受けて、社会主義者は手も足も出ない頃だったので、佐藤春夫の言葉によれば「生き残った社会主義者たちは文士社会へ亡命して来ていて、暫《しばら》く不本意そうに文士の椅子を占めていた」時代であった。荒川は父親と堺枯川が友人だった関係から、堺の推薦で原稿が売れていて、一応新進作家の中に入っていた。佐藤よりは三つくらい年少だった。

荒川は大杉が尾行をどうしてマイたとか、巡査を一喝《いっかつ》したとか、つまらない話もしたが、

「大杉は、自分で、おれは何よりも人道主義者《ヒューマニタリアル》だ……何しろこのとおり人間が好きなのだからって、そんなこと言っていた」

などと意味のある話もすることがあった。

そんなある日、荒川が大杉をつれて佐藤家に来た。

その日、佐藤は大杉の中に思想家よりも好もしい隣人を見たと思った。

それ以来のつきあいだが、佐藤の見た大杉は、文筆の上では熱心な宣伝者だが、実生活では聞き上手で、無政府主義者らしい主張を真向から相手に押しつけて喋るなどということは全くなかった。佐藤や荒川が相手なので、話題は自然に文学にゆきつく。大杉は仲間の荒畑寒村の小説を推賞していた。エミイル・ゾラや、アナトオル・フランスのことなど話題にし、佐藤がウイリヤム・モリスのことを訊くと、

「モリスの烏有郎消息《ニューズ・フロム・ノーホエア》は、いいね、大好きだ。僕はあの本を昔から何べんも読んだ。書いてあることはつまらないさ――だが美しい。実に美しい。英語でも読んだし、仏蘭西《フランス》訳も読んだ。独逸語を覚えた時にも読んだ。――新しい語学をやりだすときっとあの本を見たものだ。あれをよむといい気持がするので……」

といった。

自分の幼年学校時代の話も興に乗ると喋った。佐藤が一番面白かったのは、幼年学校を退校させられて郷里にいた頃、どうしても上京したいので、その頃家に預っていた親類の娘の部屋へ毎晩、夜中に通うようなそぶりをした。

「わざと、みしみし足音をたててね、家の者にそれをわからせるのさ、もちろん本当に娘の部屋に入るわけじゃないのだけど、そういうデモンストレーションがきいて、親父の奴、すっかり心配してねえ、預り者の娘を傷物にしては大変だというので、栄を東京へやってしまえということになった」

例の笑い声でイヒヒヒと笑って、大杉は得意気だった。佐藤たちも大いに笑った。

その頃の大杉は荒畑寒村と「近代思想」を出している頃で、見るからに貧しい暮しぶりだったが、保子との仲は最も親密に結ばれている時で、まだ、野枝の影も市子の影もさしていなかった。

佐藤春夫が意外に思ったのは、大杉は文学者が社会的意識をもっと持つべきだという

ような意見には至極冷淡で、むしろ、佐藤春夫に述懐していったのは、

「所謂左傾した作家という連中の小説は、どうしてああ退屈なのだろう。第一、あの仲間はどうしてああ、まずいのかね、まるでまずいのばっかりが左傾したようなものじゃないか」

といって笑った。佐藤は大杉の笑い方を、「喉と鼻の丁度境目あたりから短く発する笑い声」と表現している。

佐藤春夫はそんなふうに大杉に親しむうちに、荒川に向って、軽口に大杉の批評をした。

「君、大杉は大島紬《おおしまつむぎ》を筒っぽに仕立てて着ているね、大島なら、何も筒っぽでなくともよさそうじゃないか。あれも一個の道楽だろう。大杉の思想も大島の筒っぽじゃないかな」

大杉の案外な貴族趣味をさしたつもりだったが、深い意味もなく、すっかり忘れていた。

その後、佐藤は田園へ引っこむ生活をして一年ばかり田舎で過し、ふたたび東京へ出て来た頃、大杉たちの多角恋愛が華々しく世間を賑わわせていた。

そんな頃、一人の友人がやせた青白い男を佐藤春夫の家へつれてきた。

「これが有名な辻潤だよ」

と紹介されると、男はよっぱらいの陰気な口調で、

「これが天下の振られ男さ」

と洒脱《しゃだつ》にいい直した。佐藤はそんな辻潤にも好意を持った。

大杉と野枝が菊富士ホテルにいた頃、佐藤は荒川と久しぶりに訪ねていった。玄関脇には尾行が退屈そうにいて、三階の階段のとっつきの部屋では、大杉が所在なげにひとりで碁盤《ごばん》に向って碁石をもてあそんでいた。野枝が部屋のすみで針仕事をしていた。野枝は客が来たことをさも嬉しそうにして、快活に迎えた。

大杉は一年半も逢わなかった佐藤春夫の出現に対しても、まるで昨日逢ったような自然さで、

「やろう」

と、どもりながら、碁石を碁盤に下して誘った。二人が下手な五目並べをやっている間、野枝は荒川と喋っていた。いつか、二人も碁石を置き、その話に加わっていった。その時、野枝がいたずらっぽく、黒い大きな目をくるくるさせながら、

「ね、大島の筒っぽでしょう」

という。荒川と大杉がふいに白けた表情で黙ってしまった。野枝はしまったというように、すぐ話題を転じて明るい笑い声をたて、その場の空気を救った。

佐藤春夫は、自分がいつかいったことをすっかり忘れていたので、とっさには野枝の

いった大島の筒っぽの意味がわからなかった。佐藤はその時の感想を、

――略――大杉のそのときの態度を後に考えて見るのに、大杉は野枝が大して悪気もなく私に向って言い出したことを軽くたしなめたような顔付であったような気がする。尠《すく》なくとも大杉はその私の批評を、即ち彼自身のすべての態度がまだ遊戯的衝動から大して遠くなかったことも自ら省みて、私の批評をも黙認したものと私は思い度い。ところが事実は大杉の着ていたものは大島ではなく銘仙の大島柄だったのだそうだ。

「着る人の人柄が違うものだから銘仙でも大島に見られたりする」

とそんなことをやはり野枝か誰かが冗談らしく書いてあったのを見たように覚えているが、そうだとすると「大島の筒っぽ」は気になったものと見える。――略――

と書いている。

果して、有名な大杉の「大島の筒っぽ」が、最初から銘仙の大島柄だったのか、はじめは本物の大島だったのが、野枝と暮す頃の貧窮のせいで、銘仙に化けたのか、真偽の程はわからない。ともあれ、最初に、大杉に筒袖を仕立てて着せたのは、保子であったことはまちがいない。

大杉はこの着物の上に冬は洋服のオーバーをひっかけて歩いていたという。

佐藤春夫が訪ねた頃の菊富士ホテル時代は、日蔭茶屋事件の前のことであった。「大島の筒っぽ」の話のあと半年ほどたって、佐藤春夫は家を探す必要に迫られ、菊富士ホ

テルを思い出してもう一度大杉を訪ねている。

空部屋があるのか、部屋代はいくらなのかなど調べにいったのだ。大杉は、

「それじゃこの部屋へ来ちゃどうだ。僕は金をきちんとやらない上に、ここのものは不味《まず》いなどと難くせをつけて自炊したり、我儘《わがまま》な上にだらしのない客は多いし、その外何かと面倒がられて一日も早く追放を命じられているのだがね」

といって、西洋間もあるからと、印度人のいる西洋間を見につれていったりした。女中を呼び、佐藤春夫の知りたいことをしらべたりしてくれた。佐藤はその当時では、菊富士ホテルは高すぎて住めなかった。

また文学論が出た。大杉は新進作家として輩出しはじめた人々の作品をみなつまらないと断じた上で、武者小路だけはちょっと面白いといった。佐藤は、

「武者小路の人道主義は要するにセンチメンタリズムじゃないか」

と反論した。当時志を得ていない佐藤は、誰でも感心したくない。

「そうさ、センチメンタリストだよ、まさしく。だけどすべての正義といい人道というものは皆センチメンタリズムだよ、その根底は。そこに学理を建てても主張を置いても科学を据えても決して覆《くつが》えらない種類のセンチメンタリズムなのだよ」

という。横から野枝が、

「佐藤さん、人の悪口などばかりおっしゃらずに、あなたも早く何かなさいよ」

などといった。

その次佐藤春夫が大杉に逢ったのは、日蔭茶屋事件の後まもない頃であった。その間、佐藤春夫は次第に身辺多忙になり、友人とのつきあいもほとんどなくなっていて、大杉とのつきあいも跡絶えていた。

本郷の大学前の舗道でばったり出逢った時、

「傷はもういいのかい」

と佐藤は訊いた。

大杉は、片手を持ちあげてみせ、

「どうも上げ下げが不自由なのだ。ペンを持っても工合《ぐあい》が悪い」

と訴えた。

佐藤春夫はまた、日比谷にあった陶々亭という支那料理屋でよく大杉と行きあった。当時、陶々亭は都下第一の酒楼といわれていたから、佐藤春夫も、大杉栄も金廻りがよくなっていたということだろう。大杉の後ろには小さな野枝がいつでもちょこちょこくっついていた。

原敬《はらたかし》が殺された時(大正十年十一月)、たまたま佐藤春夫は長篇小説を書きに鵠沼の東家に逗留していた。そこに大杉栄も、「改造」に「自叙伝」を書くため投宿していた。大杉はチブスの大患の後、健康になって活《い》き活きしていた。

佐藤の部屋へ大杉が号外を持ってきた。

佐藤が読む間、大杉は横に立ったまま、やはり号外に目をさらしていたが、

「やったのは子供なのだね」

と一言いったきりだった。佐藤春夫は、この時の大杉の態度について書いている。

——ここで注意して置きたいのは、大杉はこの出来事に就て、「痛快だ」とか「面白い」だとかそんな浅薄な不謹慎な言葉はもとより、その外のどんな批評めいた言葉をも言わなかった事実である。ただ、何と思ったのか三分ほど沈黙していた。私がもしこの際、事実に就て今これほど潔癖ではなく多少の文学的修辞癖を出すなら、ただ沈黙したとだけではなく、憂色を帯びてと言ってもいいと思うくらいだった。——

アナーキストのリーダーで万物破壊を唱える大杉が、センチメンタルを愛し、テロで殺された時の首相の死に人間的な哀悼の情を見せたということを、佐藤春夫は大杉のヒューマニタリアンな面として伝えたかったのだろう。

18

佐藤春夫が大杉に最後に逢ったのは、大正十二年の震災の二十日ばかり前のある日で

あった。佐藤は日夏耿之介《こうのすけ》と堀口大学の三人連れで、銀座の尾張町に近い清新軒へ入ろうとした時、出合頭《であいがしら》に中から出て来た大杉に逢った。大杉はフランス帰りらしく、リネンの白い服に白いヘルメットをかぶり、つれた魔子も白い洋服を着せられていた。

大杉は肥り、血色がよく、佐藤の目には若がえってみえた。

四、五日前、柏木に越したばかりだと大杉がいい別れた。震災の予兆も、まして大杉の死の予感など誰にもない八月の盛りの暑い日であった。

この回想記の中で、佐藤春夫は、誰もが語らなかった辻潤の一面を伝えている。エピソード風に挿入されたこの話は、あたたかな、なつかしい調子で綴られている回想記の中に、突然、乱調の鋭い旋律をかなで、妖《あや》しい美しさをたたえている。

佐藤春夫はある時、短篇の翻訳をしていた。その冒頭の一節は次のような意味であった。

——私はその男の私に対する重ね重ねの仕打をじっとこらえて来た。……何日《いつ》かは、どうしてもこの仇《あだ》だけは返す覚悟なのだ。言わずと知れたことだが、私はそんなそぶりなどは見せはしない。だから以前のとおり奴の顔さえ見ればこっちでも笑ってつき合っていた。だって存分に仇を返すには、下手人が世間へ知れたのじゃ何にもならない。そのくせ相手には今仇を返しているのだぞということを存分に見せつけてやらないでは、これも亦《また》何もならない——

佐藤春夫はそんな翻訳をたまたま遊びに来た辻潤に見せた。

「語学に自信がないので心配だったんだ。ちょうどよかった。これでいいか見てくれないか」

辻潤が語学に天才的なのは有名だった。辻潤はそれと原文に目を通すといった。

「これでいいよ。これでわかるよ」

といい、佐藤春夫のために逐語訳をして聞かせながら、

「ね、そうだろう。解るではないか。僕にはよくわかる——おれの大杉に対する気持はこれだ、そっくり」

その口調はいつもの気魄《きはく》のない口調ではなく、むしろ激しかった。

いつでも、辻は大杉の話が出るとほめてばかりいた。野枝のつれて出た辻の子の流二《りゅうじ》を大杉が大そう可愛がることや、辻の許に残した一《まこと》や流二の問題で、野枝が辻を訪ねる時は、大杉が一緒についてきても肝心の相談の時にはそれとなく座を外すというような心の細やかさなどを挙げて、妻を奪った男に対しては寛大すぎるほどの友情を示していた。それだけに佐藤春夫は、この日、不意に見せた辻潤の激情に愕かされたのであった。

佐藤春夫は丁度その頃、大杉の「死灰の中から」が発表され、野枝が辻から大杉に移るところを書いていたのを見て、不快に感じたのだろうと解釈している。しかし「死灰の中から」と関係なく、コキュにされた辻潤の中に、大杉に対して屈折した憤りがわだ

かまっていて当然だろう。

アナーキストの大杉の一面にセンチメンタルな心情やヒューマンな感情が同居しているように、ダダイストの辻潤の心の底に、妻を寝取った男に対するノーマルな憎悪や復讐心が渦巻いていたとしても不思議ではない。佐藤春夫が大杉とも辻とも平等に友人づきあいが出来るのもまた一向に不思議ではないだろう。

福岡県太宰府の小林寅之助氏からも、思いがけない貴重な資料的なお手紙を戴いた。

――「文藝春秋」に連載の「諧調は偽りなり」をたいへん興味深く読ませていただいています。というのは堀保子さん、堺利彦さん一家など私の幼い頃或は少年期に関わりあいのあった人々が登場するからです。

父小林助市は堀保子さんの前夫であり、堺利彦さんとは共立学校(現在東京開成)の同級生時代から大正十一年に死亡するまでの久しい間、親しい交際が続けられました。父は土木、橋梁関係の技術者でしたが、思想的な繫《つな》がりはなかったように思います。堀保子さんと結婚し離婚に至るまでの様子や堺利彦さんとの交友については「堺利彦全集」の日記に書かれています。

父はその後、母柴田キンと結婚し明治三十九年に長男の私が出生しました。赤旗事件で堺さん、大杉栄さんなどが千葉の監獄に服役していたのは私が二歳頃になると思います。出所の日に父が幼い真柄さんを連れて出迎えに行った記事はだいぶん前に「小説新潮」で読んだことがあります。

入獄中は堺家の生活が苦しく為子夫人は女髪結をして真柄さんを養育したとはあなたの作品にありますが、父もなにがしかの援助をしていたと聞いたことがあります。

私の家が四谷見附橋のそばで堺家が麴町《こうじまち》の坂の途中にあったとき、近くなのでよく遊びに行きました。当時私は番町幼稚園、真柄さんは番町小学校に通っていましたが、真柄さんに幼稚園まで送ってもらい昼になると好物の食パンに蜜をつけた弁当を買って時々届けてくれました。

小学校三年のとき父の病気静養のため郷里長崎に帰っていましたが、六年のとき東京に戻りました。幸い東京開成中学校の入学試験に合格して、奇《く》しくも父や堺さんの母校で学ぶことになりました。当時家は白金三光町にありましたが、神田淡路町にあった学校の帰りにまわり道をして、よく麴町の堺家に立寄りました。旧制高等学校の入試に作文があるため、書いた作文を見ていただくのが目的でした。

その頃東大の若い教授だった森戸辰男さんが筆禍事件で逮捕され入獄しておられたのが釈放され、挨拶に堺家に来られ、手がすっかり凍傷にかかり腫《は》れて痛々しかった話も聞きました。

堺さんの蔵書は中学生の私にとっては難解なものが多かったのですが、この本は面白いからと一冊の本をいただきました。題名は「理想郷」、英国の社会主義者の作で、堺さんの翻訳で出版されたものでした。当時のことなので思想に関する部分と思われるところは伏字になっていましたが、たいへん興味深く読みました。

父に連れられて有楽町駅のすぐそばにあった木造二階建の平民新聞社にも行ったことがあります。父は堺さんから労働者住宅の設計を相談されているので協力しなければといっておりました。

大正十一年に父は脳溢血《のういっけつ》で急死しましたが、堺さんは忙しいなかを私の家に来られ何かとめんどうをみてくださいました。警視庁の尾行をいつも受けていたので、隣の家が警官の詰所になったり新聞記者なども出入して近所に迷惑をかけました。

母は小学校四年のとき死亡しており、父の死で兄弟三人が孤児になったので、堺さんは私を引取り養育してもよいと申されましたが当時社会主義者というと、大部分の人が悪人のように考えていた時代で、親戚の反対があり、そのようになりませんでした。若しそのようになっていたら、私の人生もだいぶん変っていたことと思います。その後神戸の叔父に預けられた私に励ましのお便りをくだされ何かと心にかけていただきました。

堺さんが亡くなられた昭和八年には建国早々の満洲国に官吏として勤務していました。遠隔地のため葬儀には行けませんでした。

引続き満洲国に勤務していた私は、戦後二十一年に引揚げ堺家とは音信不通になっていましたが、その後真柄さんが近藤夫人になっておられることを知りお便りをさしあげましたが、お逢いする機会がありません。

数年前に豊津の堺利彦記念館を訪れましたが久し振りで父が堺さんと一緒に撮った写真も見てきました。――略――

というような文面であった。あまり面白いのでそのまま載せさせていただけないかとお電話すると、若々しい、とても七十五歳とは思えない活力のあるお声が返ってきた。

小林氏のお手紙にある「堺利彦全集」では日記・明治三十三年三月三日に、

――〈小林、保子結婚式〉小林助市と保子の結婚式は二月二四日神田表神保町の長生楼において執行されたり、まずまずめでたし、小林は市役所の技手となれり、家は三崎町にあり、保子細君然たり……――

三十四年一月二十四日に、

――〈小林助市〉小林夫婦のけんかこまりものなり。双方共の不徳、いかにもせんようなし、我は今双方に対し最後の忠告を試みんとす――

とある。

決して単調ではなかった保子の生涯をふりかえると、大杉をめぐる女たちの中では、最も平凡視されてきた保子も、非常に個性の強い、そしてはっきりとした自我を持った「新しい女」であったことが見直される。

19

市子が下獄していた二年間に、大杉と野枝の上にも、生活の大変動があった。

大正六年(一九一七)九月に魔子が生れ、十月三日に神近市子が下獄したその年十二月、大杉と野枝は、巣鴨から亀戸《かめいど》へ居を移している。

亀戸へ移る直前、大杉と野枝は新雑誌「文明批評」創刊号の編輯《へんしゅう》を終えていた。巣鴨へ移ってから、ずっと大杉が考えつづけていた雑誌であり、四面楚歌のどん底から復活するための起死回生の願いをこめた雑誌であった。

復活号の最後の「近代思想」を出してから、まる二年が過ぎていた。その後ずっと大杉が新雑誌の発行を思いつづけ、多角恋愛の渦に押し流されたのと、何より必要な資金の調達が出来なかったことで流れてばかりいた雑誌であった。

漸《よう》く三百円の金を手に入れ、今度こそという時、日蔭茶屋事件が起り、すべて水泡に帰した。

——あの事件で最も喜んだのは敵だった。そして正直な奴等や不正直な奴等は、或は無意識に或は意識的に、少なくとも其の結果に於て敵に利用された。肉体的に殺されなかった僕を、こんどは精神的に殺して了おうとした。愚鈍な奴等だ。卑怯な奴等だ。しかしよく聞け、憎まれ児は世にはびこる。どこまでもはびこって見せる、死んでもはびこって見せる。——略——

と、大杉は創刊号に書いている。

経済上の困難は一向に打開されていない。ここ三カ月は全く無収入である。体調もよくない、野枝の出産もあった。しかしもうこれ以上、ぐずぐずは出来ないという追いつめられた気持が大杉をかりたてていた。人に頼んでいた保証金は遂に間に合わなかった。あわてて編輯方針を変えなければならなかった。

野枝の魔法の羽織がここでも一役買い、質屋で金を作ってきた。その金で原稿用紙を需め、外出の電車賃も捻出した。友人からカンパの金も少しずつ集り、広告も少しは取ってきた。

出してしまえば、金は何とかなるさ、と大杉は高を括《くく》っていた。とにかくここでどんな無謀をしても雑誌を出さないことには、自分の気持がのっぴきならないところに追いつめられていたのだ。

大杉の焦燥《しょうそう》の気持の中には、市子の下獄という事実が刺さっていなかったとはいえないだろう。市子ひとりを冷い牢獄に追い、自分と野枝が、ぬくぬくと無為に暮すという状態に、大杉の神経は耐え難かったのではないか。

執筆者は、大杉、野枝の外、荒畑寒村、山川夫婦の五人だと、大杉が編集後記に書いているが、後に、村木源次郎、久板卯之助《ひさいたうのすけ》、和田久太郎《きゅうたろう》、近藤憲二等の若手が集ってきて、大杉一派を形づくっている。

創刊号には開巻の頁にクウルベの筆になる「死の床の上のプルウドン」のデッサンをのせ、そこに「僕等の自負」という大杉の巻頭言がのり、「文明批評」の主旨がのべられている。

──いつの時代にでも、其の時代の生活にあき足らない、そしてそれとは違う何等かの新しい生活様式を求める、或る社会的憧憬《しょうけい》がある。此の憧憬が、順々に、次ぎの時代の文明の本質──少なくとも主観的の──を形づくって行く。──略──

文明批評とは、要するに、此の人間生活の必然的要求の闡明《せんめい》である。此の要求に照らされた社会的現実の観察である。そして又、文明の此の主観的本質と客観的現実との間の、一致和合の献策である。──略──

僕等は、此の幼稚なる日本の思想界に於ける、本当の意味での文明批評の、確に唯一者であることを自負する。──

大杉はこの他に評論「正義を求める心」と批評「社会問題か芸術問題か」「飛行術的言論家」雑録「社会主義者を退治せよ」「巣鴨から」を精力的に書き、野枝もまた谷中《やなか》村《むら》を訪れる小説「転機」と、評論で中條《ちゅうじょう》百合子を論じた「彼女の真実」と、雑録「妙なお客様」を書き大いに努力している。林倭衛《しずえ》の詩「おれはあいつをにくむ」や、荒畑寒村の散文詩「悪魔の幻影」の他に山川均が「現代文明の経済的基礎」という論文をのせ、目次ではこれを「解説」としている。

創刊号としては堂々とした内容で、読みごたえがある。

「文明批評」は文字通り三号雑誌でつぶれてしまうが、日蔭茶屋事件の中から、あらゆる迫害にめげず、大杉、野枝がしっかりと結ばれて不死鳥のようによみがえってきた記念碑的な雑誌という意味ひとつでも意義があった。

この第一号がまだ世に出ない十二月の末も押しせまってから、大杉と野枝は、亀戸に引越している。

もともと、巣鴨は菊富士ホテルで出産するわけにもいかなくて、仕方なく引越したところなので、次の家を見つけるまで、ほんの一、二カ月の腰かけのつもりで借りた家であった。

ところが大杉が巣鴨に来たというので、直接所轄の板橋署では大慌《おおあわ》てになった。三人の専任尾行をつけて警戒した上、とにかく一日も早く、管轄内から出ていかせるのにかぎるというのであらゆる手段を講じて追出し作戦に出た。まず出入りの商人に物を売っても金は取れないと吹聴《ふいちょう》し、家主に一日も早く追い出さないと、とんでもないことになるぞと脅す。つけで物が買えないのでは、いくら大杉や野枝が暮し上手でも手も足も出ない。意地にもなって、大杉たちは巣鴨に半年がんばってしまった。煎じつめれば、金がなくて引越も出来なかったというのが実情だろう。

雑誌の印刷をする間、印刷所を知られたくないので、大杉は尾行をまいて三日間行方不明の雲がくれをした。そのことが板橋署を刺戟し、大事件が起らないうちに、何が何でも他所《よそ》の地区へ引越して貰おうと、家主を責めたて、策を練っていた。

大杉が印刷を終って帰ってくると、来月の十日までには、どうしても引越してくれ、二月分の敷金は引越料として返すからという。それまでに十円の金が出来ていたので、大晦日までには、こっそり夜逃げしようと内々の相談はまとまっていたところへ、思わぬ立退料が二十円も転りこんできたので、早速引越してしまった。

大杉はかねがね労働者街に住みたいと憧《あこが》れていた。出来るなら、長屋生活がしたかった。

大杉は自分が職業軍人の息子に生まれ、プチブルの家庭に育ち、平民労働者でなく、その生活や、感情についても、何ひとつ本当に知らないことを自覚していた。自分は閑静な中流階級の住宅街で暮し、プチブル的生活を営みながら、高みから、平民労働者の味方であり、理解者であるような口をきいてきた。

そのことを恥しいと思うようになっていた。「文明批評」二号に大杉は「小紳士的感情」という一文を寄せて、その気持を吐露している。

――略――元来僕は、僕のなまじっかな社会学から、虐《しい》たげるものと虐たげられるものとの階級をきめていた。――略――虐たげるとか虐たげられるというのは、僕にとっては多くは事実そのものから得た実感ではなく、ただ書物の中で学んだ理屈に映った概念であった。直接に事実そのものにぶつかって、その事実の生々しい感銘が、僕自身の肉となり血となっているというようなものは一つもなかった。

だから僕は、どんな事実に対しても、ただ傍観的に、平気で見ていることができるのだ。そしてその事実の中へ自分のからだを投げこまずに、ただ遠くから例のあくびのような声だけを出していることができたのだ。しかも、ただそれだけのことで、随分いい気になっていることができたのだ。

僕ばかりじゃない、社会主義者だとか、無政府主義者だとかいって大きな面をしている奴等の多くは皆なそれだ。あいつらが自分自身を平民労働者と一つのもののように言うのは皆な嘘っぱちだ。あいつらは皆なただ自分の概念の上でだけ平民労働者と一つのもののように思っているだけだ。概念とその言わせる言葉の上でだけ平民労働者で、その他では全くの小紳士だ。その感情もその行為も――

大杉は、自分の小紳士的感情を打倒し、心も行為も平民労働者と一体にとけこむため、亀戸という土地を選んだのであった。

三十円の金があったため、理想の長屋ではなく、二階建の一軒家の、亀戸では結構な家を選んでしまったことも、正直に「文明批評」に告白している。あるいは野枝の最後の抵抗でそんな家が選ばれたのかもしれない。

野枝は「文明批評」創刊号には「彼女の真実——中條百合子氏を論ず——」という文章を載せている。「貧しき人々の群」で華々しいデビューをし、「日は輝けり」「禰宜《ねぎ》様宮田」とたてつづけに力作を発表した話題のブルジョワ令嬢の作品を取りあげ、真向から手放しの礼讃をしている。同性の嫉妬やひがみのない視点は、気持のよい感動を伝えてくる。野枝が礼讃し敬意を払っている百合子の素直さや聡明さや真実さは、そのまま野枝のものとしてもいいほど、野枝の百合子礼讃には真情と深い理解と共感があらわれている。

亀戸は大小幾千の工場が、もうもうと煙をあげて立ち並んで、油だらけ煤《すす》だらけの労働者で埋っていた。大杉はそんな労働者の間に、その実際生活に接近していることだけでもいい気持だ、だらけた気分が引きしまると喜んでいたが、野枝の方は大杉ほど単純には、亀戸の労働者たちの中になじんではいけなかった。

野枝の育ちは決して豊かでもなく、今宿の野枝の実家の周囲も、プチブルともいえない全く庶民そのものの暮しの家々が集った小さな村落にすぎなかった。一時ひきとられていた叔父の代準介の家庭は中産階級の典型的な暮しぶりだったので、少女の頃から女学校時代をそこに暮した野枝の中には、プチブル的生活感覚がしみこんでいたのかもしれない。辻潤と暮した頃の貧乏暮しの中では、野枝の赤ん坊を背負った姿はむしろみすぼらしく仲間の同情を買っていたくらいであった。

ハイカラの大杉という意味から大ハイというあだ名をもらっている大杉の方がむしろ、貴族趣味で、贅沢のように見えたが、野枝が亀戸の暮しで感覚的違和感に苦しめられたのは、大杉と比べものにならなかった。野枝はそれでも、大杉の思想に殉じ、亀戸に居を定めた以上は、何とかして、労働者たちになじもうと気を使った。

予想以上に土地の労働者たちは、突然降って来たようなこの一家を別の星から来た異《い》形《ぎょう》の人間とでも見ているように、冷い、それでいて好奇にみちた、しかも排他的な目付で遠まきに見るばかりであった。

野枝は家を一歩出ると、どこからともなく刺してくる無数の視線に脅やかされた。彼等の暮している空気そのものから鋭い圧迫を感じとる。普段は鼻柱の強い戦闘的な野枝に似合わず、亀戸では、臆病になって、引込思案になった。

家のすぐそばの空地に共同井戸があって、そこへ水を汲みに行かねばならないのに、一人でもそこに女が居ると、もう足がすくんでいる。二十軒余りの共同井戸端に無人のことなどない。数人集って、井戸端会議をしている彼女たちは野枝が出ていくといっせいに目を向ける。異人種を見る好奇心と敵愾心《てきがいしん》を露骨にむきだしにした意地悪な視線だ。野枝は身がすくみ笑いかけようとした顔が硬ばり無表情になっていく。

「へん、すましてやがって」

「なんだいあいつ」

「ざあますでござあますだろ」

「工場にも出ねで一日中ぞろぞろお引きずりだろ、何だって貧乏人の井戸を使うんだい」

聞えよがしの罵倒はすべて野枝ひとりに向けられている。

一カ月たってもどうしても彼女たちの中へ入っていけない野枝を、村木が励ましていう。

「ほら、今、七、八人も井戸端で洗濯している。あそこへたらいを持っていっていっしょにざぶざぶやるんですよ。いいお天気ねえとかいってやりゃ、すぐ仲よくなれますよ。向うが人見知りしてるんだから」

いくら村木にいわれても野枝はその勇気が出ない。自分が異端視され、嫌われていることがわかるからだ。

それでも野枝は、やはりここに来た以上、何とかして彼女たちの実体に触れたいという気持はなくしていない。

近所の銭湯に、夕方から夜にかけてモスリン工場の女工たちがいっぱいになると聞きこんできて、好奇心を押えかねて行ってみた。

野枝は二十分もしないうちに青い顔をしてほうほうの態で逃げ帰った。

「どうした」

大杉と村木がからかうように訊く。

「どうのこうのって、もういや、とてもひどいの、とてもたまったもんじゃないわ」

野枝はため息をついてその場にぺたんと坐りこんでしまった。十七、八の娘たちでむせかえるような満員の女湯は、芋を洗うような混雑だった。そこでも野枝は彼女たちの目には異邦人のように映るらしく、四方から悪態なひやかしや、露骨な当てこすりが浴せられる。わざと聞くに耐えないような猥褻《わいせつ》な話を大声でする。

「へん、おつにすましやがって」

「なんだい、ありゃ」

「女優だよ」

「子持の女優があるもんか」

「ふん、女優だって子ぐらいは産むよ」

「キザだねえ」

「くすぐってやろうか」

と口々に野次られてきた。

「まさか、あんなだと思わなかったわ。こっちは何もしないのよ。ただおとなしく洗ってるのに、いいたい放題なんだもの」

しょげかえる野枝を大杉は面白そうな目で見て笑っている。

「私はあくまでここの人たちの中にとけこもうと思って、謙遜《けんそん》であろうとしているのよ。でもあの人たちは、わけもなしに私に敵愾心を持っていて、違う階級だと決めつけて、侮辱しようとかかるんだもの、無知で下品で、傲慢で、私だって、我慢ならなくなるわ。階級的反感っていうものは、抜き難いものじゃないかしら」

「あせらないことさ。一朝一夕には同化なんか出来やしないよ。僕等がここへ来たのは労働者との一体的感情を養うためなんだから、当分は我慢するさ」

20

そんなところへ、新しい同志だといって、二人の男が転りこんできた。

和田久太郎と、久板卯之助だった。

二人とも、渡辺政太郎の「研究会」の仲間だった。渡辺政太郎は小石川指ケ谷《さすがや》町の白山の坂の途中の古本屋南天堂の二階に間借して住んでいた。その部屋で「研究会」を開いていた。古ぼけた六畳の貧しさの滲み出た部屋で、手造りの机の上にクロポトキンの自叙伝「一革命家の思い出」などを置いて、集った人々と読んだりする。普段は子供相手の一銭移動床屋で、場末の長屋町を歩いては、子供の頭を刈っていた。
よれよれの木綿の着物に、それでもやはりよれよれの袴《はかま》をつけて、こよりの紐をつけた羽織を着ている。髪も鬚《ひげ》もぼうぼうで、顔はやせこけ、顔色は悪い。前歯は抜け声がかすれている。目だけがこの上なく美しく澄み、いつでも物悲しい優しさをたたえていた。妻の八代《やよ》と二人暮しで子供はなかった。生活は八代の針仕事でどうにかまかなわれていた。

明治六年（一八七三）山梨県中巨摩郡《なかこまぐん》の生れで、極貧の半農半商だった。政太郎は小学校を出てすぐ床屋の徒弟になり、一時は横浜で床屋を開業したこともあったが、洗濯屋、紡績工場、新聞配達など、転々と職を替り放浪生活をつづけるうち、キリスト教の信者になったが、明治三十二年、神田青年会館で片山潜《せん》の社会主義の演説を聞き、感激し、社会主義に目覚めた。キリスト教社会主義者となって、伝道につとめていたが、幸徳事件以後は、無政府主義に傾き、「微光」という四六倍判四ページの農民啓蒙の新聞を出しながら、自宅へ青年たちを集め、地味な研究会をつづけていた。性来の温かな神か仏のようなやさしい人柄が人を惹きつけ、次第に研究会には熱心な若者たちや主義者が集るようになっていた。渡辺の小父《おじ》さんと慕われ、白山聖人とも蔭で呼ばれていた。号を北風と称していた。

南天堂が白山の坂上へ移転した後も渡辺夫妻は共に移っていき、二階の三角型の部屋で研究会はつづけられていた。

渡辺の「研究会」は、大杉、荒畑たちの「サンジカリズム研究会」や「平民講演会」とほぼ同期に生れ、並行してつづけられていたので、そこに集ってくる人たちは大体重複していたようだ。

和田久太郎は大正四年(一九一五)暮のある日、頭に繃帯を巻き、転りこんできた。足尾銅山へ四円五十銭で誘拐《ゆうかい》同様に売り渡され、人夫部屋で虐待に耐えかねて、落磐《らくばん》で頭にケガをしたまま、脱走して来たのだ。和田久太郎は明治二十六年(一八九三)兵庫県明石の生れで、十二歳から二十二歳まで大阪の株屋に奉公していた。二十二歳の時、堺枯川の「へちまの花」「新社会」を読み感激し、上京した。道路人夫や、砲兵工廠《ほうへいこうしょう》、芝浦製作所、東京市電気局などで、人夫をしていたが、堺枯川が大正六年の総選挙に東京市から立候補した時、運動員として働いたのがきっかけで、売文社へ入った。足尾銅山へ行ったのは、人夫時代のことである。

一日、久太郎の脱出が遅ければ、渡辺政太郎は足尾へ乗りこみ、久太郎救出に命を賭す覚悟でいたと伝えられている。

売文社は一年ほどでやめている。

和田が足尾から脱出して来た頃、渡辺の三角部屋の隣りには久板卯之助が下宿していた。出版社に勤め、月給二十円を得て、十五円で生活をまかない残る五円で、独り「労働青年」という雑誌を出していた。和田はこの久板の部屋に同居させてもらい、体を養いながら、彼の「労働青年」の手伝いをした。二人の結びつきはこの時に始まり、堅い友情に結ばれていく。

和田は売文社に入ったものの、渡辺の「研究会」が地味な形のまま、渡辺の人徳と、悲壮な奮闘が実を結び、次第に同志を集め、堅実に発展するのを見て、文学にばかり耽るのは恥しいと売文社を退いてしまった。久板と計って、日暮里の貧民街に一軒を借り、運動に挺身《ていしん》しようとしていた。

そこへ、大杉から誘いがあり、大正七年の正月のある日、久板と和田は亀戸の大杉の新居へ訪ねていった。

和田の自筆略歴によれば、

――大正七年（二十六歳）一月一日、大杉夫妻、府下亀戸の労働者街に移ってサンジカリズム運動を起す為に、先ず平易なる労働者のみの新聞を発行せんとす。然して、僕等の同じき企てを知ったる大杉は、共に来って力を合わせずや、と言い来る。久板と共に大杉を誘い、語り合って意気相投じたれば、翌日、早速、日暮里の家をたたんで亀戸に同居す――

とある。

野枝は二人が同居すると聞かされて、同志との共同生活が始まるのだと覚悟した。ところが引越して来た二人は風呂敷包み一つしか持っていない。もともと久板の部屋には、渡辺の隣りにいた頃から、机や火鉢など、およそ家財道具類は一切置かない徹底した簡易生活の実践ぶりであった。

「ね、あの二人、蒲団持っているのかしら」

「蒲団くらい持っているさ」

大杉はまだ風呂敷も開けていない二人のところへいって訊いた。

「おい蒲団はあるのかい」

「あります、あります」

二人はいそいで風呂敷を開いた。中から一枚の煎餅《せんべい》蒲団と、三枚の綿の覗いた薄い座蒲団が出てきた。

「それじゃ足りないだろう」

「こうすればいいんです」

和田はくるくると煎餅蒲団にくるまって柏《かしわ》になってみせた。

久板は三枚の座蒲団の上に横になり、洋服やどてらをあるだけかけた。

「これでずっとすごしています」

大杉はあきれて野枝に報告した。野枝は、

「そんなことじゃないかと思ったわ」

と、ため息をつき、それでも何とか工面して、二人の蒲団をつくったが、二人とも一向にそれを使った形跡はなかった。

久板は明治十年(一八七七)の生れだから、大杉より八歳、和田より十六歳、村木より十三歳年長ということになる。

京都木屋町の宿屋の生れで、家業を嫌い牧師を志して同志社大学の神学部に入ったが中退した。トルストイアンで絵を学んだりしていた。金持の息子の、芸術趣味のジレッタントだったのだろう。大正のはじめ頃上京して高畠素之《たかばたけもとゆき》や伊庭孝《いばたかし》を知り、社会主義に触れた。まだトルストイアンの名残りがあって一時帰洛し、丹波の山奥で牧場の労働などしていたが、幸徳事件で、そんな山奥まで警察の目がつきまとってきたので上京する。上京後は腐蝕彫の看板つくりや出版物の予約勧誘などで暮しながら、売文社に出入りしていた。

その頃から渡辺政太郎の「研究会」の仲間になり、アナーキストに傾いていく。渡辺の三角部屋の隣りに移ってきたのもその頃であった。

外国人めいた風貌と、鬚の生やしぐあいから、「キリスト」というあだ名で通っていた。町では西洋乞食《こじき》と囁《ささや》かれることもある。渡辺が誰からも慕われ、絶対の信頼を寄せられ「聖人」と呼ばれるのと似た意味が「キリスト」のあだ名にもこめられていた。心が優しくあたたかく、人格者だった。

大杉は久板や和田と「文明批評」と並行して、もっと労働者向けのビラ代りの「労働新聞」を発刊しようと相談していた。

大杉は「労働新聞」の事務主任を久板卯之助に、編集主任を和田久太郎にしていた。

「文明批評」の二月号は、野枝の病気で、大杉が、看護や子守に追われて発行が遅れたと後記で詫びている。二月には入る予定だった保証金がまだ入らなかったので、時事問題を論ずることは出来ない。保証金のない雑誌は非時事雑誌と決められていた。

保証金の入るめどは、ほとんどついていなかった。破れかぶれで、大杉たちは三月一日発行の予定で、「労働新聞」の準備に忙殺されていた。「文明批評」の三月号には、荒畑寒村が「ギルドから労働組合へ」という題で、山川均、菊栄夫妻が、何か寄稿する予定だった。大杉は、「盲の手引する盲」の続きとして、大山郁夫、室伏高信《むろふせこうしん》などのデモクラシイをやっつけてやるといきまいていた。

しかし、寒村が他に急ぎの仕事を引き受けて書けなくなったといってよこし、山川均が急に肺炎を起して、これも書けなくなった。

山川均と荒畑寒村は、一年前の大正七年三月から、「青服」を発行していた。労働者の作業服という意味が「青服」にこめられていたが、この雑誌も毎号連続発禁の憂目を蒙り、四号で潰《つぶ》れていた。

山川と荒畑の寄稿の約束は、同人としてではなく、あくまで客分としての寄稿だった。「文明批評」四月号の後記「編集人から」には、山川と荒畑の原稿が貰えなかったことを報告し、

——伊藤と僕とは一時新聞の方の準備もうっちゃって本誌の方にとりかかった。そして漸く大体の編輯が済んだ時に、こんどは僕が、例の「とんだ木賃宿」へ引っぱられて行った。「とんだ木賃宿」へは、一月以来本社に同居している、労働新聞の事務主任久板卯之助と編輯主任和田久太郎の二人も、お相伴を食って、お蔭さまで文明批評は一カ月休刊し、労働新聞の創刊は四月に延びた——

とんだ木賃宿入りというのは、三月一日の晩、上野である会に出て、電車がなくなったので、大杉と久板と和田の三人は、亀戸までは帰れないから、和田の古巣の泪橋《なみだばし》の木賃宿にでも泊ろうということになって、三人で歩きながら吉原の大門までさしかかった時だった。

酔っぱらいが、酒場の窓硝子をこわしたとかいうので、地廻りと巡査が酔っぱらいを囲み、弁償しろとか、拘引するとかいためつけている。男は酔いもさめはてた態で、しきりに平あやまりにあやまっていた。

その様子を見かねて大杉は仲に入り、

「この男は今一文も金がない。弁償は俺がするから扶けてやってくれ。大体ちょっと

したことですぐ巡査を呼ぶのがよくない。大ていのことは話しあえば解決のつくことだ」

と説得した。大杉の強そうな体つきや、説得力のある話から、その場の者はみんな納得した。

「旦那におまかせします」

と地廻りもいった。野次馬も満足した。ところが巡査ひとりが承知出来ない。面目をつぶされたというのでいきりたってきた。

「貴様、社会主義だな」

「そうだ、それがどうしたんだ」

「社会主義なら拘引する。一緒に来い」

「そいつは面白い、行ってやろう」

大杉は巡査の手を振り払って、自分から目の前の日本堤署へ飛びこんだ。後から追っかけて来た久板も和田も一緒に留置場へ投げこまれてしまった。

結局、職務執行妨害という名の下に、警察に二晩、警視庁に一晩、東京監獄に五晩、泊められてしまったのだ。

大杉はこんな無鉄砲な子供っぽい行動をいくつになっても止めなかった。

野枝は、いつまでたっても周囲の雰囲気になじめなかったが、新しい同居人たちにはすぐ馴染んだ。

結構姐御肌《あねごはだ》のところがあって、同居人の面倒を見たり、世話もした。食事を作るのはどんなに大勢になってもおっくうがらなかった。

久板の静かな雰囲気や沈着な様子には尊敬も抱いていた。対照的な和田の丸顔でいつでも笑っている癖に、内心は傷つき易く神経質なのも、すぐ見抜いていた。

野枝と、和田はよく喋った。後年、和田は野枝を嫌うようになるが、この頃はそうでもなかったのだ。

21

村木源次郎はその頃、本郷台町の延島英一《のぶしまえいいち》の家で、英一の母と同棲していた。「ご隠居」とあだ名のある村木は、いつでも仲間の面倒を見て、失意の大杉の家に泊りこんで世話をしたように、誰の家でも台所へすっと入って、掃除をしたり、洗物を片づけたりするところがあった。明治二十三年(一八九〇)の生れで、生家は横浜の糠屋《ぬかや》という裕福な貿易商だったが、村木の四歳の頃、家は没落して、小学校を出ると写真屋の小僧に住みこんでいた。

クリスチャンの父の影響で、日本キリスト教派の山下町の海岸教会に属し、そこに服部浜次や荒畑寒村、鈴木秀男もいた。寒村と服部浜次は教会内に「青年修養会」を組織し、それを「平民結社」にした。明治三十七年の発会式には、二十名が集った。

村木は十五、六歳から社会主義にめざめて、幸徳事件以後は牛乳配達や新聞配達をしながら、東京の平民社に出入りするようになった。

村木は画家の望月桂が、絵にならないほど美男すぎるといったほど、整った風貌をしていた。面長で鼻が高く、目が切れ長であった。父親も横浜業平《なりひら》といわれていたというから、美貌の家系だったのだろう。

村木は、心底から大杉に心服していた。大杉の最悪の時代にも、村木ひとりは大杉の傍を離れず、影のように附《つ》き随《したが》い、大杉や野枝や魔子にまで奉仕を惜しまなかった。和田と久板が大杉家に同居して、ようやくその家を離れても、大杉の最も近い同志としての立場は変えずにいた。

「ね、村木さん、和田さんて面白い人ね」

野枝は、やはり、新しい同志の久板や和田よりは旧いなじみの村木の方に話がしやすかった。訪ねて来た村木に向って話しかける。

「ええ」

村木は、いつでも相手に喋らせて、自分は最少限しか喋らない。

「あんな、どこかのんびりした顔してて、とても神経が細いのね。久板さんよりかえって和田さんの方が気難しいと思わない」

「そうですね」

「鏡花《きょうか》の大ファンなのよ。鏡花のものなら初期の小説が好きだけど何でもいい、ふるいつきたいほどいいっていうのよ」

「そうだ、あいつはセンチメンタルなところがある」

「俳句も作るんですって、あはは、あたし聞いちゃった。ああ、思いだしてもおかしいわ」

野枝はひとりで思い出し笑いして、目に涙をためながらいう。

「和田さんが株屋の小僧さんの頃ね、番頭さんの家へ留守番にいって、お饅頭《まんじゅう》をみつけて、ついつい食べちゃったんですって、知ってる」

「いや」

村木は知っていたが、野枝の興をさまさないため、知らないふりをして聞いてやる。

「ひとつのつもりがつい美味しかったので、またひとつ、もうひとつって、ぱくぱく食べて、気がついたら、十以上あったのがもう三つしきゃ残っちゃいないんですとさ。そこで和田さんが、
　言い訳けの為に饅頭三つかな

って、書いて、お重箱に入れておいたんですって。ね、面白い人ね」

村木も笑った。

「あれで苦労してるから、割合芯は複雑なんですよ」

「ええ、自分は卑屈なところがあるんだけど、大杉と暮すようになって、その殻がばんばんうち砕かれていくって喜んでたわ。昨日だって、あんまり大声でどなってるからけんかでもはじめたのかと思って心配したら、大杉が、自分は労働者だと叫びながら書くんだ。間違ったことをいったってなんだっていいから、気持のままを書くんだ。今喋った通りどうして書けないって、やってるの」

「よかったなあ、和田は大杉さんのような人に引っぱってもらえばうんとのびるんですよ」

「村木さん、軀は大丈夫なの、何だか元気がないみたい」

野枝がふいに心配そうに、村木の端正な顔をまじまじと見つめ直した。

生来蒲柳《ほりゆう》の質だった村木が肝臓を悪くして、寝こんでしまったのはその頃からであった。

村木はいつでもおだやかな表情を崩さなかった。黒衿《くろえり》のかかったお召の着物や鳴海しぼりの浴衣なんかぞろりと着て、芸人のような粋なみなりを好んだ。どんなに貧乏している時でも村木の下駄は柾目《まさめ》の通った桐であった。その点、おしゃれと自他共に許している大杉が、金のない時はあらゆる物を質屋に入れてしまって、洗いざらした浴衣の尻もはしょって毛脛《けずね》を出して町を平気で歩きまわるのとはちがっていた。

冬になると、着物の上から雲水の着る法衣《ほうえ》を外套《がいとう》がわりに着ていたが、それがまた村木が着るとさまになっていた。鎌倉の町で建長寺の雲水とまちがえられたりした。

一見ひかえめでおとなしく、非活動的で、主義者らしく見えないが、芯に他からははかり知れないいきついものを秘めていた。普段は、閑があれば寝ころがって講談本を読んでいるか、金が入れば寄席《よせ》めぐりなどしているが、いざとなると、底の知れない無気味な面をきらりと見せた。

野枝は自分たちのどん底時代、すべての仲間が背を見せた頃に、ただひとり、親身に扶けてくれた村木に対して誰よりも親愛感を抱いていたし、肉親のように思ってもいた。

「おれたちに万一のことがあった時、魔子を守ってくれるのはあいつだよ」

大杉も、野枝にそういっていた。

「おとなしいし、のらくらしているから仲間は誰もあいつの怖さに気がつかないだけさ。あいつは本物のテロリストだ」

そうもいった。

「へえ、村木さんがテロリストですって」

野枝は笑った。どうみたってお役者小僧とか御隠居のあだ名の村木とテロリストは結びつかない。

「世の中、いかにもらしいみぶりの奴に本物なんかいやしないさ」

それから大杉は何か思いだしたらしくにやにやして、野枝に追求されて話した。

近藤憲二と村木と大杉で白山の夜店をひやかしての帰り道のことだった。通りすがりの小さな煙草屋の前にさしかかると、村木がつるりとした表情で面白くもなさそうにいう。

「この店の看板娘はすてきな別嬪だよ」

「へえ、そいつは気がつかなかったな」

「見てゆくか」

「見よう、見よう」

村木はふたりを引きしたがえて、煙草屋の店をのぞいた。ところが十四、五の、まだ小便臭い感じの小娘がせんべいをかじりながらちょこんと店番をしているだけだ。

村木は、なあんだという表情の二人を尻目に店に入ると、早口でいった。

「エンサイクロペディヤ頂戴」

小娘はきょとんとして、村木の顔を見上げていたが、すぐ奥へかけこんだ。

「姉さあん」

村木がふたりを見てにやっとした。奥からたしかに愛嬌のある色っぽい桃割れの娘が出てきた。

「エアシップ頂戴」

村木はすまして娘にいった。

「そんな時の村木の人を喰った芝居は、大したもんだよ」

大杉に聞いて野枝も笑ってしまった。

望月桂の家で大晦日の夜、借金取りに来た米屋に向って、自分も借金取りのような顔をして、炬燵の中から、

「全くこの家にも困りますね。あたしは昼すぎから、こうしてここに居据ってるんですがねえ、大将は帰って来ない。まああがんなさい。ねばりましょうや、みかんでも買ってきたらどうです」

とすましていい、米屋は愕いてあきらめて逃げ帰ったという話が、仲間の間に伝説的に伝わってもいた。

野枝の知っている村木は、子供や老人に無類にやさしい、こまごましたことによく気のつくデリケートな男だった。年上の延島英一の母が、すっかり村木に惚れこんでいるというのもうなずける気がしていた。

十五歳の時、横浜の海岸教会で、荒畑寒村や服部浜次が組織していた「青年修養会」に入り社会主義を知り、十七歳で東京の平民社に関係した。赤旗事件に連座して、大杉

や荒畑たちと一年の刑で入獄した時は十八歳だった。出獄後、ほどなく起った大逆事件は村木に決定的な影響を与えた。首謀者のひとりとして死刑にされた新村《にいむら》忠雄は、処刑された時、まだ二十四歳だった。自分と三歳しかちがわない新村忠雄を村木は尊敬していた。新村忠雄は、美男子ではないが目鼻立ちの整った、笑うと笑《え》くぼの見える一見おとなしい男だった。

荒畑寒村翁から私が直接聞いた話では、

「新村忠雄は、一見きりっとしたところのない男で、ちっとも冴えなかった。何が出来るかと思っていたら、大逆事件の裁判の時は実に立派で筋金が通っていて愕きましたね。人は見かけで判断しちゃいけないとあの男についてはつくづく思いましたよ」

ということであった。この感想は、そのまま村木に対しても、当時の仲間の間ではあてはまったのではないだろうか。

しかし村木は積極的な運動には何もたずさわらないかわり、同志が入獄した時などはまめまめしく面倒をみた。

近藤憲二の「一無政府主義者の回想」と、和田久太郎の「獄窓から」に、村木についての追憶が載っているのが、村木という人物を偲《しの》ぶ数少い資料だが、その中で和田が、

——村木は、僕とは違って、徹底したアナキストであり、かつテロリストであった

と書き残している。和田久太郎と村木は、後に大杉虐殺の復讐を誓って、福田雅太郎《まさたろう》（震災当時の戒厳令司令官）を襲撃した。その時和田の方が福田大将の背中にピストルを発砲した張本人だった。第一弾が空砲で、この狙撃は失敗した。和田が撃ったのは本郷燕楽軒の前だった。

村木はこの日、近くの長泉寺で講演する筈の福田を最前列に坐って待機していた。予定が狂って福田が燕楽軒に寄ったので、そこに待機していた和田が撃ったのだ。

もし予定通りだったら、村木の手で福田の暗殺は成功していたかもしれない。

本郷台町の延島の家で寝込んでいる村木を、ある日和田が病気見舞にいったら、村木は枕元一杯、古い「平民新聞」や「自由思想」などを広げさせ、赤旗事件のことや、大逆事件の話を熱をいれて喋った。

特に新村忠雄についてしきりに話したがった。

「あいつは、立派なやつだった。いろいろいわれているけど、肚《はら》は坐っていたよ。管野須賀子と新村だけは、初めから終りまで、一度も計画について迷ったり動揺したりしていないんだな。本当のテロリストっていうのは、ああいう一見平凡な男じゃないかと思うね」

村木より三つ若い和田は、村木には頭が上らなかった。大杉の家で「労働運動」の原稿を書きあぐねている時など、いつも茶の間で寝そべっている村木が、気まぐれのよう

に和田の手許をのぞきこみ、

「何だ、まだ見出しだけじゃないか。昨日の朝からずっと二日間、坐りっぱなしで、題一行か。そんなことじゃ、間にあうもんか」

村木は大杉の家の押入れから旧い「平民新聞」をひっぱりだしてくると、

「ほら、ここの幸徳の書いたものをみんな写してしまえ、それで『労働運動』の全面を埋めてしまえよ」

「そんな無茶な」

和田が鼻白むと、大真面目な顔つきで、

「どこが無茶か。どうせ理窟はひとつだよ。いくら、文章をこねくり廻したって、伝えたいことはひとつさ。そんなことはとうの昔に、秋水がすっかりいいつくしているんだよ。宣伝はもちろん必要さ、だから同じ言葉を何十遍、何百遍でも繰りかえせばいいんだよ」

という。和田があっ気にとられていると、にやっとして、さっさとまた炬燵にもぐりこんでしまう。

村木の心の底に、大逆事件で処刑された同志のことが常に重くしこっているのを和田も感じてきた。

村木が彼等に悲痛で熱い愛情と、尊敬の念を捧げているのを、その一見冷静に見える

表情の奥に感じてもいた。そういう村木が常に、

「闘え！　力を讃美せよ！　動的美に酔え！　歴史を想像せよ！」

と、全身で叫びつづける大杉に共感する秘密もわかるような気がした。

夏のお陽さま　カンカン照らす
ぼくは汗だく埃にまみれ
赤い煉瓦《れんが》のおうちを指して
ひとりよぼよぼ御本を運ぶ
夏のお陽さま　カンカン照らす

村木は和田を煽動《せんどう》するが、自分は原稿を書いたりしない。時に、童謡をつくっていたが、それも人に見せるためではなく、自分の慰みのためのようであった。軀が弱く実際運動にはたずさわれない村木が、ただ差入れだけにつとめている一見物哀《ものがな》しいが、見方によっては自分の立場に自信を持った童謡で、和田はそんな童謡が、粋な村木のどこを押せば出てくるのか不思議だった。


村木の病床で、和田は村木秘蔵の大逆事件の被告たちの写真をみせてもらった。

幸徳秋水、管野須賀子、新村忠雄、福田武三郎、百瀬晋、それに村木の六人の写真がまず和田の目を愕かせた。

「明治四十二年九月八日に写したものだ」

村木が顔色の悪い頬をやや紅潮させて説明した。

「ぼくはこの日より十日ばかり前、赤旗事件で出獄したばかりだった。重禁錮一年組で、百瀬も一緒だった。八月二十九日に、千駄ケ谷の平民社でさっそく歓迎会を開いてくれてね。秋水の他に石川三四郎、松崎源吉、加山助男、谷田徳三、堀保子、戸恒保三、竹内善朔《ぜんさく》、福田武三郎、新村忠雄が出席してくれていた。印刷工の福田は、七月十五日、須賀子が拘引された日に、たまたま来あわせていて、留守番を頼まれてしまって、ずっと平民社にいたんだな。須賀子は、換金刑で、自分から入獄したんだ。須賀子はまだ、ぼくらの歓迎会の日は獄中で、帰っていなかった。須賀子が帰って来たのは、九月一日だよ。新村は、一年ばかり紀州の新宮の大石ドクトルの家に手伝いの形で行っていたのを、秋水から呼び戻されて、八月二十二日に帰ったばかりだったんだ。

ぼくは九月八日に、この間のお礼もかねてふらりと千駄ケ谷の平民社へ行ったら、須賀子が帰っていた。荒畑寒村の妻としての須賀子しかぼくには記憶がない。獄中で、須賀子が秋水に乗りかえたっていう噂はもうすっかり伝っていたから、ぼくらはみんな寒村に同情して、須賀子を憎んでいたんだ。ぼくだってやっぱり、寒村を可哀そうだと思っていたよ。久しぶりで逢う須賀子は、何だか顔付まで変っていた。知ってるかい。須賀子は、隆鼻術をやっていた。それが面白いんだ。後で新村から聞いた話だけど、赤旗事件で捕った時、巡査にひどく乱暴に扱われた上、

『何だてめえのような鼻ぺちゃのお多福のくせに主義だの何だの生意気なことぬかしやがって』

と、突きとばされたり、なぐられたりしたっていうんだな。それをひどく腹に据えかねて、鼻が低いばっかりにあんなやつにまで軽蔑されるのが口惜しいといって、いきなり隆鼻術してしまったというんだ。凄い女だよ」

「へえ、そいつは初耳だったな。そして鼻は高くなっていたかい」

「うん、そりゃ、象牙《ぞうげ》だか何だかいれてるんだそうだけど、たしかに前より高くなっていたさ。でもそのため目がこう何となく吊り上って、どうも落つかない感じだったな。前よりきつい感じだった。それに獄中であんまりひどいめに逢ったというんで大分興奮しっぱなしだった。肺病も悪くなっていたしね。ヒステリックなのも当然だよ」

「ふうん、でもこの写真はなかなか、ちょっとしたもんじゃないか」

和田は、写真に見入った。二列になった六人は、前列が須賀子を中にはさんで百瀬と村木が左右に並び坐り、後列に秋水を中に福田と新村が立っている。

この日、須賀子は濃いたっぷりした黒髪をひさし髪に結い、矢絣《やがすり》の着物を、きゅっと衿《えり》をつめて理智的に着こなしていた。色が白いのに肺病のせいで頰と目もとが熱っぽく赤みがさし、酔ったようになまめかしい。管野の顔の中で目につくのは黒いきらきらした瞳であった。いつでもうるんで光っていて、感情があふれているので、相手にまといつくようで、実物よりずっと大きく見えた。

「色っぽいよ。寒村がまいって、秋水が女房を離縁して、獄中の寒村に煮湯をのませてまで一緒になったというのは、何となくわかる女だな。ぼくの好みじゃないけど」

村木がいうのに、おっかぶせるように和田がいった。

「そりゃ、そうだろう。きみは美人好みだからな」

延島の母親は、年には見えないすっきりした小股のきれ上った江戸前の美女だったのだ。

秋水は紋付の羽織を着て盛装して、きっと前方を見つめている。秋水の方が須賀子より、肺病のようにやつれてみえる。

新村は端整な顔にふちなし眼鏡をかけ、きりっとした好男子に撮れていた。何か昂然《こうぜん》と肩をいからし、前方を凝視している表情に、闘志がみなぎっているようだ。村木は、今の、病み衰えた姿から見ると、信じられないくらい若々しく初々《ういうい》しい。とてもつい十日前に、出獄して来た男には見えない。紺絣《こんがすり》の着物を着て、おとなしく坐っている。

「この写真はね、丁度日本へ来ていたドイツの新聞記者、ウェルト・ハイメルが秋水を訪ねて会見したんだ。ハイメルは報知新聞の記者千葉秀甫を通訳につれてきて、秋水に、社会主義や無政府主義について質問し、フリーラブについても質問を重ね、管野須賀子との関係も訊いたそうだよ。秋水は、須賀子は自分の妻で、主義上恋愛は自由だと答えた。そのハイメルがお礼によこした手紙に写真がほしいとあったので、九月八日、秋水は、たまたま来合せていたぼくもつれて、平民社にいた全員と共に小石川大和町の吉見写真館へ出かけ、写真をとったんだ。この写真の外に、須賀子と二人だけでも撮っている。今から思うと、この時、もうすでに、例の事件の相談は、秋水、須賀子、新村の間では出来ていたんだと思うよ。ぼくや百瀬や福田は全然知らなかったけれど、この機会に、この世での記念撮影をという気持が、三人にはあったのじゃないかと思ってね。この写真を見ると、何とも悲痛な気がしてくるんだ」

村木の声はいつになく激してきた。

「ぼくは、人がとやかくいっても、秋水を立派だと思うよ。管野もそうだ。新村だって、終始初志を貫いてるんだもの、他のついでに殺られてしまった人たちは気の毒だけれど、この三人は、覚悟はついていたと思う。問題は、残されたぼくらは、何をなすべきか……だよ」

村木はいっそう熱っぽくいう。和田は、村木は重態で、医者も首をかしげているとひそかに聞かされているだけに、そんなことをいう村木が痛ましくてならない。さっきから目についていたが、柱にかけた短冊に、

淋しさや秋の水追ふ蝶一つ

とあるのが、秋水に対する思い入れの句であったのかと、今になって気づくのだ。

村木はさらに大逆事件で処刑された十二人の写真を、一つずつ自分で台紙に張りつけたものをとりだして和田に見せた。

「ほら、この新村の写真ね、これは首だけしかなかったから、ぼくの着物姿の胴体に首だけすげかえたんだよ、わかるかい」

という。いわれてみれば、紺絣の着物が、幸徳たちと一緒の時の村木の着ているのと同じに見えてくる。

「きみにだけは知っておいてもらいたいんだ。その押入れから風呂敷を出してくれ」

和田はいわれた通りにした。あけると、中から紋付の一揃いと、六尺の新しい晒《さらし》と、白鞘の短刀が一ふり出て来た。

「これがぼくの死装束だ。畳の上で病気でだけは死にたくない。ぼくの精神はこれだ」

和田は、村木の病み衰えた顔を見て言葉もなかった。この軀で、どんな相手を刺そうというのか。

「早く元気になってくれよ。おれもやるよ。一緒にやろう、な」

和田はそういって村木を元気づけた。誰を殺すという目的がその時あったわけではない。まさか、それから三、四年後に、二人の他に古田大次郎も加えて、福田大将を狙うことになろうとは、想像もついていなかった。村木の死装束の黒紋付が、ほどなく冬になっても綿入れがなく如何にも寒そうだというので、魔子の着物に化けてしまうなどということも予測出来なかった。

いよいよ「労働新聞」が出たものの、警察は印刷所に原稿を入れる段階から目をつけ、片っ端から没収するので、並大抵の苦労ではない。警察の手が至る所の印刷所に廻り、社会主義者たちの印刷は一切引き受けるなと圧力をかけてあるから、先ず印刷所を確保することからが大変だった。だましすかして印刷させたところを、印刷所の密告で、待ちかねていた警察に、印刷所を出るなり、押えられるということも屢々《しばしば》あった。一号はとにかく出た。しかし二号、三号は発禁にあっている。それでも四号まで出した。資金はもはや絶えはてた。大杉と野枝は亀戸を引きあげ田端《たばた》へ引越した。そこから資金作りのために、野枝の故郷の今宿へ出発した。

どんなことがあってもこの四号最終号は警察に奪われたくなかった。七月になっていた。

刷り上るなり、延島の家に運びこんだ。情報を摑むなり、本富士署の高等係が延島家を襲った。寝ていた村木は起き上って、

「それは御苦労様、さあ見て下さい」

と、自分から広くもない家の押入れや簞笥を片っ端から開け放っていく。延島の母に手伝わせて、

「早くそれを下ろせ」

と二人で蒲団まで押入れから出そうとする。

高等係はすっかり恐縮して、

「いや、もう、結構です。どうぞそのまま……」

といって早々に引きあげていった。二人の靴音が遠ざかったのを聞きすまして、村木と延島の母は、顔を見合せたまま、その場にへたっと坐りこんでしまった。

押入れの上段、ふわっと風呂敷をかけた下に、ふとんと見せかけ二千部の「労働新聞」がつまれてあったのだ。

たちまち、和田と久板が新聞紙法違反で起訴された。久板は五カ月、和田は十カ月の禁錮で東京監獄に入監した。

22

その頃、荒畑寒村と山川均も、一年余りも前の三月に一号を出し、連続発禁の憂目を見て、四号で廃刊になった「青服」の筆禍事件によって出版法違反で起訴されていた。「寒村自伝」には、この間のことが、

——山川君と私は裁判の結果、労働者を団結させて資本家に対抗させたという珍妙な

判決理由で、おのおの禁錮四カ月に処せられて七年十月から八年二月まで入獄したが、私はまた別に組合東京法律事務所の機関誌『法治国』にのせた米騒動批判のためにも起訴されていた——

と記されている。

米騒動は、大杉と野枝が九州へ発った直後に勃発した。

米の値が上りつづけていたところへ、奸商《かんしょう》たちや相場師が米の買占めをしたため、米価がますます急騰し、八月五日には深川正米市場での取引は、一升四十銭に騰《あが》ったのが、月末には五十銭を唱えはじめた。それに伴って一般物価の高騰もうなぎ上りで、社会は不安に怯えたが、奸商成金たちは、目に余る豪遊や贅沢三昧《ざんまい》をして、庶民の反感憎悪をつのらしていた。

八月はじめ、富山県中新川郡東西水橋町の漁師の女房たちが二百名米屋や米の所有者を襲い廉売《れんばい》を要求し、応じないと焼打をやると脅迫したことから端を発し、女たちは日を追うにつれ米屋襲撃に猛烈にいどみ、五日は二百名ばかりだった女たちが七日には四百名にふくれ上り、女一揆の様相は次第に苛烈になってきた。この米一揆は、たちまち、全国三府三十数県に飛火して、新聞は八月六日頃から米一揆の記事で埋めつくされた感があった。その見出しだけあげても、

「群衆は徹宵《てっしょう》市内を横行す／今晩は一層恐慌／殺気漲《みなぎ》る名古屋市」

「米屋町に投石の雨／芸妓を乗せた自動車は襲撃を受け、沿道町家窓硝子全部破壊／警察群衆睨合《にらみあい》」
「昨夜大暴動勃発し白米商を襲撃」(京都)
「京都の窮民暴徒と急変し、桜井肉弾少佐指揮の軍隊は徹宵／大石屋瓦八方に飛ぶ」(京都)
「大阪市の大破壊大乱闘／巡査抜剣して群衆を斬捲《きりまく》る／市街電車は粉砕され米屋の主人店前の群衆巡査を短銃で射撃す／軍隊一大隊で防禦《ぼうぎょ》／殺気漲り形勢刻々険悪／群衆危険性を帯来る／無警察状態に陥り軍隊出動」(大阪)
「鈴木商店凶焔に呑《のまる》／抜刀隊は更に須磨の同家別荘に押寄せ警察は手も足も出ず／遂に各所に猛火起る／宛《さなが》ら戦場の如き神戸市」(神戸)
という状態で、窮民暴徒たちは、二百、三百の団から多いと数千名にふくれ上り、つなみのように富豪や米穀商を襲撃、放火掠奪《りゃくだつ》をほしいままにして、無警察状態になった。軍隊は騎兵隊や自動車をくり出し、流血の闘争がひろげられ、犠牲者七千八百余人と報ぜられた。
八月十四日附を以て、日比谷署から米騒動に関する報道記事一切の差止めがあった。
大杉は大石七分に帰京旅費を無心して送ってもらい八月八日、九州出発、門司から船で親子三人水入らずの旅をし神戸まで到着、九、十日は大阪の旅館に泊り、十一日野枝と魔子だけ先へ帰し、十一日から十四日までは米一揆の巷の中で過している（「労働運動」追悼号）。十五日大阪から東京へ帰り、十六日には保護検束で板橋警察に留められている。

九月に入って、大阪で米騒動を煽動した危険思想者検挙という名目によって十数箇所で家宅捜索を行っているが、その中の大阪市南区周防町岩手金三郎は、

「大杉栄氏を宿泊せしめ居たる関係あり」

と、「朝日新聞」九月十一日号に発表されている。大杉が大阪に滞在した十一日から十四日までは、大阪の騒動の最も激越な時に当っていたから、その間、大杉が手をこまぬいてじっとしていたとは思われない。

荒畑寒村の「米騒動批判」というのは、組合東京法律事務所の求めで米騒動の感想を「法治国」に載せたため、安寧秩序を紊すという新聞紙法違反に問われたものであった。

——大正聖代の一揆

新社会記者　荒畑勝三《かつぞう》

◎大正年代に入って、米のために一揆が起ろうとは、恐らく何人も予期しなかった所であろう。僕は日本国民の、尚お一揆を起すの勇気の存することを知って、将来の日本国民のために、転《うた》た慶賀に堪えない。——中略——

◎日本国民が如何に温順善良だからといって、それこそ本当に、背に腹は替えられぬで

食えなくなれば、而して如何に食えなくなっても政府が適当の措置に出でず、また如何に適当の措置に出ても、それが所期の効を奏さないならば、勢い自分で何とか相当の手配を講じなければならなくなる。此時、大多数国民の心頭に声あり「国家はその安全を保せんが為めには、敢て多数国民の生命を犠牲に供して迄も、外国と戦争を開くではないか。然らば国民大多数の生命の安全を保せんが為めに、奸商輩をやっつけるのが何で悪い？」と叫ばないと、誰れが断言し得るものぞ。
◎今度の様に兵士が一個師団も出て、「対敵行動」を取った所のあったのは、国民の自覚の上から言えば、僕は一大痛快事だと思う。軍隊は外にのみ用うるものでない、万朝《と》報の言える如く、「内に向っては、滅多に用うべからざるもの」かもしれぬが、然し兎に角《かく》、内に対しても用うるものである。そして貧乏人の間から出た兵士は、時に或は、その食う能わずして一揆を起せる親兄弟に向って、銃剣を擬せざるべからざるものだという事を晋《あま》ねく世に知らしめたのは、いい教訓であるとおもう。
◎今度の騒動の口火を切ったのは、漁夫の細君連であった。仏蘭西大革命の当時、女が先頭に立って働いたように、彼等は此の一揆の口火を切った。——
　この裁判には編集署名人の弁護士長野国助が相被告であったせいもあり、弁護士は五十名を越えていた。弁護団は米騒動に対する言論の弾圧とみて、国家権力の横暴に対し、対決せんと意気ごんでいた。十二月二十日の第一回の公判は傍聴席は満員の盛況で、弁護人は半分も入れない。

法廷は殺気ばしった空気で充満していた。

寒村は、「青服」事件で服役中だから赭《あか》い囚衣姿で、無精鬚《ぶしょうひげ》ののびた窶《やつ》れた様子だったが、公判の終りに被告の最後の陳述が許されると、裁判官を睨《にら》みすえ、米一揆についての意見を堂々と述べ、この裁判の不当性や矛盾も衝《つ》き、獅子吼《ししく》怒号していた。いつのまにか法廷中が定評のある寒村の名弁論に聞き惚れていた。終ったとたん、法廷の後方で大きな拍手を送る者があった。

「誰だっ」

寒村の演説の間、不興気な表情をかくそうとしなかった裁判官がどなりつけた。

「お、俺だっ」

太い声でどなりかえして、立ち上った男の方を満廷の視線が追った。

「名前を云えっ」

「お、大杉だっ！　大杉栄だ」

大杉栄はぎょろりと目を光らし、顎鬚をしゃくって、裁判官の方へのしのし歩いて来た。

廷丁があわてて横から飛び出して来て、大杉の腕を捕えようとしながら、

「判事さん、引っ張り出しましょうか」

という。判事は一瞬ためらった後、ちょっと間を置いて、

「いや、もう審理は終了したからよかろう」

といい、威厳をつくって法廷を出ていった。

みんなは口々に、

「うまく逃げたね」

「けんかには相手が悪すぎたよ」

など囁きあっていた。

第一審は無罪、検事が控訴してここでも無罪、更に検事の再訴によって舞台は大審院に移り、今度は一、二審の判決を破棄し、寒村は三十円の罰金刑、長野弁護士は六十円の罰金刑になっている。

すべては神近市子の入獄中の出来事であった。

市子が出獄した大正八年には、一月に大杉と野枝は、田端から西ケ原に移っている。久板と和田が入獄したので、出版の仕事は頓挫《とんざ》した。大杉が和田たちの留守にはじめたのは、「演説もらい」の実践運動であった。

白山の聖人渡辺政太郎が死んで一年がすぎていた。渡辺の人徳を慕う者たちは死後も八代未亡人の好意で、指ケ谷の家に集り、渡辺の残した「研究会」をつづけていた。その世話人のようになっていたのは近藤憲二で、彼は大杉たちの「労働問題座談会」と指

ケ谷の「研究会」を合併させた。両方の会の出席者がほとんど重っていたので、後は、大杉の恋愛事件からまだ反感のとけていないメンバーを説得することくらいであった。

村木が政太郎の号の「北風」をとって、この会を「北風会」と命名した。

「演説もらい」の実行は、北風会の会員が、文字通り、北風のように演説会に突風のように吹き入って、会をぶっこわし、その聴衆に向って、自分の演説をぶちつけるというやり方であった。

米騒動以来、世の中は急激に動きはじめていた。労働運動は今までになく活潑になり、労働組合は続々誕生していた。演説会もめざましく開かれていたが、多くは労資協調的な不明瞭なものだった。北風会の「演説もらい」が活潑になるにつれ、その元凶は大杉とみなされ、いつからか、北風会の連中を、「大杉一派」という名で呼びはじめていた。

その当時の警視庁刑事課長であった正力《しょうりき》松太郎は、大杉を検挙し、一挙に北風会をとりつぶすことが急務だと考えはじめていた。大杉たちは当然、その気配を察知し、何時検束されても動じないように、常に手拭《てぬぐい》とチリ紙を懐にして走り廻るという覚悟のよさで、突風のように駈け廻っていた。

その行動を労資協調の堕落を防ぐ唯一の方法と彼等は信じていたので、誰の顔もいきいきと輝いていた。

野枝も、大杉の検挙はさけ難い事と予測し、内心ひそかに覚悟はかためていた。

野枝の胎内には大杉との間の二人めの子が育ちつつあった。

23

大正八年七月十五日の朝、目を覚ますなり大杉は横に寝ている野枝にいった。

「今日はどうかするとあぶないよ、そのつもりでおいで」

その日は神田の青年会館で日本労働連合会の第一回大会の発会式をかねた演説会がある予定だった。大杉は北風会の同志たちと「演説会もらい」に押しかける予定にしていた。

七月のはじめ頃までは、同志たちが寄るとさわると、いつ検挙されるかわからないということを、まるでゲームの話でもするように面白がってしていたが、半月ほどの間に、冗談どころではない危険な緊迫感が、誰の胸にも伝ってきていた。

野枝は大杉との間の二人めの子の妊娠の悪阻《つわり》から来る軀の不調もようやく収まり、

「もう大丈夫よ、半年くらいなら、あなたが入獄しても平気で留守出来るわ」

などいい暮していたのだ。

「そう、いよいよ今日なのね」

野枝は笑っていた。

「大抵大丈夫だと思うがね、どうかするとわからない。しかし引っぱられたところで一晩か、たかだか治安警察法違犯というところで二、三カ月だろう」

「二、三カ月なら願ってもない幸いね」

「当分、本が読めるだけでも結構な話さ」

その日、野枝は大杉と一緒に出かけ、有楽町の山勘横町の服部浜次の家でどうなるか待機していた。案《あん》の定《じょう》、大杉が壇に飛び上っただけで、いきなり検束されてしまった。会はぶっこわされた。野枝は近藤憲二から十時頃報《しら》せを聞くなりすぐ差入れの用意をして、その夜は留置されるものとして、大杉の連れて行かれた錦町署へ出かけていった。ところがその夜はすぐ釈放され、大杉は無事野枝と家に戻れた。

つづいて一日置いて十七日には、築地の南桜河岸の川崎屋という寄席で「労働問題演説会」が開催されることになっていた。チラシには、

「弁士、服部浜次、荒畑勝三、吉川守圀《もりくに》、岡千代彦《ちよひこ》、山川均、堺利彦、外数名」

となっていて大杉の名は、わざと警察を刺戟しないためにはぶいてあった。「演説もらい」ではなく、今度こそ、社会主義者自身の手で自主的に開く演説会であり、それは大逆事件以来のはじめての企てでもあった。警察がどう出るか、一種の賭のようなものだ。

警視庁側では、

「聴衆が三人入れば解散させる」

と意気まいて手ぐすねひいているという情報が入っていた。

野枝は一昨日の夜の心労で、まだ疲れきっていた。大杉も、

「今日はおとなしく家にいた方がいいよ」

といって出かけていった。しかし夕方になると東京駅に人を送る用が出来たので、そこから服部浜次の家へ行った。服部家では荒畑寒村と山川均が「労働組合研究会」を開いていたので、足場もよく、仲間はよく集っていた。今夜の会も解散させられたらそこに集るということになっていたのを野枝は知っていた。

午後七時頃、会場は警官隊にぐるりと取り囲まれていた。新旧の運動者や労働者が続々と集って来た。

司会者の服部浜次が入場して、開会の宣言をしようとすると、一言も喋れないうちに、

「中止解散」

の声が警察側からかかった。大杉と荒畑寒村と若い近藤憲二が入口の縁台に飛び上って、

「馬鹿！　なぜ解散だ！」

と、街頭演説を始めようとしただけで、もう警官に飛びつかれて引きずり下ろされてしまう。たちまち、あっちでもこっちでも乱闘、検束、反抗の騒ぎの渦になり、そこへ野次馬が集り電車が止るという大騒ぎになった。

服部の家では野枝が尾行に様子を見にやったりして案じている所へ、服部と堺枯川が帰って来た。

「どうでした」

と訊く野枝の顔を見て、服部が、

「大杉君やられちゃった。荒畑もやられた。まだ、ごたついているから、もっと増えるだろう」

そこへ新聞記者たちも駈けつけて、堺に様子を聞こうとする。築地から、人々が引きあげてくるにつれ、誰も、誰もと、検束者の名が増えていく。

野枝は、魔子をしっかり背負い直し、服部の息子と、逃げてきた若い同志をひとりつれて、築地署に向った。途中、差入れの食料品を次々買い整えながら、飛ぶように築地署に着いた。

もう九時を廻っていた。

署では次々入って来る仲間が同じやられるなら、大暴れして、トコトンやっちまえとばかり、わめくやら歌うやら箱枕で羽目板をめったやたらに叩くやらで手のつけられない騒ぎになっていた。それをニヤニヤしながらもっとやれ、もっとやれと煽動しているのが大杉だった。

そのうち、三十人を数えていた検束者の中から十幾人は帰されたが、結局大杉中心の北風会の連中が十数人最後に残されていた。

野枝が築地署にたどりついた時は、この連中のあばれる声が、入口までひびいた。彼等はほとんど夕飯をとっていない。

野枝は気が気でなかった。とにかく署長と話しあおうと面会を申し込んだが、会議中とか何とかいいつくろって、相手にもされない。

そのうち署長が部屋から出て、警部らしい男と応接間へ入り、二人で食事をはじめた。小使いが茶など忙しそうに運んでいく。野枝はいきなり応接間に近づき、小使いが開けたドアから首をさしいれていった。

「こんなところから甚だ失礼ですがあなたが署長さんでいらっしゃいますね」

署長は、子供を背中にしばりつけた髪のそそけた小柄な女をちらと見て、不愛想にかすかにうなずいた。

「私はさっきからお目にかかりたいと申し入れてずっと待たされているんですが、それはどうでもよござんすが、検束されている人たちに差入れがしてやりたいんです。何とぞお許しを頂きとうございます」

署長は露骨に迷惑そうな侮蔑した表情をかくそうともせず、返事もしないで、警部と顔を見合せ、小馬鹿にしたようににやっと笑いあった。野枝を全く無視したまま、同時に箸をとりあげた。

巡査や視察があわてて飛んできて野枝の前に立ちはだかった。

「今、何しろ、お食事中なんだから、おすみになったら、われわれから何とかはからいますから、騒がんで下さい」

「あんたなんかにいってやしないよ」

野枝は、巡査たちに激しくまくしたてながら軀でそれを押しのけた。いつのまにか背後に新聞記者たちが大勢集ってきている。

「署長さん、いったいどうなんです。差入れしていいんですか悪いんですか、さあ、早く決めて下さい」

署長は相変らず無視しつづけて食事をつづけている。

「私はさっきから待ってるんですよ。あなたがたがそうやって食事なさるんだって、おなかがすいたからでしょう。中に入ってる者だって、同じ人間ですからね、おなかはすくんですよ。もう十時になってるんですからね」

署長は相変らず頑固に黙りつづけ、巡査は必死になって、野枝を押し戻そうとする。

「いけないんですか。さあ、はっきりいって下さい。みんな干ぼしにするんですね。そのつもりなんですね。返事も出来ないんですか」

野枝は次第に逆上して来て声が大きくなる。背後には黒山のように人がたかってきた。

巡査が蒼白になって野枝をなだめにかかる。

「まあ、まあそう、大きな声を出さないで下さい。おなかがすいたというなら、警察で適当にはからうんだから、干ぼしにはしませんよ」

「警察なんかの世話になるものか。いいよ、わかったよ。そんな意地悪がしたいなら、たんとするがいいんだ。今にその大きな顔の持って行きどころをなくさないようにするがいいや」

野枝は全身でどなりつづけて気分が悪くなった。入口に引き下がると、めまいがしてそこにしゃがみこんでしまった。人々は野枝の権幕に気を呑まれて遠まきにしてじっと見ている。中からは相変らず検束された者たちの騒ぎまわる声や物音がしている。

気味の悪いほどやせた巡査がそっと野枝に近づいて来て、陰気な声でぼそぼそ訊いた。

「大杉さんに差入れるというのは何ですか」

野枝は若い同志に持って来させた物を、全部そこに並べさせた。

「ええっ、こんなにたくさん！」

「だって十数人もいるんでしょ」

「ええっ、みんなにですか、それは困る。大杉さんひとりじゃないんですか」

「どうして大杉ひとりに入れられるんです。みんな一緒に捕って一様におなかすかせているんですよ」

押し問答している所へ高等課の視察が来て不機嫌な声でいう。

「じゃ、それを持って入って、みんなに少し静かにするようにいってくれたまえ、あばれてどうしようもないから」

野枝はしめたと思って、荷物を持った若い二人を従えて堂々と留置場の中へ入っていった。監房の扉はみんな開いていて、十四、五人もいる同志たちが、ひとり残らず夕キの廊下へ出て、見廻りに来た私服の刑事の態度が気にくわぬといって大さわぎして押し出そうと騒いでいるところだった。

思いがけない野枝の姿を見て、みんなはわあっと歓声をあげ、刑事をそっちのけにして、野枝を取り巻いてきた。大杉がにやにやしながら、

「よく来られたね」

という。

「それはもう」

野枝はちょっと得意らしく笑ってみせ、差入れを甲斐々々《かいがい》しく配った。一人々々から家への伝言を聞き、メモに書き取り、三十分もそこにいて、悠々と引き揚げてきた。

外に出ると、急に疲れが出て、吐きそうになった。

魔子は背でさっきからぐっすり寝こんでいる。その重さが急に肩にくいこんできた。

その夜のうちに半数以上は帰された。

翌十八日も、野枝は早くから警視庁の特別高等課長に面会にいった。今日中に全員釈

放されるという話を確めてから服部家に行って、待った。たしかにその日の二時すぎ全員元気に揃って服部方へ引きあげてきた。

大杉もいた。

その夕方、大杉と野枝はさすがに疲れきって自宅へ帰ってみると、玄関に一葉のはがきが投げこまれている。見ると、警視庁刑事課からの大杉への召喚状だった。

「まあ、日付は十八日ですって、今日じゃない」

野枝が呆れきった声をあげた。

翌十九日は、横浜で集会のある日だったが、朝起きるとすぐ、警視庁から車がさし廻され、大杉を迎えに来た。野枝は医者に行く予定だったので、その車に便乗して一緒に大杉と出た。二人とも車の中でも今日の呼び出しの見当がつかなかった。思い当ることが何もなかった。

午《ひる》すぎ野枝がまた服部の家へ行くと、大杉の尾行が伝言を伝えて、今日は帰れそうもないという。

服部浜次がすぐ、大杉に逢いに行ってくれた。

「家宅侵入と、取込み詐欺だって」

服部が帰ってきて呆れはてたようにいう。野枝はきょとんとした。何のことやらさっぱりわからない。

「もう無茶苦茶だよ。何が何でも大杉を引っぱりたいと焦り狂っているのだから」

納得のいかないまま、野枝はその場から立ち上り、紙や手拭《てぬぐ》いなど差入れに必要な物を買い整え、警視庁へ行った。今日は魔子がいないだけに身軽だが、連日の警視庁通いで、ほとほと疲れはてていた。

警視庁に行くと、留置場のタタキの廊下の腰掛けに、今日は大杉ひとりがぽつねんと坐っていた。

「いったい、どうしたんです」

野枝が近づいて声をかけると大杉はふりむいて、嬉しそうににやりとした。

「家のことだよ。それに四、五年前からの借金の払いの残りを取込み詐欺っていうんだ。ずいぶん細かい味噌醤油の借金までみんなしらべあげてるよ」

「馬鹿々々しい」

野枝は舌打ちした。家の件とは、今の本郷曙町の家は、一時千葉の中山にいた大杉たちが、野枝が病気になったので上京して家を探そうとした時、たまたま、同志の茂木《もぎ》久平《きゅうへい》が家賃をためて立ち退き、家主との話がつかない間、留守がわりに同志の一人が入っていたのを、すすめられて、大杉たちが入ったというもので、家主と茂木との話がつき次第、大杉たちが引きつづき借りることに話が交渉中だった。

「どういうつもりかしら、あんまり馬鹿げていて」

「ぼくを破廉恥罪《はれんちざい》にして、世間の信用を落させた上でぶち込みたいんだろう」

「ずいぶん卑劣じゃありませんか」

野枝がいくら腹をたてても仕方がなかった。

警視庁がこの際、どんな理不尽な方法によってでも、大杉を世間から没交渉の場所に移そうとたくらんでいる以上、何が起るかわからないのだ。

服部の家でたまたま逢った弁護士の山崎今朝弥は、米国伯爵を自称しているいつもの磊落《らいらく》な表情を消し、深刻な顔付で、

「予審にでもかけられると面倒だな。一年も二年も長びかした上で、予審免訴にでもされると、馬鹿々々しいからな」

という。野枝はいっそう心配になったが、考えても仕方のないことだと自分を励ました。

この二、三日の心労と、駈けずり廻った苦労は、妊娠の心身にこたえて、もう限界にきていた。

その夜、服部の家で、尾行に様子をさぐらせながら野枝は近藤憲二などを相手に真夜中まで結果を待った。やはり、事の決着を聞かないと落着かなかった。

十二時をすぎた。もうこれで今夜は帰されないと決った。野枝はむしろほっとして、覚悟を決めた。もうじたばたしたって始まらない。今夜はゆっくり眠ろう。

その時、警視庁に様子を見につめていた同志のひとりが駈けこんできた。

「大杉さん、今、帰りましたよ。ここにあなたがいると知らなかったので……ずいぶん待たせやがった」

野枝は一時に全身の関節がばらばらにほどけそうなけだるさを感じていた。まだ嬉しいという感情が実感として湧いて来ない。

警視庁の執拗な大杉狙いは、これであきらめたわけでなかった。今までの分は厭がらせの前哨戦《ぜんしょうせん》にすぎなかった。

これまでのことがいずれも不起訴になった揚句《あげく》、遂に大杉投獄を成功させた。

罪名は「尾行巡査殴打事件」であった。

大杉と野枝は、亀戸から田端へ引越し、大正七年七月から翌八年一月まで住んでいた。田端が類焼したので、一月、滝野川の西ケ原に引越し、そこは家賃滞納で追いたてられ、四月から千葉県東葛飾郡葛飾村の中山へ移っていた。

中山へ移って一カ月後の五月二十三日、葛飾村の巡査安藤清が、隣家の軒下に陣どって大杉一家の動静を監視して離れない。

大杉は越して来て間もない隣家にも気がねし、迷惑をかけるから引きとれといっても、安藤は動こうともしない。業を煮やした大杉は飛び出して行って、安藤の胸ぐらを摑み、右手で彼の頬を殴った。安藤は唇がきれ、血を流した。安藤はその場から大杉を引立て船橋署に連行したが、その日のうちに事件は片づいていた。

それから一カ月して、大杉たちは本郷曙町へ引越していた。

警視庁は二カ月前のこの事件を思いだし、七月二十二日に東京地方検事局が起訴にふみきった。十九日に大杉を不起訴にして帰してから三日めのことだった。

第一回公判の結果、八月十日に罰金五十円の判決が下った。大杉は一カ月で保釈金二十円で出獄した。検事側はただちに控訴し、十月二日の控訴院の公判では、検事の求刑懲役三月の判決が下った。大杉は当然上告したが、棄却された。

十二月から三月まで豊多摩監獄に入獄した。

24

野枝は、覚悟の上のことなので一向に動じなかった。

現在の世の中の権力を向うに廻して戦う生き方を選択している以上、いつ何時、権力のしかけた陥穽《かんせい》に落ちるかもしれないのだ。理由もなく、一生日の目を見ることの出来ない境遇に追いこまれるかわからない。あるいはある日突然、理不尽に生命を断たれるかさえわからないのだ。その覚悟なくて、どうして権力に刃向って生きていけるだろう。

野枝は日蔭茶屋事件以来、死ぬまで大杉と運命を共にする覚悟が坐っていた。

入獄する大杉の身を案じるのは、妻として当然だが、野枝は愈々、大杉を獄中に奪われてみて、大杉についての不安はほとんどないのに気づいた。かねて大杉はいっていた。

――僕は監獄で出来上った人間だ。牢獄生活は広い世間的生活の縮図だ。しかも其の要所々々を強調した縮図だ。そして此の強調に対するのに等しく又強調された心理状態を以て向うのだ。これ程いい人間製作法が他にあろうか――

躯さえ丈夫なら、心配はいらない。一犯一語を主張しているくらいだから大杉は監獄生活を手玉に取って、必ず何かを体得して出て来るだろう。

野枝は大杉を豊多摩に送った翌日、無事出産した。今度も女の子だった。

豊多摩刑務所から大杉は野枝宛に、大正九年一月十一日づけの手紙を出していて、その中で出産を祝っている。

――略――生れたそうだな。馬鹿に早かったもんだね。監守長からの伝言で一寸驚いた。まだ碌《ろく》に手廻しも出来なかったろう。母子共に無事だという話だったが、其後はいかが。実は大ぶ心配しいしいはいったのだが、僕がはいった翌日とは驚いたね。早く無事な顔を見たいから、そとでが出来るようになったら、すぐ面会に来てくれ。子供の名は、どうもいいのが浮んで来ない。これは一任しよう。――略――

それに対して野枝の方からは、一月三十一日に、獄中の大杉へ出産の模様を報告している。

――略――お別致しました日、服部(浜次宅・有楽町)から裁判所まで歩いて行くのが、ずいぶん苦しいように思いましたが、帰りには一層体のアガキがつかないのでまた服部で少し休んで漸く帰ってまいりました。御飯をすましてから皆んなは早速に校正にかかりましたが、私は何となく気持が悪いので先にふせりましたが、一時間もたたぬうちに少しおなかが痛み出して変ですから、二時間ばかり経過を見て十時半すぎ頃に電話をかけてそう言いますと、安藤さん(産婆)が助手をつれて来てくれました。此の前と同じ経過で、何時までたっても駄目なんです。お産婆さんは二人とも、私のおなかの上につっぷして眠ってばかりいるのです。私は苦しくて本当に何と云っていいかわかりませんでした。痛んで来るごとに、私は眼をつぶっては頭の中一ぱいにあなたの顔を見つめて、じっと自分の胸を抱いて苦しみを忍んでいました。すると二度ばかり不意にひどい痛みが来ました。本当に目がくらむようでした。すると、三度目に子供は出たのです。後の経過は大変いいのですから御安心下さい。皆んなの評判によりますと、マコよりはずっと別嬪になる条件が具《そなわ》っているそうです。しかし何んだか泣いてばかりいます。――略――

無政府主義者の女闘士エマ・ゴールドマンの名からとって、その子はエマと命名された。

二人で暮しはじめて足かけ五年めに訪れたこの不慮の別居生活は、野枝に思いがけない反省の時を与えた。

あのフリーラブの紛糾の真最中、野枝はつくづく自分の置かれた立場が浅間しくなって、もうこの混乱の中から身を引き逃れたいと大杉に申し出たことがあった。その時、大杉は大きな目を野枝の顔に注ぎ、

「あなたは何でぼくたちが結びついたか忘れてしまったのか」

といった。野枝はひとたまりもなく降参した。自分は、恋人である前に、彼の同志として結びついたのだったと野枝は思い直した。

「まちがってたわ、もう決してこんなことといいません」

野枝はその場であやまってしまった。

けれども現実に一緒に暮しはじめた大杉は、いつでも野枝をひとりの最も信頼した同志として扱うと同時に、実に家庭的なやさしい夫であった。きびしい無政府主義の革命家である反面、実人生の家庭生活享楽者でもあった。野枝といっしょに今宿に帰った時、大杉がかつて辻潤がそうしたように井戸端で子供のおしめを洗うのを見て、野枝の里の人々は愕いたものだ。野枝は子育てが下手で、おしめもろくに替えない面があった。村木源次郎が、

「魔子はぼくと大杉が育てたようなものだ」

と述懐しているほど、大杉は魔子の面倒をよく見た。家では閑さえあれば魔子と遊んで

いるし、ちょっと散歩に出るのにも魔子を一緒につれていった。玩具を選ぶのも、着物やシャツ、靴下を選ぶのも、また着せるのも大杉の役目だった。

どこの家庭を見廻しても大杉ほど子煩悩の父親はいなかった。

また大杉は夫としても、申し分なくやさしく甘い夫であった。

野枝が台所に立ち働いている時は、いつのまにかやってきて、大根や芋の皮くらいは喜んでむくし、野枝が魚を焼けば、いっしょにそのそばにしゃがみこんで熱心に見物した。かまどの火を燃やすくらいはいつでも手伝いたがった。御用聞きはよくそんな台所で野枝にべったりくっついている大杉を見馴れていて、大甘の旦那だなあと笑っていた。

少しでも余分の金が入ると、野枝をつれだし、高級レストランで上等の食事をした。着る物も大杉が見立て、それは野枝が選ぶより、はるかに趣味がよく、上等だった。

大杉が他人の目にまるで家庭生活に溺れきり、妻子を溺愛《できあい》しているように見えるのも、いつこの生活が権力の魔手に破壊されるかわからないという危機感をはらんでいるからこそであった。野枝もそのことを充分承知していた。

しかし野枝は大杉のやさしさと、限りない愛に包まれて暮していると、つい、同志であるよりも、妻である面の意識に、自分が支配されていることに気付くのだった。

大杉がはらはらさせられるような無茶をしたり、行方が何日もわからなくなったりすると、最初のうちは、やはり世間の妻的な心情から、心配でたまらなく落ちつかなかった。大杉が仕事に熱中して、一日中外出して帰らなかったり、お茶を出してもお菓子をだしても気づかないほど仕事に熱中したり、予定通り帰らないで心をこめた食事が無駄になったりすると、世間の大方の妻と同じように、腹を立てヒステリーをおこしていた。その上野枝は人並に、いや人並以上に嫉妬深くもあった。自分の目の届かない場所にいる大杉の行為のすべてに、神経が苛立った。大杉のすべてを自分の手の中に握っていないと落ちつかなかった。

同棲して五年目に強制的に訪れた別居生活の中で野枝は、味わったことのない淋しさを骨身にしみて感じていた。しかしその淋しさは野枝の心を内向的に沈潜《ちんせん》させてくれた。大杉が如何に自分にとって絶対不可欠の大切な存在であるかに思い至った。それは「夫」としてより以前に、限りなく深い信頼感を投げかけることの出来る絶対の同志だという認識の再確認であった。たったひとりの大切な「人間」であった。

大杉が獄中にあるということは、野枝から家庭の義務と妻の任務を忘れさせた。そこから解放されてみて、野枝は自分が気づかぬうちにどれだけ「家庭」の毒にすっかりつかりきっていたかを思いしらされた。「夫の仕事に理解のある聡明な妻」という因習的な妻の自負に自分があぐらをかいていた醜さも見えてきた。

野枝は自分が、妻の立場の特権を行使して、大杉に「理解」以上の「同化」を需めて苦しんだり悩んだりしていたことに気づいた。

野枝は大杉に書いた。

——それから夫婦関係です。これも従来とはすっかり変ってきたとはいうものの、お互いの生活を「理解」するという口実の下に、お互いにどれほどその生活に自分の意志を注ぎこもうとしている事でしょう。そしてある人々は「理解」では満足せず「同化」を強います。Better half という言葉が、どれほどありがたがられていることでしょう。愛し合って夢中になっている時には、お互いに出来るだけ相手の越権を許してよろこんでいます。けれども、次第にそれが許せなくなってきて、結婚生活が暗くなってきます。もしもたいして暗くならないならば、たいていの場合に、その一方のどっちかが自分の生活を失っているのですね。そして、その分の悪い役まわりをつとめるのは女なんです。そして自分の生活を失くした事を「同化」したといってお互いに喜んでいます。そんなのは本当にいい Better half なのでしょうけれど、とんだ間違いなのですね——

野枝のこうした反省は、夫婦といえども、相手の生活に必要以外は立入らないことが、一番必要で、理解しあうと同時に、互いの自由をあくまで尊重しなければならないという結論に達した。相当新思想を謳《うた》う男でも、女に「同化」されることを喜ぶし、女もまた、新しい思想の洗礼を受けていてさえ、自分の気にいった男になら、所有されたがるという現実は恥ずべきことだと野枝は反省した。

野枝は大杉との余儀ない別居によって、妻であるよりも、友人であるよりも、より深

い信頼を示された一同志であるし、永久にそうありたいという自覚に到達した。そしてその結果、

――彼の運動に際して、後顧の憂いなからしめる事につとめなければならないのです。そこにまた私を教育する重大な種々の事実が横たわっております――

という高い自覚にも達し得たのであった。

恋の情熱は持続性を持たない。しかし恋に友情の実が結べば、恋は常に再生することが出来る。実を結んだ恋は不朽になる、不朽の生命の恋を得ることは、一生をかける大事業と数えるに足りる。そんな自負を、大杉と自分の関係について、胸を張って世間に言えるように野枝を成長させていた。

野枝は更に自己を生かす真の幸福とは何かと考える。

いつ大杉を拉《らっ》し去られるかわからないという不安の中に身を置く暮しの中から、これまでにはなかった自信が生れてきてもいた。

自分の生活を不安がって案じてくれる世間の人々の方が、野枝の目にはかえって不安定に危っかしく見えてきた。

彼等はまるで自分たちにだけは、あらゆる不幸は襲わないという保証を永遠に受けているような呑気《のんき》な顔をしていると思われてくる。

どんなに保護されても、病魔は襲う時は襲うし、天災は無差別に降ってくる。

他人によって受ける幸福など、どこに信が置けるだろう。

野枝は恋を人生の第一義と考え、愛する者のためには自分を捧げつくして悔いないと信じていたついこの間の自分の若さをふりかえる。

どうしてあんな幼稚な考えの中で安閑と暮していられたのだろうと思う。

――いかに愛し合い、いかに信じ合って、一つの生活を営んでいても、要するに、二人の別な人間だという事実、その二人が各自に自分を生かそうとする努力を長く愛のために犠牲にして、幸福をとらえておく事は出来ぬという事を知りました。人間の本当の幸福は、決して他人から与えられるものではありません。自己を生かす事によって得られる幸福が本当のものだと私は思います――

はじめての大杉との別居で得た野枝の愛に対する認識や、結婚生活の新たな覚悟は、それから殺されるまでの四年の間に、薄らぐどころか、迷いなく、強固に一途に育てられていった。

――今の世の中の権力者を敵にする私共の生活には、ありきたりの手前勝手な幸福に酔うてはいられないのです。私共の本当の心の平静は、その不幸を待つような結果を生むような仕事によってしか得られないのです。私共の仕事は、とうてい目前の安逸《あんいつ》では誤魔化しきれないのです。そして、その仕事に対する熱は何ものをも顧みるいとまを与えません。

その仕事が失敗して、どれほどの罪科に問われようとも、結局は無為で安逸を貪《むさぼ》るよりは遥《はる》かに、その心を慰めるのです。ですから、私共にしても、その不幸に実際につきあたってしまえば、もうそこには「覚悟」がすわっています。私共はその恐れた不幸をも、当然として受けることが出来ます――

そこまで肚が坐った野枝は、他人が見たら度を越しているという贅沢にも気がねしなくなった。安逸を貪られる間は、貪り、子供を過分に保護しようと思った。

男に養われるということに、ずっとコンプレックスを抱きつづけて来たが、今では、いつでもそれを拒絶または杜絶《とぜつ》されてもいい覚悟が出来てからは、甘んじていられるようになった。男の愛撫にも何の後めたさもなく身をまかせるようになった。

そしていつ断ち切られるかわからない安逸の中から、しっかりと顔をあげていえるようになっていた。

――私共は、安逸なその日その日を無事に送れる幸福を願うのが、本当の幸福だと信ずることが出来ないのです。平凡な幸福に浸り、それに執着するのは恥しいことです。私共また、私共のお互いの生き方からいっても、もし安逸に媚びてばかりいましたら、私共の幸福は永久に逃げ去るでしょう。

たまさかの安逸が、享楽が、本当にしみるような幸福を感じさせるのも、世間の目には不幸を待つような生活であればこそ、としか私には考えられません――

野枝がそう書いたのは、殺される年の、四月、わずか死の半年前であった。

豊多摩から大杉が帰ったのは大正九年の三月で、四月には大杉は鎌倉小町瀬戸小路へ居を移していった。

ここには、村木源次郎と和田久太郎がまた同居し、やがて近藤憲二も居候を決めこむようになっていた。

鎌倉時代の大杉一家は、大杉の原稿が売れはじめ、生活もゆとりをみせ、生涯で最も外部的には安穏《あんのん》平和に見える歳月であった。

六月には、それまでどうにか保ってきた「労働運動」を思いきって廃刊にし、身辺的にもゆとりが生れていた。

大杉の周囲の労働者の中には、金が入って贅沢に見えるプチブル的な大杉の表面の生活に反感を抱く者もあった。殊に、束の間の安逸を肚を決めて貪っている野枝の態度には、彼等の神経を刺戟する言動が多かった。

最も近くに暮していた和田久太郎でさえ、鎌倉時代の野枝が一番傲慢で厭だったといっている。

25

その頃、神近市子にも、一つの生活の転機が訪れていた。

出獄以来、温かな友情に包まれて、予期せぬ平穏な生活を送っていた彼女にも、世間の好奇の目の中で、あれだけ情熱的な行動をとった市子が、ひとり身の三十女の肉体をもてあましているだろうという野卑で通俗な想像を浴びる苦痛からはまぬがれられなかった。中には露骨に一時の性欲のはけ口に誘いをかける不埒《ふらち》な男さえあらわれてくる。

市子はつくづく女が一人で生きる不便さと不都合をかこつようになった。

そんな市子の前に一人の男が浮び上ってきた。ある日、辻潤がつれてきた市子より四歳若い鈴木厚という青年評論家であった。

彼はその後、しげしげと市子をひとりで訪ねるようになってきた。

鈴木厚は早稲田大学中退の文学青年で、大学の近くの鶴巻町の久松館に下宿していた。社会主義思想の洗礼も受けて、辻潤のようなダダイストともつきあっていた。実家は没落した大地主だったが、千葉の母の生家を継いで、外祖父《がいそふ》から相当な財産を継承していた。といっても豪農の生活は質素で、鈴木に来る仕送りもあり余るようなものではなかった。まだ何をするか生活のめども立ってはいず、万事親がかりの青書生で、市子の方がはるかに生活力があった。いつでも自分の生活力や経済力に自信のある市子は、男の不安定な立場など一向気にならないのだ。

大杉との事件も、自分に人並以上の経済力があったことが裏目に出て招いた不幸だとも考えられる事実から、目をそらせていた。

中溝家に居た時から、「中央公論」から滝田樗陰《ちょいん》が人力車で乗りつけたのをはじめ、原稿依頼の客は跡を絶たなかったし、事件前まで秘書をしていた結城一郎も見捨てず訪ねてきて、やる気があるなら翻訳の仕事を引き続きさせようといってくれ、たちまちの生活のめどは立っていた。

原稿料も思ったより多く、あれだけのことをして、世間からは葬られる覚悟で出獄したのに、市子は出獄以前よりも、人々の好意に取り巻かれていたし、以前にも増して働きさえすれば得られる生活費の過分さに恵まれていた。

まるでサロンのように、いつでも賑やかに男たちが集り、好き勝手に飲み食いして深夜まで喋っていく。その饗応の費用も、いつのまにか市子には産み出せていて苦にならないのだった。

それでいて、淋しさは獄中の独房のまま、今も市子の心を占めつづけている。個性的な美貌は、かつてはエキゾチックで派手な強い印象を人に与えたが、今は、市子の気づかない憂愁の翳《かげ》が濃く、ふとした時の市子の表情を頼りなげにした。以前にはなかった可憐さが、男まさりの経済力を持つ女の強い雰囲気を和らげていた。

鈴木厚は、辻潤と訪れて以来、ひとりでも屢々訪ねてくるようになった。中学生の時、ひどい胃潰瘍にかかったとかで、長身の軀は痩せていた。端正な色の白い顔は弱々しいままに、女心をそそる甘さを持っていた。

人々がいると、だまって輪の隅に坐り、ひっそりと話を聞いている。めったに議論に口をはさむことはないが、人々より先に座を立つこともない。そんな鈴木が何故か市子には気がかりで、鈴木のコップが空になっていたり、手の届く所につまみの皿がなかったりすると、それとなく、皿を押しやったり、さりげなく酒をみたしてやったりする。その都度、鈴木は、市子の顔を見ず、軽く頭を下げる。帰りぎわに、じっと市子の目を見つめて、必ず、

「また来ます」

とだけいう。市子は、ふと、去っていく薄い男の背に声をかけたいような気持になる。

潮が引くように人々が去っていった後の独りの時間に、ふっと目の中をよぎる顔がある。伏目に人の話を聞いている鈴木の横顔だったり、帰りぎわに、じっと見つめてくる鈴木のまなざしだったりする。

結婚した方がいいのだろうか。いきなり胸に浮んできた思いに、市子は狼狽《ろうばい》して耳が

熱くなった。

夏の終りの夕暮れであった。市子は帰っていく編集者を送りかたがた目黒の駅前まで行き、文房具店で買物をして家に向っていた。夕焼けが西の空いっぱいに拡がっていた。雲が七彩に染めあげられ光がその雲の紗幕《しゃまく》の後ろからさして無数の箭《や》のように街衢《がいく》の上にのびていた。

市子は見惚れて立ちどまった。はっとした時、人影がさえぎる閑もない近さに接近していた。なあんだ、鈴木さん……声が出なかった。市子は笑いかけたつもりなのに顔が硬ばってくる。鈴木の顔の半面に、夕焼けが反射していた。怒ったような顔をして鈴木はいきなり市子の大柄な傘模様の浴衣の袖を摑んだ。反射的に身を引こうとした時、一方の掌で市子は乳房を摑まれていた。市子は鈴木の腕をはたき、身をひるがえした。

黒い塗下駄の音が路にひびいた。息をあえがせて立ち止り、ふりかえると、同じ場所で鈴木が立ちすくんでいた。

市子は鈴木が押えた自分の胸を片手でかばい、もう一方の手で鈴木を招いた。鈴木が糸に引かれる凧のように、ふわふわと市子の方へ近づいてきた。

その日を境に、ふたりの中はとみに親密さを増していった。

鈴木は文学や歴史の話が好きだった。大杉のように自信にみちた断定的な口調ではないが、市子が聴く態度を見せると、いつまでも飽きずに喋った。それでも鈴木は聴き役に廻る方が好もしいらしかった。ねばりのある口調で市子が話しだすと、どんな話でも身を入れて聴いてくれた。鈴木を相手に、いいたいことをいっている時、市子は一種のくつろぎとやすらぎに包まれている自分を発見した。

鈴木は辻潤が好きだった。

「あの人の方が大杉よりずっと深い思想家だし、博識だと思うな。ぼくは辻さんと逢っていると、本当に人間といるって感じがする。辻さんのダダは本物ですよ。大杉のアナーキズムより辻さんのダダイズムの方が血肉と同化している気がする」

「大杉のアナーキストぶりなんていい加減なものよ、あんな貴族趣味のアナーキストがありますか」

他人には断じて大杉の悪口はいうまいと決意して獄を出、それを市子は少くとも守ってきたが、鈴木といる時は平気でその名が口をついて出た。

「辻さんがいつのまにか気がついたら、わたしの部屋に坐っているのよ。誰が最初つれてきたんだか思い出せないくらい、自然な形ですっと煙のように入って来ていたの」

「神出鬼没だからな、あの人は」

「誰もいない時、写真をすっと懐から出して見せてくれたの、誰のだと思う」

「まさか野枝さんでは」

「ちがうの、一《まこと》ちゃんと自分と二人の写真なの、二人とも和服でマント着て、立ってるのね。辻さんは房のついたトルコ帽かぶって、朴歯《ほおば》の下駄はいてるの、一《まこと》ちゃんもまたお鍋みたいな帽子かぶって、大きなだんだらの毛布でつくったみたいなマント着て、その下にエプロンかけているのよ。辻さんの手をしっかり握って立っている顔が、とても凛々《りり》しくて、お利巧そうなの。それが野枝さんに似てるのよ。辻さんは例のもの哀しそうな顔して飄々《ひょうひょう》として立っているのよ。ふらっと写したといってましたけどね。去年の春撮ったといってたけど……」

「じゃ、まだあなたが八王子に行く前ですね」

「そういうことね。私のおかげで、かえって、大杉と野枝さんが大っぴらに夫婦宣言して野枝さんは大杉の子を妊娠していた頃でしょう。あたし、その写真見せられた時、思わず泣いてしまったのよ」

「………」

「だって、一《まこと》ちゃんがあんまりいじらしいのと、辻さんが悲しそうな淋しそうな表情をむきだしにしていたから……浅草をそうやって、毎日一《まこと》ちゃんの手をひいてほっつき歩いて日を消していたって、ぽつりというの」

「あなたにだからいえたんでしょうね。辻さんが今、誰よりも市子さんの気持を理解しているのかもしれない。捨てられた者どうし相憐れむってことかな。辻さん、もしかしたらあなたを好きになっているんじゃないかな……」

「ふたりが一緒になれば世間は大喜びでしょうよ」

「あなたに互角で太刀打ち出来る男は、辻潤ぐらいじゃないかな」

「だめよ、もう」

「どうして」

「辻さんはいい人よ。やさしくてデリカシイがあるし、ほんとに彼の博学は底知れないものがあるし、ダダも本物だし……でもだめ、野枝さんのお旧《ふる》はもう結構よ。それにわたし、好きになってる人があるんだもの」

「へえ……お安くないなあ、それは誰ですか」

市子はけたたましく笑いながら、指で鈴木の鼻の真中を指した。

市子はそれから間もなく鈴木に真面目に求婚した。「青鞜」の名残りが市子の中にあったか、女が求婚することに躊躇《ちゅうちょ》はなかった。

「こういう生活淋しいし、変に好奇的に色々勘ぐられるのも癪《しゃく》だし……結婚すれば、世間にもとやかく思われないでしょう。そりゃ、以前女記者時代から本気でプロポーズしてくれた人は何人かあるのよ。今だってまだその人たちは好意的だけど、自分がこんな前科者になって頭を下げるのは厭なの……あなたがもし結婚してくれるなら、あなたはこうなったわたしを好きになってくれたんだから一番気が楽なの」

「わかりました。ぼくはいいですよ」

鈴木は即座に彼女の請を容れた。

「ありがとう」

市子の大きな目に涙が滲んだ。鈴木の素直さがこの時は涙の出るほど心底から有難かった。わたしのような前科者をという市子のコンプレックスを鈴木は全く問題にしていない。

「でも田舎の御両親が承知してくださるかしら」

「そりゃ、びっくりするでしょうね。彼等は本当に田舎者で無学だし、因習的だから……でも、ぼくには根っから甘いから大丈夫ですよ。かえって、今のままだと、ぼくがどうなるかと心配しているから、結婚してみせた方が安心しますよ」

市子は不安が残ったが、鈴木の頼もしい口吻《こうふん》に賭けることにした。

ふたりは新宿で待ち合せ、甲州の塩山温泉へ出かけた。ふたりだけの結婚であり、新婚旅行であった。

一週間誰にもわずらわされることのない甘美な日夜が続いた。

鈴木は辻潤の影響を受けているだけに、市子より若かったが、人生を斜に構えたようなところがあり、がつがつ名誉心とか仕事欲にとりつかれていない。若さに乏しい老成したそんな点が、今の市子にはかえって、神経がなだめられるような気がしてくる。

大杉を刺して以来、空閨《くうけい》に耐えてきた市子の健康な肉体は、結婚したことを市子の理性や感情以上に歓迎していた。

帰京して、中溝夫人に二人で同棲することを報告した。

家探しも二人にとっては愉しい仕事だった。

青山学院の裏門前から少し下ったところに、隠居所の空いたのを見つけた。崖にさしかかった家で、崖下から欅《けやき》の大木がのび、その木の下に井戸があった。ポンプで水は崖の家の台所まで上ってくる。

六畳と四畳、三畳の三間にゆっくりした台所がついていた。崖下の井戸端会議の話し声も崖の上まではあまり聞えて来ない。

市子はこの家がすっかり気にいった。

新婚とはいっても、世間に背を向け、ひっそり暮したいというのが彼女の願望であり、鈴木もまたそんな市子の心情に同意して当分読書三昧に暮したいと思っていた。

26

「秋田雨雀日記」の大正九年の項に、

――十月四日

雨。夜、小台風。午後、鶴巻町の久松館に神近君と鈴木君を訪い、二人が結婚を決行した経過と心理状態についてきいた。神近君の立場としてはしかたがないようだ。しかし鈴木君と結婚することは、理想的な方法ではない。しかし、要するにしかたのないことかもしれない。

十月六日

――略――

十月七日

――略――午後五時から、神楽坂の倉田家で神近君の結婚披露会があった。宮嶋夫妻、遠藤夫妻、大泉、伊沢、尾崎、辻の諸君出席。みな、二人の幸福を希望した。鈴木はちょっと暗い感じがする。尾沢でコーヒーをのんだ。

十月九日

晴。いい日がつづく。鈴木君(神近君の新夫)と遠藤無水君が、神近君の結婚式の金の不足のことについて相談にきた。三十円だけを用だてることにした。――略――

と記録されている。

一年前の出獄のことを市子をはじめ祝福に集ったすべての人々が思い出していただろう。秋田雨雀は、市子が事件を起して以来、ずっと身近で親身な世話をつづけてきただけに、突然に見えたこの結婚に、釈然としないものがあったのが日記の行間にあらわれている。

そうしてこの日以来、大正時代の「雨雀日記」に、市子に関する事項、市子の名前は一切あらわれない。つきあいが全くなくなったこともないだろう。雨雀に、日記にそれを書かせる情熱を失わせたものがあるとしたら、やはり市子の結婚は、雨雀に一種の失恋を味わわせたものだろうか。市子はこの披露宴は、岩佐作太郎の配慮でひらかれたと書いている。

十六歳の少女を雇って、ふたりは家事の手伝いをさせた。少しの時間も市子は生活のための原稿書きにあてたかったのだ。市子の翻訳の仕事がたちまちのふたりの生活をあがなってくれた。はじめから市子は家計を支える妻の立場をとることに、何の矛盾もためらいも感じていなかった。男を養う怖しさは、あれほど骨身に徹した筈なのに、市子はこりていなかった。

鈴木は市子が翻訳に熱中している傍で、ドイツ語の勉強をし、飽きれば文学書を読んでいる。姉女房に養われているのん気な身分だった。市子は「世間を離れて平凡な生活人になろうとしていた」と「自伝」の中で書いているが、こういう常態の夫婦のあり方が、すでに平凡でないことに気づいていなかった。

——二年の刑務所生活は、いわば大杉氏と私との矛盾した関係を、自分の手で裁断したようなものであった。そしてやや同情的な気持で私との結婚に踏みきった鈴木とこうして安定した生活を送ってはいるものの、その古い関係の澱《おり》のようなものは、まだ濃厚に私の心に残っていたし、鈴木の心を曇らせていたにちがいない――

と、「自伝」に市子は述懐している。

――大杉氏に対しては、一人の女性として多分の非難をもっていたが、私が起した事件によって日本の労働運動に挫折を与えたことについては、私は責任を感じないわけにはいかなかった。私たちが世間の目の届かないところでヒッソリと暮そうと決心したのは、その自省も多少あってのことであった――

と書く市子の気持は、真実であっただろう。

この平和なつつましい新家庭にある日、突然見知らぬ男が訪れてきた。大きな軀を窮屈そうにカスリの筒袖に突っこみ、メリンスの帯を巻きつけた男を、鈴木が迎えて応対した。市子は仕事をしながら襖ごしの声を聞くともなく聞いていた。

男は大きな声で、大内兵衛《ひょうえ》の論文についてガミガミどなるような議論のしかたをして、機嫌のよい豪傑笑いをひびかせさっと引きあげていった。

鈴木が江東で労働運動をしている吉田一《はじめ》、通称吉田ピンだと市子に説明した。

それからほどなく、また吉田ピンが訪ねてきた。

千葉の田舎で鍛冶屋をしていたといい、人の倍もあるような大きな掌が目立った。

市子は今度は逢ったが、頬骨の高い角ばった顔が男らしく、何かを狙う動物のようにきらきら光る眼が、笑うとあどけなく、人なつっこく見え、好感を持った。

自分たち労働者ばかりで「労働者」という小新聞を出すから、題字を書いてくれといい、費用のカンパを需めてきた。

鈴木が題字を書き、いくばくかのカンパの金を渡すと、機嫌よく引きあげていった。

「どうしてあんな人がうちを目ざして来たのかしら」

市子は不審とある不安を抱いていった。

「この前来た時、大杉君のことを話していたから、その関係じゃないかな」

大杉の名が出ると、やはり鈴木の表情にある堅さがあらわれ、口調に翳が出る。

大杉が、労働者と一体化しようとして、亀戸へ移り、「労働運動」という労働者のための新聞を出していることは市子も聞いていた。吉田一のいう「労働者」も何だかそれに似ていた。

すると、数日して、また吉田がやって来た。今度は小柄な顔色の悪い男をつれていて、その男も吉田だと紹介した。市子たちはピンと区別するため小吉田と呼ぶことにした。

二人の吉田はそれからあっという間に、市子の家の二間を占領して玄関と茶の間をぶちぬき「労働者」の編集室にしてしまった。計劃的に狙われたとしか思えなかった。

もう一人久板卯之助が加わり、原稿の整理をしたり、挿絵を描いたりしていた。

久板はついこの間まで、亀戸で大杉の家に和田久太郎と共に暮していた筈であった。

市子にもそれが次第にわかってきた。吉田一も小吉田も、みんな大杉の「労働運動」に関係していた仲間なのだ。それが内輪もめして別派をつくろうとしたのだった。

「大杉は結局、頭ばかりのインテリで、ほんとうのわれわれ労働者の気持なんかわかりっこないんだ」

吉田一はそんなふうに大杉を批判し、あれこれ聞きたくないことをいう。自分たちにおもねっているようで市子はいい気分がしなかったが、鈴木は、

「やれやれ、イヤなことになったね」

といいながら、わりあい吉田たちと気があうらしく結構相手になっていた。特におとなしい小吉田が鈴木のお気に入りの話相手になっていた。

久板は物静かで上品で市子は一番親しく思ったが、ひかえめであまり自分からは話しかけて来ない。

そのうち、関西にいっていた宮嶋資夫が帰ってきた。市子はすぐ吉田たちがころがりこんで来たのは、宮嶋のさしがねだと直感した。

市子は日蔭茶屋事件の前から宮嶋と妻の麗子《うらこ》とは何かと往来が多く最も親しい友人だった。大杉に自分から頼んで紹介してもらったのも宮嶋だったし、野枝との事件で悩んでいた頃、何かと泣きごとを聞いてもらったのも宮嶋夫妻だった。

宮嶋は大杉より一歳若かった。大正四年の四月はじめのことだ。神楽坂で灯もつけな

い露店の古本屋の前で宮嶋は立ちどまった。大学は出たものの、ひどい不景気で二十八歳になっていたが定職はなく、極度に貧乏していた。

学生風の男が本の番をしていた。筵《むしろ》の上にぱらぱら並んだ本の中に、宮嶋は「近代思想」を発見した。大杉栄、荒畑寒村の名があった。その他の人々の名も、大逆事件以来、全く世の中から姿を消したような人々のなつかしい名前だった。宮嶋は即座に買う気になった。四銭だと店番はいう。「文芸倶楽部」とか「新小説」が十倍の厚さで二十五銭か三十銭の定価のものを、三銭か四銭で売っているのに、高いと思った。

「負からないのか」

宮嶋がいうと、若い男は、

「『近代思想』です」

と胸をはるようにしていう。一銭も負けまいという意気込みだった。宮嶋は二冊買った。宮嶋はその雑誌で、大杉がサンジカリズム研究会を開いていることを知って早速訪ねていった。

省線の西大久保駅から一町程の所に住んでいた。

サンジカリズム研究室には百瀬晋、吉川守圀、橋浦時雄、斎藤兼次郎、有吉三吉などが常に集っていて、大杉と荒畑が講演した。

宮嶋は熱心な聴講生になり、たちまち仲間にとけこんでいった。

そこへ市子が上京してきた。麗子とは「青鞜」、「蕃紅花《サフラン》」とつづけて同人雑誌の仲間だったので仲がよかった。

市子は弘前から引きあげて来て、「やまと新聞」の主筆の高木信威と恋をして、妊娠したため、九州へ引きあげていたのだった。最初の恋愛に挫折して、恋人はロンドンに往き、失意の彼女はひっそりと地味な感じだった。それから新聞社に勤め出して、急に市子の身辺は華やかになり、化粧《い》も濃く、着物も人がふりかえるように派手になっていた。収入が多く、自分の才能を活かされている市子の自信が、華やかな雰囲気をかもしていた。

市子は以前、大杉の名前に眉をしかめていたが、今度は宮嶋に紹介してくれという。宮嶋が市子を大杉の家につれていった。その初対面で、市子は大杉の魅力に捕えられたと宮嶋の目には映った。

やがて、市子から宮嶋たちは大杉のことを打ちあけられた。その頃は島村抱月の芸術倶楽部の一室を借りて、大杉がフランス語研究会をやっていて、市子も熱心に通っていたのだ。

保子のことも野枝のことも、市子は知って身をひけないという。

市子が次第にヒステリックになり、別人のように暗くなり、大杉を殺すとか刺すとか口走りはじめるのを聞くのも見るのもあわれで、宮嶋夫妻は次第に市子に同情を寄せるようになっていた。

日蔭茶屋事件では、宮嶋は全面的に市子の味方に廻り、野枝を打ちのめし、大杉とは絶交した。一時は大杉を敬愛していただけ、宮嶋のその後の反大杉感情はこじれる一方であった。

宮嶋は日蔭茶屋事件の起きた一月、日本のプロレタリア小説の草分けともいわれる「坑夫」を発表して、プロレタリア作家として名乗りをあげていた。大杉の影響を受けて、思想的には無政府主義者であったが、この頃になると、大杉のプチブル的貴族趣味を口をきわめてののしった。宮嶋はあびるように酒を呑む。呑んで酔うと舌鋒《ぜっぽう》が冴えてくる。まるで大杉がそこにいるように、宮嶋は大杉の弱点をあばきたてた。

市子は「自伝」で宮嶋の大杉批判を聞く自分の立場を率直に書いている。

——罵倒ともいえるほどの宮嶋氏の大杉批判は、そばで聞いている鈴木に気兼ねしながらも、私には痛快にひびいた。とくに野枝夫人が運動に一役買うために、江東の労働者街の銭湯へ出かけていって、婦人たちの背中を流し、アベコベに白い眼で見られているという話を聞いたときは、私はひどく笑った。その時はさすがに麗子夫人が見かねて、他人の善意の失敗をあざけることに同調するのかといって、私に注意してくれた。道理の上では承服したが、心の中ではやはりおもしろかった——

率直すぎるほど正直な市子の告白であり、こう書く市子に、市子の面目の一端が表現されているのだろう。しかしこの話が、すでに幾人もの口を経るにつれ、事実を誇張され、歪曲《わいきょく》されていることには、市子は想像も及ばないのだった。男まさりで男以上に生活力がありながら、市子の感情はあくまで女そのものだということを証している。

市子は宮嶋に、自分は今更、労働運動に関係出来る立場ではないし、日蔭で暮すつもりだから、吉田たちの編集所にされることは断りたいと訴えた。

宮嶋は頭から一蹴《いっしゅう》して受けつけない。

「何をいってるんだ。君たちが彼等と大杉の間に水をさしたわけじゃない。彼等が自発的に大杉と別れたんだ。久板のような真剣でおとなしい人物まで大杉から離れて来ているじゃないか。遠慮がいるものか。そんなことより、むしろ、彼等の今度の仕事を手伝ってやることが、君たちの義務じゃないか。大体、個人的感情を、運動に持ちこむのがまちがっているよ。大杉イコール日本の労働運動と考えているのか、そんなのおかしいよ」

酔って舌鋒の鋭くなっている宮嶋にまくしたてられると、市子も鈴木もぐうの音も出せなくなってしまう。

労働者の手で労働運動をというのは、大杉の主張であったのに、今では、労働者にそむかれた形になっていた。

「労働運動」一次五号(一九二〇年四月三十日)に、「出獄の辞」という大杉の文章が載っている。獄中で瞑想と読書に耽った三カ月を経て、今は「非常な歓喜と非常な決心とをもって新しい生活に猛進する」といい、「労働運動」も面目を一新すると約束しているが、事実は、次号、即ち六号で廃刊ということになった。

――労働運動が労働者の自主自治的のものでなければならぬことは政府も、資本家も、学者も、労働者も、等しくみな原則の上では認めている。僕らの主張もやはりこの自主自治の原則の上に立っている。労働者の解放は、労働者みずからが成就しなければならない。――略――

という立場をかかげて出発した「労働運動」の幕切れはまことにあっけなかった。

近藤憲二の「一無政府主義者の回想」によれば、

――大正九年、大杉は尾行殴打事件で三カ月をつとめあげて出獄すると鎌倉へ越し、私は社の看板を小石川指ケ谷町の渡辺方にかけたものの、雑誌「労運」編集の場所がなくなったので、本郷千駄木町の望月桂君のうちへ行って仕事をはじめたことがある。大杉は肌ぬぎになって一閑張りの机に坐り、私は畳に寝腹ばって書いていた。二時間もしてであったろうか、大杉が「おい、新聞やめようか」といい出すのである。考えてみればほとほと疲れたし、経済的に刀折れ矢つきた感じであったし、そのうえ、中村還一君は労働組合の世話役が忙しいし、和田久君は大阪支局詰めでそこの運動に忙殺されているし、私は一も二もなく賛成した。二人は一時に気がぬけて、やれやれと思い哄笑《こうしょう》した

――とあるのが廃刊の顚末《てんまつ》である。

そういう結果から、吉田一たちが、新しい新聞を企画し市子の所へ集っていったという順序になる。

そのうち、第二回メーデーが訪れた。

日本最初の第一回メーデーは、大正九年のもので、たまたま労働組合が次々結成を見ていた時なので、印刷工組合信友会と、新聞工組合正進会が音頭をとって計劃された。この時、幸徳秋水が獄中で書いた「基教抹殺論」の印税を堺枯川が預っていたものが出資され、相談会の費用になった。

五月二日の日本最初のメーデーは、五千人くらいが上野両大師前に集り、参加団体の旗は数十がひるがえった。閉会の後、会衆が隊を組み上野の山を駈け下り、警官隊ともみあって激しい会旗争奪戦を展開した。示威運動は万世橋《まんせいばし》までつづき、大成功をみた。

第二回メーデーは第一回よりはるかに盛大で活気にみちていた。社会主義婦人団体「赤瀾会《せきらんかい》」の女性軍二十人ほども黒地に赤でR・W(レッド・ウエイブズ)の旗をかかげて参加し、気勢をあげた。宮城前附近ではデモ隊も警官も興奮して、乱闘が白熱化した。赤瀾会の九津見房子《くつみふさこ》、仲宗根貞代《なかそねさだよ》、堺真柄、橋浦はる子等が総検束されたのもこの日であった。

次第に同志が増えていた「労働社」が、目をつけられていて、その日になると、「労働社」の分子を一人もメーデーに参加させるなという命令が出ていて、巣鴨の「労働社」の本部のまわりは警官隊にびっしり包囲されていた。

二、三人の仲間が、わざと表道路へ出て陽動作戦で、警官ともみあっているすきに、和田軌一郎が、新調のメーデーの旗を持って、二階の屋根から裏の大邸宅の庭に飛び降り、警官隊の包囲を脱出してメーデーに出て演説した。

警官は面子を失ったので、一挙に弾圧に乗り出し、「労働社」の同人はつぎつぎ検束された。

家主が警官と一緒になり、家を釘づけにしようとする。

中では籠城組がかんばっているので、救援隊は食糧の差入れに躍起《やっき》になった。

鈴木も市子の許から、食糧を整えて、何度も何度も籠城組に運んで行った。

メーデーの嵐がすぎるとまもなく、市子は六月のはじめに、長女を産んだ。

市子を好きなエロシェンコが来て、見えない目で赤ん坊を見せてくれという。

「名前はニーナになさい」

エロシェンコは、赤ん坊が自分の指を握ってくれたと喜んだ。

その直後、エロシェンコまで国外追放になった。

市子の赤ん坊は光子と名づけられた。

市子は光子の無心な寝顔を見つめ、どうしても、この仲間から逃れ、今度こそ静かな生活に入りたいと熱望しはじめていた。

27

鈴木の実家は千葉と埼玉にまたがる広大な田地を持つ豪農であった。生家は没落して、母の実家の家系が絶えそうになったので、鈴木が養子に入っていた。養父も養母も、鈴木を可愛がり甘やかしていて、毎月、養母は百円を東京の鈴木に送金していた。

普通の常識では、当然市子のような天下に醜聞を売った前科者の女を嫁にとることは反対するだろうに、鈴木の気持に妥協して、市子との結婚も認めるという人の好さがあった。

市子はこんな両親に対してなら、どんな不都合も苦労もしのばなければならないという感謝の気持を持っていた。

面倒な吉田たちとのつきあいを逃れるためには都落ちして、この家を畳むしかないと市子が考えていた時、鈴木も、田舎に帰らないかという話を持ちだした。

「まあ、よかったわ。わたしもそれをずっと考えていたのよ」

「僕もいつまでもこうして親の送金や、きみの稼ぎで暮している生活もつづけられないしね」

鈴木の家からの送金は出入りする客たちの接待費やカンパに使い果たされ、生活費は市子の原稿料や翻訳料でまかなってきていた。市子ははじめから、結婚しても鈴木に養われることなど考えてもいなかったので、働くことには何の苦痛も感じていない。しかし田舎に引っこんでしまえば、今ほどの仕事はなくなるだろうという予測はあった。

「それは大丈夫だよ。うちは食うには困らない家だから」

鈴木は、養父母に相談して、財産を整理して、房総沿線の高原地帯で農場をつくりたいという。久板が故郷で農場で働いていた話などしていたので思いついたのだろう。市子は鈴木の夢が甘くて、実現するとは思わなかったが、とにかく、この家を逃げだすことが目下の急務だと思い、都落ちには賛成した。

鈴木の養父母には異存はなかった。光子という初孫が生れたことで、市子に対する気持もよほど和らいでいた。

東京の家は一まず久板に留守を頼んで、市子たちは帰省した。

鈴木の故郷では小作人たちまで集り思ったより大歓迎して迎え入れてくれた。養父は根っからの農夫だったが、遠州古流の二世名人で、茶と酒を愛し、工芸品に凝るという趣味人で、家の中はしっかり者の養母が財布の紐を握っている。

たちまち困ったのは、日常の小遣いだった。鈴木や市子はいちいち養母から金を貰わなければ身動きも出来ない。医者の家庭で派手に育った上、自分の経済力で生きてきた市子は、田舎の旧家のつつましい生活は、けち臭く見え、息がつまりそうだった。

働けばいつでも金が入っていたので、貯金するという習慣もなかった。

これでは暮していけないと、不安になった時、たまたま改造社から小説の稿料が入った。小説は前に渡してあったもので、いつ出るともいって来ないので半ばあきらめていたものだった。稿料は三百円の為替《かわせ》であった。

鈴木はそれをそっくり養母に渡せという。

「いやよ。こんなにお金に不自由しているのに、これくらいとっておいて、わたしたちの気兼ねのないお小遣いにしましょうよ」

「それはまた入るじゃないか。今、その金を母に渡すと、きみの能力が証明されて、母などびっくりしてしまうよ。何しろ、僕の送金の三倍だからな。この際尊敬させておいた方が万事うまくいくんだよ」

鈴木に押しきられて、市子はしぶしぶその為替を姑に渡した。鈴木の予測は適中した。

姑はその為替の額面を見て驚嘆した。

「へええ、こんなにたくさん、いっぺんに稼ぐのかい」

「ええ、市子は書きさえすれば金になるんですよ」

「打出の小槌みたいなもんだね、市子さんの手は」

「まあ、そういうことです」

鈴木は得意だった。姑が喜んだことは予測をはるかに上まわっていた。

「どうだい、田舎者は単純なんだから、これも生活技術だよ」

鈴木は市子に得意そうにいった。市子もうなずかざるを得なかった。

ところがその翌日の午後、市子が離れで昼寝していて、母屋へ行ってみると、聞き覚えのある大きな声がしている。まさかと思って耳を疑ったが、座敷にはやはり、吉田ピンが床の間を背にしてお客然として坐っている。鈴木が相手になり結構楽しそうに喋っていた。

市子は呆然《ぼうぜん》とした。この男たちから逃れるために都落ちしてきたのに、何ということだろう。

「やあ、元気そうですね」

吉田は大きな掌を顔の横にあげ、人を惹きつける邪気のない笑顔で、当然のように挨拶する。市子も苦笑いするしかなかった。縁を切りたい相手なのに、鈴木も市子もこの男が嫌いではなかった。市子は内心吉田を美男子で女好きがする男だと感じていた。労働で鍛えた異様なほど大きい手と、澄んだ純真な美しい目が対照的だった。

姑はわざわざ東京から来た客だというので、茶や菓子の支度をしていそいそと歓迎している。市子も台所に入りそれを手伝っていた。

「さっぱりした男らしい人だね」

姑も人なつこく愛想のいい吉田を気にいっているらしい。

「ええ、根っからの労働者ですから」

「泊っていかれるのかい」

「さあ、今日帰るでしょうね。厚さんが人がいいから、東京でも客が多くて」

「客もよりつかないようじゃだめだよ。男は気っぷだから」

市子は集ってくる客がほとんど、自分の関りなのを、姑の手前鈴木の友人のようにいいつくろっておいた。

「ちょっと」

いつのまにか鈴木が台所に来て、市子を手招きしている。市子が手を拭きながら台所を出ると、鈴木は納戸へ市子を呼びいれて囁いた。

「困った。あいつ三百円ほしいっていうんだ」

「何ですって、なぜそんな大金がいるんです」

「わけは今、いえない。勿論、運動のための金で、私用に使うんじゃないっていうんだ」

「当り前でしょ。でもそんな大金、右から左へある筈ないと断ればいいじゃありませんか」

「それがまずいんだよ。やつはもう、三百円が改造から来てることを調べあげてるんだ」

「人を馬鹿にしてる」

市子は本当に腹を立てた。もうこれまでだって、十円、二十円程度の金なら、幾度むしりとられているかしれないのだ。市子はこの頃気づいていた。吉田が金の無心をする前には、なぜか大杉の最近の情報を喋り、決って、大杉や野枝の悪口を聞くに耐えないほどいいつのるのだ。市子ははじめの頃、吉田が大杉や野枝の悪口をいうのをどことなく歓迎していたように思う。

「全く、野枝っていうやつは、お引きずりなんだな。和田久がこぼしていましたよ。亀戸の時なんか、何でもやりっぱなしで、大杉に平気で破れたもの着せてるし、自分だって着のみ着のままで何日でも平気だし、押入には汚れ物がいっぱいつまっていて、あけるとぷうんと何ともいえない悪臭が放ってるんだって。魔子に縁側から大小便させて、そいつをいつまでも片づけないから、和田や久板が片づけざるを得ないっていうんだな。あの気どりやで貴族趣味の大杉が、それを一向にたしなめないで、平気でいるっていうんだから。わしらいっても、あいつはつんけんして、ろくに茶ひとつ入れようとしないんだ。小生意気で、お高くとまってやがって、ふん、何様だいと、いってやりたくなる」

市子が思わずたしなみのない笑い声をけたたましくたてて、身をよじると、その後ですっと、声を落し、

「実はどうしても、今日中に二十円つくらなくちゃいけないんだ。頼みますよ」

という。無いとはいえない金額なので、市子はいつも気がすすまないながら、吉田の要求を受けいれてしまうのだ。

またある日は、市子がまだ馴れない手つきで、光子のおしめを取りかえているのを横でふところ手して眺めていて、

「光ちゃんは幸せだよなあ」

と、赤ん坊に話しかけるようにいう。

「そんな清潔なやわらかいおしめに、おしっこすればすぐ取りかえてもらえるんだものなあ。同じ赤ん坊でも魔子なんて本当に可哀そうだよ。大小便たれてたって、泣いたってわめいたって、野枝はほったらかしだから、魔子のお尻はいつでもただれて、まっ赤っかで、お猿のお尻みたいだよ」

市子がつい、耳を傾けたくなるような話をする。

「いつかなんかひどかったそうだよ。久板に聞いたけど、和田久と久板に魔子を押しつけて大杉と野枝はどこかへ遊びにいってしまって帰って来ないっていうんだな。その

うち魔子は腹をすかせて、ぎゃあぎゃあ、泣きわめく。ミルクを探したって、どこにもないんだ、それで仕方なくて、おこげでおも湯をつくって、のませたっていうんだから。全くひどい親じゃないか、ねえ光っちゃんはそんないいおべべ着せてもらって、おっぱいいっぱいのんで幸せだよなあ」

その後でまた、十五円借りないと、どうしようもないという。

市子は自分が稼げる上に、性来金銭にも淡泊で、世話好きで姐御肌のところがあった。大杉との事も、金銭を出しすぎて失敗したというのが一番卑近な例であったから、もう無闇に、人に金銭は与えまいと決心していたのに、吉田一にかかっては、そんな決心は何の役にも立たなかったのだ。

「手ぶらでは帰らないよ」

鈴木が気の弱そうな表情でいう。

「昨日なら、あれをそっくりやればよかったのよ」

市子の声には昨日の三百円を姑に渡した無念さが、どうしてもこもってしまう。

「あれを取りかえして渡すのね」

「それしかないな」

「でも、わたしはいやですよ、お姑さんにそんな話するの、あなたがやってよ」

結局、鈴木が養母からばつの悪い想いをして、取りかえした三百円を吉田はもらって、すぐ帰っていった。鈴木は駅まで三十分もある道のりを送っていった。

帰ってきた鈴木に、待ちかねていた市子はすぐ訊いた。

「ね、どうしてなの、何に使うのあんな大金」

勿論その理由を、家の外で聞いてきたと思ったからだ。

「それが奴《やっこ》さん、絶対口を割らないんだ。何だか、とてつもないことに使うような口ぶりだけれど、いわないいんだ」

「そう」

市子はむっとして黙りこんだ。自分で金を稼いだことのない鈴木の、金銭に対する無欲さに、今日は腹が立ってくる。大体、吉田たちが家に入りこんで来た時、もっと鈴木が断乎《だんこ》とした態度で断ってくれれば、こんなことにならなかったのだ。大杉の記憶がむしかえされるのではないかと、市子が気がねしているのに、鈴木の方が吉田たちに馴染んで、結構愉快そうに迎え入れてしまい、家まで編集所にされてしまったのではないか。市子は鈴木の彼等に対する本心も計りかねて苛々《いらいら》した。大杉の悪口をいう彼等が気に入っているのか、大杉から分派して来た裏切り者たちだからこそ面倒を見たがるのか。お互い触れまいとして、核心はさけて通ってきたのだ。

それにしても、吉田が三百円の入金をどうして探知したのか不思議でならなかった。

「それはたぶん、宮嶋からの情報じゃないかな。宮嶋なら改造に友だちくらいいるだろうし」

鈴木の推理に、市子もそうかもしれないと黙りこんでしまった。考えてみれば、宮嶋との縁が切れないかぎり、市子のいまわしい過去との絶縁は出来ないのかもしれない。市子は思いだすまいとつとめてきた頃を、この日は思い出さずにはいられなくなっていた。

明らかに機嫌の悪くなった姑と顔を合わすのもいやだった。市子は光子を抱いて、離れにこもってしまった。添寝してやりながら、瞼《まぶた》に去来するのはあの頃のことばかりだった。

宮嶋の「坑夫」が、大杉と荒畑のやっていた近代思想社から刊行された頃、大正五年の一月という時は、市子があの苦悩の地獄の季節をまさに迎えようとする直前に当っていた。何とはない不幸の予感に脅えながら、まだしかと不安の正体を摑めていない時であった。

宮嶋と麗子が出版されたばかりの「坑夫」を持って市子の部屋に来た。宮嶋はさすがに興奮していた。市子はお祝いだといって酒宴を開いた。「坑夫」には大杉の序文が載っていた。その夜の話題は専《もっぱ》らその序文が問題にされた。その原稿を大杉は市子の部屋で書いたのだ。宮嶋も麗子もそこまでは知らない。市子はまだ不安の翳も覚えず、大杉との恋に溺れきっていた時だ。

大杉が書きあげる原稿を、市子は片端から拾いあげ読んでは揃えていた。

——去年の春頃であったか、僕が初めて宮嶋君を知った時には、君は神楽坂の上で古本の夜店を出していると聞いた。けれどもその少し以前に、君のことをボテフリの魚屋さんとして聞いていたので、しばらくの間は、その方の印象が強く僕の頭に残っていた。そしてこのボテさんは、僕を訪ねて来るたびに、その商売柄とは少しも似合わない、ベルグソンの創造的進化論だとか、ラッセルの新方法論だとか、または文壇思想界の傾向だとかいうようなことを、いつも話題として持って来た——

そんな書き出しの文章は、今でも鮮明に頭の中に刻みこまれている。大杉の気取りのない、平易な語り口のような文章は、文学少女の市子の本来の好みとはちがっていたのに、今では、その文章まで、大杉の体臭が匂ってくるようで、市子には絶対のものになっていた。秋水や寒村の気品の高い流麗な漢文調の文章の方に惹かれていたことなど、すっかり忘れていた。

——僕はいろいろな興味から君の経験談も聞いて見た。君は、高等小学校を中途でよして、砂糖屋、ラシャ屋、呉服屋の小僧、歯医者の書生、牧場の雇人、メリヤス職工、砲兵工廠の職工、土方、火夫、高利貸鬼権の手代、坑山の事務員、相場師、魚屋の軽子、ボテ、古本屋、そして最後に新聞雑誌記者というように、ことし三十になるまでの間に、ずいぶんといろいろな職業や土地を放浪して来た。そして君は、この十六、七年間の放浪の間に、かなり遊びもし飲みもしながら、書物も読み、そして主として君自身の生活の経験の上から、今日の君のアナーキスティックな思想や感情を築き上げて来た――

大杉の序文は、宮嶋に対するあたたかな愛情がこもっていた。大杉は熱意をこめて、この作品を称讃した。

――坑夫の生活は、宮嶋君の放浪の間の恐らくはもっとも印象の深かった生活の一つであり、またこの金次も恐らくはその間に君の実際に接近したもっとも印象の深かった人物の一人であり、そしてまたこの金次に対しては前述のごとく君に十分な同情と理解とがあるべき筈なのだから、この「坑夫」は、どうしても君の傑作の一つでなければならない筈である。のみならずこの「坑夫」は、坑夫の生活という背景、金次というような特殊の人物、そしてその間にいろいろと暗示される現代社会の欠陥等の点において、確かに日本の創作界における唯一の産物である――

市子はこれほどほめられたら、宮嶋はどんなに嬉しいだろうと思った。大杉は市子の感想を笑って取りあわなかった。

「そんなことないよ。まあ見ていてごらん、宮嶋は、ほめられたところはすっ飛ばして読んで、悪口いわれたところにかんかんになってくるから。後半で、ゴーリキーに比較してやったのなんか、ずい分、彼としては栄光の至りなんだけど、ゴーリキーに比べて描写が弱いといったことや、発想の仕方に独自な点が認められないと書いたところに突っかかるんだよ」

「ずい分自惚《うぬぼ》れてるじゃありませんか」

「作家なんてものは自惚れがなければ書けるものか。みんなどんなつまらない奴等だって、心の中では天才はおれ一人と思い上ってるんだから」

大杉は愉快そうに笑いとばし、

「しかしこの小説はいいよ。これが宮嶋の最高の作品だろうな。後、書けるかどうかわからないよ」

といい切った。

案の定、酔ってきた宮嶋は、大杉の批判にこだわって、いつまでもくだをまきつづけた。

「大杉なんか何だ。ろくなものも書けないくせに」

麗子がしきりになだめて、酒乱の気のある宮嶋をかつぐようにして帰っていった。

市子は、その序文の中の大杉のことばの、

――君は実に、信者のごとく行為しつつ、懐疑者のごとく思索しつつあった――

という言葉が気に入っていた。大杉に対する自分の感情こそ、まさにそれだと思った。

あの翌月の二月に、大杉は野枝と恋に落ちたのだ。市子はまた胸に針の束を突き刺されたような痛みに濃い眉をひそめた。久しぶりに苦渋の涙が閉じた眦ににじみ出てきた。

あの事件のとき、宮嶋ほど、市子の側に立ち、徹底的に味方して大杉をやっつけてくれた者はいなかった。秋田雨雀も市子の味方に立ち、絶大な同情を示してくれたが、雨雀の場合は、事件前からの深い友情関係もあり、予期出来た親切だった。それに雨雀は市子に同情はしたが、大杉に対して攻撃的にはならなかった。

宮嶋夫妻のあの時以来の友情に対しては、市子は頭が上らない。それだけにこの頃のような関わり方になると、扱いに途方にくれる。

――宮嶋さんが死ぬか……大杉たちが死ぬか……わたしが死なないかぎり、この腐れ縁は生涯何等かの形でついてまわるのだろうか――

市子は深いため息と共に眦にたまった涙を耳の方へ伝わらせていた。

愕いたことに、吉田が帰っていって、中一日置いて、今度は和田軌一郎が訪ねて来た。朝十時ごろやって来て、一日中、豪傑笑いをしながら酒をのみつづけて泊っていった。

市子は姑の顔も見られないように気兼ねだった。

翌日の昼すぎ、鈴木がまた市子に囁いた。

「また金だよ。四十円どうしても要《い》るっていうんだ」

「吉田さんの件と一緒じゃないの」

「吉田が持っていったといっても、その話は聞いてないというんだ」

市子は暗澹《あんたん》とした。金の生《な》る木を持ってるわけじゃあるまいし、彼等の要求が今後も一生つづくとしたら、それが鈴木との生活を破壊させるかもしれないという恐怖があった。

気の弱い鈴木は、和田を手ぶらで帰すことが出来ず、市子に財布をはたかせ、足りない分は、女中が行李《こうり》の底に貯《た》めていた給料まで拝み倒してはきださせ、どうにか四十円をつくった。

和田をようやく帰したと思ったら、息をつく閑もなく、今度は高尾平兵衛《へいべえ》がやってきた。

今度は高尾が口をきる前に、吉田と和田にどんなに苦労して金を持っていかれたかを話し、当分、びた一文も融通出来ないということを二人でこもごもに話してきかせた。

高尾は二日ほど、のんびり鈴木の弟や近所の子供とボール投げなどして閑をつぶし、金は持たずに引きあげていった。

高尾は明治二十八年長崎県諫早《いさはや》に生れているから、市子とは七つ年少の同郷者だった。小学生の頃、高尾家の養子になった。十七歳の時家出して、大阪で商売をしたり、失敗したりした後、上京して大正八年夏、北風会の開いた京橋の寄席川崎家の演説会にいって巻き添えで捕えられたのがきっかけで、大杉や吉田ピンたちと知りあい、運動に入っていった。子供の頃、友だちが落した鋏《はさみ》で右目を痛め、ほとんど視力を失い、残った左目もひどい近眼になった。そのため、容貌は異様で醜男の印象だったが、いたって子供好きで、子供がなつく点は、大杉に似ていた。クロポトキンの「法律と強権」を秘密出版して入獄した時、公判廷で、高尾が裁判長の起立の命令をきかなかった。草野豹一裁判長が、

「被告人は法廷の秩序習慣を守らぬというなら、着物を着るのも習慣ではないか。なぜ裸で入廷しなかったのか」

と皮肉った。聞くなり高尾はその場で着物をかなぐり捨て素裸になり、満廷、驚愕した。あわてた裁判長は高尾を退出させ、被告人不在で審理したというエピソードの持主である。

この時の金は、モスクワで開かれた極東民族大会に、吉田たちのグループが密《ひそ》かに日本を脱出して出席するための資金に用いられたものであった。市子たちがその用途について知らされたのは、彼等が出発した後のことであった。

大正十年（一九二一）秋、コミンテルン主催で開かれる翌年のモスクワでの大会に、日本からも代表を数名送るようにとの通告が、堺枯川のところに届いた。堺が密かに希望者を募り、結果として、アナーキスト側から労働社の吉田一、和田軌一郎、高尾平兵衛、正進会の小林進次郎、北浦千太郎、秀島広二、白銀東太郎、信友会の北村栄以智、渡辺幸平、鉄工の水沼熊、ボリシェヴィキ側から水曜会の徳田球一《きゅういち》、暁民会の高瀬清の十二名が出席することになった。

大杉もこれに出席するつもりでいたが、その後、気が変り、出発の二、三日前に取りやめている。ボリシェヴィキの連中との間も、吉田たちとの間も、極度に不仲となっていたことも作用しているだろう。

市子は自分の大金が、そんなふうに使われているとは夢にも知らないように、久板に留守を頼んできた青山の家が、彼等の国際的な秘密の連絡場所に用いられていることも全く知らなかった。資金とアジトを提供し、本人は何ひとつ実情を知らされていないというナンセンスな立場に置かれていたのは、事のばれた時に、あくまで市子たちに迷惑をかけまいとする吉田たちの配慮だった。

その年の秋、鈴木の農場の計劃も破れて、田舎には居辛くなり、市子たちは東京に舞い戻った。

資産家の養父から所帯を立て直す費用に数百円の金を貰って来ていたので、世田谷の池尻に、今までより広い家を見つけて引越した。

ひとり、青山の家で居残り、モスクワからの連絡を待っていた久板も、その年の暮にはふたたび市子たちの家に合流して、玄関脇の三畳で暮すことになった。

28

市子が吉田たち反大杉の労働社派たちにつきまとわれていた頃、大杉はどうしていただろう。

「日本のあらゆる方面における労働運動の理論と実際との忠実な紹介、およびその内容批評、これが本誌のほとんど全部」という編集方針で、六号まで出した第一次「労働運動」を廃刊した後、比較的おだやかな鎌倉の生活をつづけていた。この頃から大杉はようやく著述に精力的に取り組んでいた。日蔭茶屋事件で、あらゆるジャーナリズムからボイコットされていた大杉にも、ようやく返り咲きの日がめぐってきた。大正八年はドイツ、オーストリア、ハンガリーに革命が勃発し、コミンテルンが創設され、国内でも世界のその余波を受けて、二、三年前からは想像も出来ないくらい、めざましい労働運動の波が高まっていた。ジャーナリズムはもう大杉を拒み通せなくなっていた。

「労働運動」の借金の穴うめのためにも、大杉は書かねばならなかった。

あれほど、野枝とふたりを、叩きつけたジャーナリズムが、無政府主義が流行しだすと、平気で注文に来るということに、癪に障ってみても、一番手っ取り早い金稼ぎは書くことだった。

「クロポトキン総序」を「改造」大正九年五月号から七月号までに書いたのを皮切りに、執筆に打ちこんでいく。この年だけでも、「クロポトキン研究」が野枝と共著でアルスから、「乞食の名誉」がこれも野枝と共著で聚英閣《しゅうえいかく》から、クロポトキン「革命家の思想」の翻訳が春陽堂から刊行されている。

原稿料が入るおかげで、生活もこれまでになくゆとりが生じてきていた。

ところがこの年の八月末、大杉の鎌倉の家に朝鮮人の馬某という青年が訪ねてきた。

馬青年は自分は上海の朝鮮仮政府の要人の一人だと名乗り、上海で極東社会主義者会議をコミンテルンが開催するから、出席しないかという。

馬青年は日本から代表を招くためやってきたが、まず堺枯川や山川均に逢ったところ、彼等は一向に乗気にならず、ひたすら逃げ腰だった。馬青年はそこで大杉に白羽の矢を立ててきたのだ。山川均は、「自伝」の中で、「えたいの知れない第三国人がやってきて、別に責任のある人からの手紙でももってくるでなく、ただ遠廻しに上海へ行ってみないかというような誘いをかけられた」といっており、そんな曖昧な話にはうっかり乗れないので相手にしなかったと書いている。

大杉は「日本脱出記」の中で、山川はそんな会に出たり、うっかり資金の援助など受けたら、内乱罪にひっかけられ秋水たちの二の舞いになるかもしれないという恐怖から逃げたのだといっている。山川の要心深さが当然であって、非難される点はないだろう。しかし大杉は馬青年の話に乗っていった。大杉がその場で「よし行こう」といった時、馬青年はむしろ自分の耳を疑ったようなきょとんとした表情をした。もちろん、それは密航である。正式のパスポートなどある筈がなかった。

十月のある日の夕方、大杉は出発の支度のトランクに荷物をつめていた。そこへ東京から近藤憲二と信友会の桑原練太郎がつれだってやってきた。近藤は今夜の出発を承知していて、脱出の手伝いと、後の連絡のため来たのだが、新橋で偶然、大杉を訪ねるという桑原といっしょになったのだという。桑原は何も知らず、新聞印刷工の正進会の惨敗に終ったストライキの報告書を、大杉に書いてもらおうとしてやってきたのだった。桑原は旅行支度をしている大杉を見て、

「どっかへ行くんですか」

と困った顔をする。

「何か用かね」

大杉が手を休めていう。

「争議の報告書をお願いしに来たんですが」

大杉は、その場できっぱりといった。

「よし、では手っとり早く内容をいってくれ」

聞いていた近藤の方がびっくりしてしまった。大杉は自分に似たどもりの桑原にたどたどしい説明を聞き終ると、さっさと書斎へ引きこみ、小一時間もしたら、原稿を片手にしてあらわれた。

「これでいいか、読んでみてくれ」

近藤は、その文章を、

――この報告書は正進会の機関誌「正進」の当時のに載っている。引き出して読んでみるといい。名文だ。戦いに敗れた戦士が、悲痛な面もちで、しかも明日の復讐心を心に誓いながら、ひるまず、堂々と敵陣へ降っていくさまが、ものの見事に描き出されている――

と「一無政府主義者の回想」の中に書いている。

何も知らない桑原に手伝わせて、大トランクを近藤とふたりで裏口から大船駅へ運びだし、大杉はまんまと鎌倉を脱出し、上海へ出発した。

上海では、大杉は、コミンテルンの代表チェレンと、中国、朝鮮、日本の四カ国の代表の集りであった。

大杉の他はボリシェヴィキか、その同調者であったので、アナーキストの大杉だけが、ことごとにチェレンの意見に対立した。

チェレンの使命は、極東赤化の根拠地造り、即ち、中国、朝鮮、日本に、それぞれコミンテルンの支部としての共産党を設立することにあったらしいが、大杉はこの話を蹴って来た。

翌年、中国共産党は生れたが、日本はその翌年大正十一年（一九二二）に創立されている。

しかし、この時の大杉の思いきった上海行のおかげで、ロシアと日本の社会運動のパイプは一応通ったということになる。

この時、大杉はチェレンから運動資金として、二千円を貰って帰った。はじめはチェレンの方から申し出があったので一万円とふっかけたが、チェレンの方で、様々な条件をつけてきたので、大杉が条件つきの金などいらない。日本は今まで、どこからの援助も受けず、運動をつづけてきたのだと、文章でつきつけたという。

チェレンは何と思ったか、大杉に二千円だけを渡し、近い将来、ロシアに呼ぼうと約束した。

上海から帰った大杉は、すぐ堺に逢い、上海での会議の模様を報告し、自分は近いうちにロシアへ行くつもりだと宣言している。

大杉はこの頃、ボリシェヴィキとアナーキストの共同戦線の必要性と可能性を信じていた。そのため、山川均を中心に近藤憲二や橋浦時雄たちが、新旧の諸分派、インテリと労働者との各層を大同団結させ、日本社会主義同盟を結成しようとすることに賛同して、三十人の発起人の中にも名を列ねている。

近藤憲二が当時山崎今朝弥の家に居候していて、山崎と山川均が中心になっているその案を大杉に伝えた。大杉は近藤憲二に、

「きみはぼくとよりも、同盟のことは山川の意見をとくに聞いてしろ」

と注意するほど寛容だった。発起人は、赤松克麿《かつまろ》、荒畑寒村、布留川桂《ふるかわけい》、橋浦時雄、服部浜次、岩佐作太郎、加藤一夫、加藤勘十《かんじゅう》、京屋周一、近藤憲二、水沼辰夫、前川二享《にきょう》、延島英一、大杉栄、大庭柯公《おおばかこう》、小川未明《みめい》、岡千代彦、堺利彦、嶋中雄三、高津正道《せいどう》、高畠素之、田村太秀、植田好太郎、和田巌《いわお》、渡辺満三《まんぞう》、山川均、山崎今朝弥、吉川守圀、吉田只次であった。近藤憲二の「一無政府主義者の回想」によれば、この人名は、第二回大会後、一部の人が、阿部小一郎、江口渙、原沢弐之助、北原竜雄、百瀬二郎、望月桂、諏訪与三郎、新明正道《しんめいまさみち》、高田和逸《わいつ》、竹内一郎、和田久太郎、渡辺善寿、吉田順次と交代したと伝えている。

大杉はその名称を「日本社会主義連合」としようと主張したというが、結局、日本社会主義同盟に落ちついた。

大正九年十二月十日の夜、神田美土代《みとしろ》町のキリスト教青年会館は内外に労働者、学生が満ちあふれて熱気につつまれていた。その日は、日本社会主義同盟の創立大会を開く予定だったが、警視庁はいち早くその事を聞き込み、何が何でも、大会を開かせまいと

する態勢をたてていた。同盟側は、その前夜、元園町の事務所で在京有志と打合せ会をしたが、集った百五十人ほどの同志に臨監の巡査が集って、廊下も階段も立錐《りっすい》の余地《よち》もない。同盟側は明日の大会はとうてい開催出来ないとみて、急遽、その場で会を結成してしまい、岩佐作太郎が演壇に立つなり、

「本日の集会をもって明日の大会に代える。同盟の綱領規約、新委員の銓衡《せんこう》は発起人に一任されたし」

と墨書した紙をさっとかかげた。万歳の大声と拍手でそれが認められ、臨監は歯ぎしりしたが後の祭りだった。

その為、大会の予定だった翌十日は急遽、午後一時からその報告会、夜は講演会という予定に切りかえられた。重だった主催者側の人物はほとんど検束されて会場には出席出来なかった。神田小川町の大通りは、ＹＭＣＡの赤煉瓦の前に、十二時頃から人々がつめかけ、延々と列をつくっている。大半は武装した巡査たちだった。

扉が開くまでに、革命歌が湧き、巡査との小ぜりあいがつづいた。ようやく午後一時きっかりに扉が開くと大衆はなだれこんだ。壁ぎわにびっしり武装の巡査が立ち並んだ中で会が開かれた。

植田好太郎が演壇に上り、

「ただいまから、昨晩成立しました日本社会主義同盟の経過報告をいたします」

といったとたん、臨監席の錦町署長が壇上にかけ上って、

「中止」

「解散」

と、どなる。会場はそれを機に騒然として手がつけられなくなった。武装の警官が、蹴る、打つ、なぐる、突くの乱暴のかぎりをし、会衆はそれに抵抗して大乱闘のうちに、会は中止されてしまった。六時からの講演会は開会前に右翼団体が暴れ込んだり、三千余の武装警官が四時から出動して入場者の身体検査をするなど異常なほどの警戒ぶりを示す。

それでも六時には二千余りの会衆で満員になり、外には一万人以上の人々が黒山のような人だかりをつくっていた。

会が始まり、司会者の読売新聞論説部長大庭柯公が演壇に立ち、開会の辞をのべかけたとたん、またしても錦町署長が駈け上り、「中止、解散」を絶叫する。その時、会場の中から堺枯川が駈けだし壇上に躍り上ったとみるまに、両手を力いっぱいあげて、

「日本社会主義同盟万歳!」

と大声で叫んだ。それに呼応して会場から「万歳々々」と叫ぶ声が湧き場内は熱気につつみこまれた。堺枯川はとびかかった警官たちに捕えられ退場させられ、それを奪還しようと、会衆が乱闘し、検束が始まり、会場は昼間にもまして大混乱をきたした。

開会宣言後即、解散の声がかかったが、誰の耳にも入らず騒然となった会館の入口の階段に、突然一人の男が仁王立ちになった。それまで顔をかくすためか、頭に白い大きなマフラーをかぶり、筒袖の着物の上に外套を羽織り、下駄ばきに、ふといステッキという異様ないでたちの男は、警官がとびかかろうとするのをステッキで追い払い、

「おれは大杉だア！」

とどなった。千両役者の花道の大見得のような派手な演出である。群衆はどよめいた。

「大杉だ」

「大杉が来た」

歓声があたりにとどろき、興奮しきった群衆は波のように揺れた。警官が十重《とえ》二十重《はたえ》に大杉に飛びかかり、検束したが、その間中、大杉は、

「おれは大杉だっ」

と、声をかぎりにどなりつづけていた。鎌倉から、たくみに尾行をまいて駈けつけた大杉だった。

翌日の新聞には「おれは大杉だア！」という見出しのついたその夜の大杉の連行される姿が大きくトップニュースとして写っていた。

大杉が群衆の前に姿を見せたのは、その年はそれが最後で、この年末から持病の肺結核が再発して寝込み、翌大正十年（一九二一）二月にはチブスにかかり築地の聖路加病院

に入院し、一時は危篤状態にまで陥った。

29

東久留米市のひばりが丘団地の今井啓子さんという方からお手紙が届いた。

――略――「諧調は偽りなり」八月号の文中の荒川義英は、まぎれもなく私の伯父でございます。私の母荒川鈴(結婚後峯下となる)の兄に当ります。義英の父、即ち私の祖父の荒川衒次郎《かんじろう》が、軍籍を退いた後、堺利彦と共に、毛利家の歴史編脩《へんしゅう》をしていた関係で家族的な交流があり、義英は堺さんから「よっちゃん、よっちゃん」と大変可愛がられたという話を、私は寒い旧満洲の新京で祖母(衒次郎妻たま)や母(鈴)から聞かされた記憶がございます。売文社がどこにあるの、真柄さんがどうの、大杉栄や保子さんがどうのという話を、祖母と母がお抹茶をいただきながらしきりにしていたのを思いだします。小学生だった私は、ただその話が何となく耳に入っていたというだけでしたが、御作を読み、突然、遠い昔の祖母と母の話がよみがえって参りました。

荒川義英は中国長春で私が生れる数年前(確か大正九年だと思います)大連で二十六歳という若さで昇天致しました。生涯ひどい喘息《ぜんそく》の持病に悩まされ通し、妹の鈴に最後を看とられたということでございます。

一九二〇年聚英閣から社会文藝叢書が出版され、その第二篇に荒川義英の八編が載り、追悼記を、生田長江、佐藤春夫、尾崎士郎、土岐哀果《あいか》、馬場孤蝶、生田春月《しゅんげつ》、山川均、大杉栄等が書いてくれています。

衛次郎には妻たまとの間に、長男義英、長女鈴、次男貞典《さだのり》、次女和子が居り、義英はひどい喘息で、成城中学も半ばで城ケ島に転地をすすめられ、その頃から次第に文学青年に傾いていった様でございます。私の母は、兄の喘息がひどい為、何彼《なにか》と兄の面倒を見ていた様で、（両親と別居）よく警官の尾行をくらます役をやらされ、売文社とか堺宅、大杉宅への使いはほとんど母の役目だったそうでございます。大杉家はその頃、淀橋、大久保にあり、門の横にホッタテ小屋が建ててあり、そこにはいつでも尾行の刑事たちがたむろしていたということでした。たしかに義英は新婚の佐藤春夫宅へころがりこんだり、転々と知人の間を迷惑をかけながら移転していたようです。桜田本郷町、今の虎ノ門先の十字路裏あたりに、ケン政会本部があり、その下に下宿していた頃があり、この後は、末の妹和子の電気局からいただいたパスを（木製小判型で氏名がない）電車賃にこと欠くからと持ち出して歩いて困ったと、和子叔母が話してくれました。保子さんは大変やさしい方で、その頃、大杉とは別れ、四谷の「きよし」とかいう寄席の前を通っていくと、保子さんがひとりで住んでいられたそうです。和子叔母が長春へ行ってからもよく手紙を下さり、返事はかならず下さる方だったとか、そして大変可愛がって下さったと懐しそうに話してくれました。

衛次郎は、慶応三年生れで、元来は陸軍士官学校第一期で、陸軍参謀本部に籍を置き、書道、馬術は十六歳位で師範で大人に教え、歴史学、天文学、エスペラントと、なかなかの勤勉家の様で、軍籍をしりぞいても新聞社の特派員となり、北京その他をかけめぐり、北鮮、北満の地図など書いた様です。その当時、馬賊の大将革大臣でさえも荒川衛次郎を恐れていたと、後で聞かされました。

日露戦争に参加、凱旋《がいせん》の時は、チョコレートを土産に持ち帰り、母たちは、どうして食べていいかわからず、チョコレートを小刀でけずり、湯にとかして食べたと話していました。

又、今日の目黒の雅叙園のあたりに、養豚場をつくり、アメリカからバークシャ、ヨークシャを取り寄せ、アメリカ人技師をやとい入れ、その頃では珍しいソーセージをつくったものの、外国人や宣教師等、食べる人がまだ少い上、ある日、突然、病気で豚が全滅してしまったと、祖母が幼い私に話してくれました。

「おじいさんのやる事は……思いつきは結構だけれど……」

という表情で笑っていたようです。

大正のはじめ祖父母は大連旅順に渡り、銀行をふりだしに様々な仕事をし、満洲事変以後は、新京の私の家の近くに住む様になりました。――略――

荒川義英については宮嶋資夫の「遍歴」にも愛惜をこめて書かれている。宮嶋が荒川に逢ったのは、大杉栄のサンジカリズム研究会で、義英はその頃十八、九の早熟な天才青年だと見られていた。土岐哀果編集で西村陽吉が出していた「生活と芸術」という短歌雑誌を、ある時、全頁独占して、「不良少年の手記」という小説を発表したと書かれている。

――馬場孤蝶先生の所に出入したり、生田春月や加藤武雄とも親しくしていたが、文壇に出ない中に若くして死んでしまった。喘息がかれの持病であり、時としてはそれを保護色として、金を集める位の不良性を持っていたが、惜しい男だった――

と惜しまれている。

今井さんの手紙のついた翌々日、大阪の寺島珠雄氏から葉書が届いた。

――「諧調は偽りなり」の第十二回で、ちょっと思い出したことを書きます。

鈴木厚氏の「千葉の母の生家」というのは片岡姓だったはずです。多分、昔の千葉県山武《さんぶ》郡増穂《ぐんますほ》村《むら》でしょう。

その片岡家のせがれさん(生きていれば六十代後半ぐらい)が私の父の剣道の弟子で、シナ事変中に戦死しましたが、父が盆や彼岸に片岡家へ行ったこと、子供ごころの記憶にあります。

そして戦後すぐに私と兄とでガリバン雑誌をはじめて辻潤の死をはじめて明らかにしたり、石川三四郎さんが木村艸太《そうた》さんの寄稿を得たとき、まったく突如という感じで、鈴木厚氏から訳書「人類解放史物語」(?)を送っていただいたことがありました。こちら会ったこともなく現在に至っています。

ふっと思い出させられましたので右まで――

私はすぐ寺島氏に、ガリバン雑誌のコピーを見せていただけないかと手紙を出した。寺島さんはこだまの帰るような速さで、それを送って下さった。

――昭和二十年十一月廿七日印刷納本
　昭和二十年十一月三十日発行
　武良従久《ぶらつく》　　創刊号　――

というもので、千葉県山武郡東金町岩崎五八二が発行所になっていた。

「武良従久」創刊号には野枝と恋愛して、大いに野枝を動揺させた木村艸太の「草の葉の銘」と題するホイットマンについての文と訳詩が載っていた。野枝と艸太の恋について は「美は乱調にあり」に委《くわ》しく書いているので、この訳詩が今舞いこんできたのも卒爾《そつじ》ではない気がするので寺島氏の御好意に甘えて写させてもらう。この頃、木村艸太はホイットマンの「デモクラティック・ヴィスタス」(民主主義の見通し)の訳稿を進めていた。ホイットマンの詩集「草の葉」の巻頭に銘として載せられている小詩が、有島武《たけ》郎《お》訳の「草の葉」には載っていないので訳してみたという前書きがついている。

自己を歌う　　　　ホイットマン

私はひとり別個の人間でありながら
民主的な言葉を語り　ともどもの言葉を
語る自己を歌う

頭から爪先きまでの生理学を私は歌う
顔立ばかりでも、脳髄ばかりでも歌うに足りない
　完き姿こそは立ち優って立派なのだ
男性とともに女性を私は歌う

神聖な理法のもとに生れるものとも自由な行為のゆえに　晴れ晴れとした
情熱にも、脈搏《みゃくはく》にも、精力にも絶大なる生命を
近代の人間を私は歌う

西山勇太郎の「辻潤氏から金三円で買った『萩原朔太郎氏の手紙』その他」のコピーを見ると、手紙は全文が載っていて、それは辻潤が西山勇太郎に三円で売りつけたものだという。辻潤は晩年、放浪時代は、手当り次第蔵書などを売って食いつないでいたので、本も売りつくし、こんな友人の手紙も金になれば売っていたのだろう。昭和五年二月二十三日のスタンプの押されたこの手紙は、前橋から出されていて、宛先は「東京市外荏原郡片延一〇八九辻潤様」となっている。西山勇太郎はこの手紙を、乏しい「わたしの私有財産」の一つと誇らしげに書いている。辻潤は、朔太郎の手紙を売りつける相手の選択を誤らなかったというべきだろう。

手紙は辻潤からの手紙の返書の形式で、辻潤が二人で叢書を出さないかという話を持ちかけたのに対して書いたものらしい。

単行本を出すほどまとまった原稿がないので、それよりさしあたって気楽に書ける雑誌がほしいといい、自分の定数読者は今までの本の売行から見て、大体二千人位だから半分とみて千部位、それに辻潤の読者を加えれば、たいてい損のない程度に売れるから出資者は、旨くいけば多少はもうかるだろうなどと、甘い計算をしているのが、いかにも詩人らしい。

——だからこの際多くの執筆者を加えるよりは、むしろ二人の個人雑誌として、ユニックな特色ある雑誌を出す方がよいかも知れない――といい、学問的、専門的に高踏的な内容にして、題も相当権威のある、芸術的香気の強いものを選び、――二人で一所《ママ》に考えて付けましょう、試みに貴下から五、六題ほど考えられ、小生からも数題を見せ、互いに相談して決めましょう――という熱の示し方である。

昭和五年といえば、朔太郎は妻と別れて間もない頃で、その年七月には父密蔵が死亡し、生涯でも最悪の年に当っていた。

――僕の離別した妻が、至る所で公表的に（雑誌、新聞）僕の悪口を言いふらして居るという噂をきいた。十年も同棲した妻から、仇敵の如く悪口されてはやり切れない。しかしこれが僕の不幸な一生でしょう。僕は妥協を許さぬ故に、あらゆる人から敵とされる。だからショーペンハウエルは、賢者はかつて妻をめとらず、正直者は友人を持たないと言いました。（妥協することなしに友人との交情は有り得ないから）人生孤独、天涯また漂泊するところなしです。僕は最もロマンチックな人間であるけれども、同時にまた最もニヒリスチックな人間です。虚無は厭うところなかれ共、虚無的にならざるを得ないからです。

センチメンタルは醜劣《しゅうれつ》である。（酒が醜劣であると同じく）だが酒か感傷にでも酔わないで、人生の倦怠に耐えられるか。大兄や小生等は、常に酔うことの正義を認めてる「認識者」です。だが我々は認識者であり、単なる認識者にすぎないのだ。それ故に幸福なる世の酔人共——アナキストやマルキスト——から、いつも疎遠した地位に居り、彼らから離れて居て、別の寂しいことを考えている。宮嶋（資夫）君と貴下との喧嘩も、この点から了解されます。——略——

朔太郎がこの時点でどれほど辻潤に親愛感と、同志的友情を感じていたかが窺われる文面である。同文の中で朔太郎は、武林無想庵《たけばやしむそうあん》を日本の文壇が入れないという事実ほど、日本文明のウソとデタラメを語るものはないと憤慨している。

——人間が仕事を持たないのは、その人自身の罪ではなく、その仕事をあたえるべく環境を持たないところの、社会や文明の罪なのです。そうした不義を呪うことでは僕も所謂アナキストに負けないところの、より情熱的なアナキストであるでしょう。幸いに大兄のような対手を得たら、これから僕も西洋詩人の伝記の如く、大いに手紙を書く習慣をつけ得るでしょう——

と、この手紙は結ばれている。

朔太郎は辻潤より二歳若い。この昭和五年は、辻潤は四十七歳で、前年一月フランスの旅から帰り、生涯のうちでは活潑に仕事をしていた時期に当っていた。朔太郎との関係は前年秋、赤坂檜町の乃木坂倶楽部に潤が朔太郎をたずね、爾来《じらい》交遊が深くなっていた。

朔太郎の手紙は二月二十三日の日付だから、二月に創刊された雑誌「ニヒル」は、この時点では、もう編集は終っていただろう。「ニヒル」は辻潤と朔太郎の共同責任だといわれているが、少くとも一号は辻潤ひとりの編集によるものだろう。

この年は、五月に生田春月が自殺し、宮嶋資夫が同月、出家するという事件があって、辻潤にとっても身辺あわただしい年であったが、それは後に書く。

西山勇太郎の文にもどると、昭和十九年のはじめ、この手紙を売りつけられた頃の辻潤は、顔面にむくみがあり、眼ににごりが現われていたという。家もなく放浪していて、おそらく、満足に食べていず、栄養失調にかかっていたのだろう。腎臓《じんぞう》も冒されていたと、西山勇太郎は書いている。

――単純で清潔に生きる事が私の希望です。――が辻さんの生活信条であった。しかし辻さんの願望する如くに、日本社会は辻さんを生かしておきはしなかった。生前の辻さんの生活態度に対しては、自分などもどうかと思っていた。だが死んではじめて、あの人でなければあの生き方ができなかったであろう事がはっきり自分に判明したのだ。己れのみを正しくし、敗戦日本のこの時局に際して「便乗」しようとして居る人間共が、あさましく多くはんらんしているをみるときに於て、自分は徹底せるステイネリアンとしての「辻潤の生涯」に、大きく眼を睜《み》はるのである――

辻潤の死は昭和十九年十一月二十四日で、淀橋区上落合一丁目三二八番地の静怡寮（小田原の桑原国治経営のアパート）の一室に居候中、只ひとり死去していた。餓死であったという。

岡本潤の「戦中戦後日記」(抄)(「文藝」一九七五年三月号)の昭和二十年十二月十三日の項に、

——千葉から送ってきた「ぶらつく」という謄写刷の雑誌(武良従久)で辻潤の死んだことを知る——

とある。

この連載に対して始終感想を寄せて下さる横浜の高島達氏は、吉行エイスケのやっていた雑誌第二次「葡萄園」の後の第三次「葡萄園」を小田嶽夫《たけお》たちとやった方だが、その博学多才は怖しいほどで、その文学的交際の広さも生字引きのような感がある。この高島氏は、くりかえし、私に来信の中で、大杉より辻潤の方がもの書きとして秀《すぐ》れているといってよこされる。

——大杉の著作は表題こそ人目を奪いファブルの昆虫記にまで手をだす人前目先だけで見せるもので、内容としては空疎なハッタリ男と私はみているのです。フランス語をやったと言っても、ボードレールが読めたわけではないし、むしろ私はもの書きとしては辻潤を買っております——

高島氏だけではなく、今では大杉より辻潤に多くの熱狂的な信者があり、「自我経宗」の教祖のような人気を得ている。

大杉が陽の極なら、辻潤が陰の極で、しかし、その生き方で身を以て思想を体現した点は、全くひとつの物の表裏のように密着した関係だと思われる。その二つの極の間を揺れ動いて、引き裂かれたのが宮嶋資夫で、彼は、たまたま二人の稀有《けう》な強烈な個性にめぐりあったばかりに、己が人生を焼きつくされてしまったような立場で、ある意味では一番の犠牲者であったかもしれない。大杉と辻潤は、太陽と月のように、決して並び輝く時はない運命なのかもしれない。

私は文学的にも心情的にも辻潤により多く魅力を感じるけれども、大杉の情熱と行動力には、また別種の魅力を感じずにはいられない。おそらく、私自身の中に、辻潤の虚無思想と同質のものを内包しており、体質的には、大杉の情熱と行動力が同居している矛盾を常にかかえているためであろう。宮嶋資夫が二つの極を揺れ動き引き裂かれたのとは形がちがうが、むしろ、私の場合は、二つの極が離れて存在せず、互いにからみあってもつれ反撥しあう混乱に振り廻されている状態から、大杉と辻潤に同時に魅力を感じるというジレンマにおちいるのであろうか。

結果的には宮嶋資夫も私も出家という形をとり、自分の混沌《こんとん》から浮び上ろうとともがいたところはひとつであったようだ。

辻潤に関しては、私が「美は乱調にあり」を書く時は、旧い辻潤の著書を神田で探し需めるのに苦労したが、その後、辻潤ブームともいうべき潮がおしよせ、堂々とした

「辻潤著作集」が全六巻、別巻年譜つき全七巻となってR出版から出されている。初版は昭和四十四年十一月で、五十一年には再版も出ている。この別巻の年譜は菅野青顔《かんのせいがん》と高木護氏が作成したものだが、放浪癖の居住の定まらぬ辻潤の足跡をたどるだけでも、どんなにか苦労であっただろうと察しられる見事な労作である。明治十七年十月四日に生れ、昭和十九年十一月二十四日まで六十一年の生涯を生きた辻潤について、現在これ以上の精細な記述は得られないだろう。

この年譜に照合して、私は寺島氏のお葉書から、ひとつのことを教えられた。鈴木厚が片岡厚なら、辻潤は大正七年、つまり神近市子が八王子で刑に服している頃、早稲田大学裏の片岡厚の下宿に、しばらく居候していたことになる。年譜によれば、片岡からレオ・シェストフの「虚無と創造」の英訳を借りて読んだことになっている。

文学青年であった鈴木厚が、辻のファンになり、交遊が始まっていたのか。その関係から、出獄した市子を見舞う時、辻が鈴木厚を同道したのも自然である。

辻潤が野枝に去られた後、どう生きたかということをたどる時になったようだ。

30

大正五年四月の花の盛りの頃であった。日蔭茶屋事件の起る半年前のことだ。宮嶋資夫は白山下の辻の家を訪ねていた。昨日、麴町の福四万館の下宿に大杉を訪ねたばかりだった。

大杉は宮嶋がこれまで見たこともないような淋しい弱気な表情をしていて、宮嶋の訪れを喜んだ。

「おうよく来てくれたね。どうして来てくれなかったんだ。一人で淋しかったよ」

宮嶋はそんな弱気なことを率直にいう大杉に愕かされた。どこか勝手がちがう。宮嶋は市子から逐一大杉たちの複雑になった多角恋愛の話を聞かされているので、大体のことは察していたが、プライベートな人の恋に口出しするのは性に合わないから、つとめて無関心な立場をとってきたのだ。それでも大杉が逗子をひきあげ、保子は四谷に住み、大杉がひとり下宿するという現実上の別居を見ると、いよいよ大杉の恋愛も大詰に来たなという予感は持っていた。

「来ていいのか悪いのかわからなかったからな」

宮嶋がにやにやしていると、大杉も珍しく照れた顔になっていう。

「そんなことないさ、今日はゆっくりしていけ」

いつでもどこにいても賑やかに人に取りまかれていた大杉が、わびしい下宿のがらんとした部屋で、ぽつねんとしているのは如何にも彼らしくなかった。その日大杉は下戸《げこ》で一滴ものめない癖に酒好きの宮嶋のために、下宿で酒を取りよせたりして振舞った。余程淋しいのだろうと宮嶋は思い手酌でちびりちびりやりながら、大杉の相手になった。話はどうしても目下大杉の投げこまれている恋愛問題におちていく。

「不自由だろうこんな暮し」

「うん」

「自由恋愛は女房と住んでいてはやり難いのか」

「いや、別居は保子の要求なんだ。保子が一緒に暮すのがいやだとがんばるんでね」

「案外気が強いんだね」

「うん、しっかりしてるから。それに旧いからね、三人の中じゃ何といっても一番考え方が旧い」

「野枝さんとはどうなってるんだ。神近が半狂乱だよ」

「きみのところにも迷惑かけてすまないね。逢ってる時はよく話がわかってるような顔をするんだけどね」

「野枝さんは辻とほんとに別れるつもりなのか」

宮嶋は辻が野枝を離さないだろうと思った。

「野枝さんは、以前ヒューザンの木村艸太との事件もあるしね、あの時だって、結局馬鹿を見たのは木村だったからね」

まだ野枝が長男の一《まこと》を妊娠中、木村荘太が野枝の「青鞜」に書いたものを読んで見ぬ恋をし、恋文を一日に三通も四通も書き送り、野枝もその情熱に足をすくわれそうになった事件があった。結末は、辻と野枝がつれだって木村に断りにゆき、木村は男を下げたかわり、恋文を公開することで、世間にあらぬ噂をされるのを防ごうと提案した。野枝も承諾し、二人の恋文が「青鞜」に公開されて、動揺事件と呼ばれて話題になったことがあった。

「あれは木村の方に理論がなかったからだよ。女を説得するのは、木村のように情熱だけじゃだめだ。特に新しい女なんて理窟でつっこまなきゃ」

「理窟がそんなに強いかね。おれは恋愛は情熱が一番だと思うがね」

麗子《うらこ》とは熱烈な恋愛結婚した上、結婚後も相思相愛の宮嶋がいう。

「うん、強いよ。野枝さんだって、結局、何のかのとぐずぐずいってたけど、こっちが理論で押しまくると、だんだん引きずられてついてくるようになったよ」

「それはちがうな。やっぱり恋愛は情熱だよ。情熱のない者にいくら理窟をいったってこたえるものか。理窟の外の情熱が、ぱっと燃えればいいんだ。いきなりキスしたってそれでわかるんだ」

「いや、ちがうよ、理窟だよ」

「妙に理窟にこだわるな。まあいいや、それで、理論詰めのキスはすんだのか」

「う、う、うん……」

大杉は曖昧にいう。

「キスだけかねえ」

宮嶋がつっこむと、

「だって公園だったからな」

「ふうん、それじゃ、ま、本質的にはそれ以上進んだということか」

大杉はもう答えずににやにやしていた。

その翌日、宮嶋は、白山下の辻の家を訪ねていった。宮嶋は大杉とも友人だったが、辻ともつきあいが深かった。それだけに大杉と野枝の仲が想像以上に進んでいると知って、辻の気持が気の毒になってきたのだ。

勝手知った家なので、いきなり玄関の戸をがらっとあけると、玄関からすぐのとっつきの部屋で、辻と野枝と、辻の母の三人が三すくみの形でむっつりと坐りこんでいた。一目で異様な雰囲気を感じ、宮嶋ははっとした。

辻は机に背をもたせ、蒼白な顔を陰鬱にこわばらせている。母の美津が、これもいつにない硬い表情で、赤ん坊の流二を膝に抱いて坐っている。二人にはさまれた形の野枝は、ちらっと宮嶋を見たが、左の目のふちが紫色にはれ上り、顔は涙で流れたのか白粉《おしろい》気《け》もなく赤くてかてか光っていた。

辻は宮嶋の顔を見るなり、いつになく激しい口調で、

「もう駄目だよ。俺んとこも、もうすっかり駄目だ。今日でこの家も解散だ」

とどなる。宮嶋はとんだところに来合せたと思いながら、事態はここまで進んでいたのかと、その場に坐りこんだ。

「どうしたんだ、一体」

「なあに、こいつはキスしただけなんて云やがるけれど、どうだかわかるもんか、俺はもういやだ」

辻はきっぱりと、吐きだすようにいいきる。美津まで、

「ええ、もう本当に、こんなことといつまでも繰りかえしていてもしようがござんせんからね。この子は他にあずけて、とにかくこの家はたたんじまおうっていってるんです」

と鋭い口調でいい、憎らしそうに野枝を見る。美津が野枝を最初からずいぶん可愛がって、家事はひき受け、外に出たがる嫁を出してやっていたのを知っているだけ、宮嶋も言葉がない。

「それで、あんたはどうするんですか」

宮嶋は仕方なく、黙っている野枝にきいた。

「わたしは当分、気持のきまるまでひとりで暮しますわ……わたしだって辻が好きな

んですけど仕方がありません」

といって顔をおおって泣きだした。

辻は寛永寺へひとり入ってしばらく世間からかくれて暮す予定だという。

「当分、誰にも逢いたくないからな」

もっともなことだと、宮嶋はうなずくより仕方がなかった。

その翌日、宮嶋は辻のことが気がかりで、もし野枝が家を出て、まだ子供が残されているなら、動物園でも遊びにつれていってやろうと思った。自分の子を乳母車に乗せ辻の家にいってみた。辻の家はもう声をかけても誰もいず、台所の破れ障子からのぞいてみると、部屋の中は昨日のまま片づけてもなく、畳の上にネーブルの皮が食べ散らされたまま残っていた。やはり辻の一家は崩壊し、離散したのかと思うとわびしかった。

家に帰って、もう誰もいなかったと麗子につげると、麗子は心配そうに、

「野枝さんが大杉さんとそんなことになると、神近さんはどうするでしょう」

といった。

宮嶋資夫は、この歴史的な辻家崩壊の場面に出くわしたことを、自叙伝「遍歴」の中にも、遺稿「日本自由恋愛史の一頁」の中にも書き留めている。

その後神近は以前にもましてしげしげ宮嶋の家を訪れ、大杉と野枝との三角関係の悩みを訴えるようになった。まだ大杉に熱中している最中の神近は野枝の出現に動揺しな

がら、大杉に旧い女と思われたくなく、無理をして、大杉の自由恋愛の理論に従おうとしていた。

辻は寛永寺にひとり移り、時折宮嶋の所へ遊びに来た。酔うと淋しそうな顔付で、〈親のない子と浜辺の千鳥　日さえ暮れればちよちよと〉と歌っていた。

辻潤は野枝との別離について一切触れていないので、後は野枝の側からだけの手記が残っているが、野枝が辻と別れた後に書いたこの間の事情は、どうしても自己弁護的になり、別れなければならなかったのは、自分と辻との結婚が、そもそも自分に何の分別もないほどの若さのはずみからで、妻になるにも母になるにも早すぎた悔が残るというようなことを強調している。一方、足かけ五年の結婚生活に、辻が自分を育ててくれたことを感謝している。

——私のいい加減な選択でも、私はいい男にぶっつかったのです。私は勉強をする事も覚え、読んだり考えたり書いたりする事も覚えました。物を観ることも覚えました。私は今日自分で多少なり物が書けたり、物を観たり、考えたりする事が出来るのは男のおかげだと思っています。T——その男を私はそう呼びます——は立派な頭の持主です。もう久しい間知っているほどの人から大分いろいろな批難があります。しかし、私は彼がどんなろくでなしな真似をして歩いているとしても、ちょっとそこにころがっている利口ぶった男共よりどれほど立派な考えを持っているかもしれないと信じています。

彼と結婚するまではまるで無知な子供であった私は足掛け五年の間に彼に導かれ、教育されて、どうにか育ってきたのです。どうにか人間らしく物を考える事が出来るようになってきたのです。もちろん、彼にばかり教育されてきたのではなく、周囲の影響も充分大きな教育をしてくれたのも見のがす事が出来ません。

しかし、私にそのよき周囲を持たせたのもやはり彼なのです。彼は私をつとめて外に出して私が自分の成長の糧を得る機会を多くしてくれたのです――

「成長が生んだ私の恋愛破綻」という題で「婦人公論」に発表した野枝の手記の一部である。この手記は大正十年十月号に載っているから、十年の夏に書かれたとみていいだろう。辻と別れて大杉に走ってから五年の歳月がその間に横たわっている。冷静に過去を振りかえる余裕も出来ているし、野枝はあらゆる世間の非難を受ける覚悟で大杉に走った結果として、予期以上の大杉との愛の生活を摑みとっていた。二人のライバルを蹴落した恋の勝利者でもあった。自分の幸福の上に立った野枝のゆとりが、こんな素直な謙遜な感謝の言葉を吐かせると同時に、辻に対しては、根深い憂鬱を持った男、極端なエゴイスト、消極的で無気力、無責任、何の頼りにもならない男等々の批判も、同じ手記の中で臆面もなく発表出来るのであった。

結局野枝はこの手記の中で、子供を捨てても、自分を生かしきるために辻と別れたのは正しかったのだと自己肯定をしている。辻のエゴイズムに論じ及んでも、自分の中のエゴイズムについて一切触れていない。

　また大正五年、辻と別れて五カ月後に書いた「『別居』について」の中では、最後に自分が辻とも別れ、大杉の求愛もしりぞけ一人で生きようと決心して大杉にそれを宣言するため出かけ、大杉にいいまかされて、かえって大杉との恋に賭ける決意をしたことを述べ、そうなると、無理に押えていた恋の情熱がようやく頭をもたげ、非常に自由な気持になったと書いている。

　――今まで大変な苦しみの中におさえていた情熱が、ようやく頭をもたげてまいりました。私の苦悶はそれで終わりました。私はその夜かえるとすぐに私の決心を辻に話しました。そうして辻の同意を得て、その翌日家を出てしまいました。――

とあっさり片づけている。決して、ここに書かれたように辻がすんなり野枝を見送ったのではないことが、宮嶋の手記で証明されている。

　コキュにされた男が悩まないわけはあるまい。宮嶋の目に映った辻潤の姿こそ、人間辻潤の本当の姿だっただろう。

　寛永寺に隠れ棲んだ辻潤の姿は、その後親しい友人の間にも全くあらわれなくなった。辻潤が愛用の尺八一管を携えて放浪の旅に出たなどという噂が流れたのもその頃だった。この間辻潤は新聞雑誌のたぐいは一切目にせず、ただひたすら自己の内部に目を凝らし沈潜していた。

その頃、土岐哀果(善麿《ぜんまろ》)が「生活と芸術」の終刊号に原稿を依頼してきたその返事が「のんしやらんす」という題で「浮浪漫語」に収められている。一九一六年(大正五年)の五月二十一日の日付だから、野枝が出ていって一カ月余の時に当る。その中で、

——略——それがです、例の一件コノカタと云うもの、一通りや、二通りや三通りのショゲ方ではなく——日に二度食べる御飯ですら、辛うじてノドへ通るか、通らないかと云う有様で、型の如くエンセイヒカン、——その意気地のなさ加減と来たら、実に以って御話のホカです。其処へ以って来て、近頃、御友達から拝借して読んだアルチバセフの「極端極所」(武林無想庵氏の訳語)と云う小説の中に出て来るナウモフと云う哲人先生にサンザッパラ油をかけられたので、愈々グーの音も出なくなっている次第です。

——略——

といっている。野枝に去られた痛手を、これほど率直にさらけ出したのはこの時だけで、あとは一切口をつぐんでしまった。もちろん、大杉たちの多角恋愛がこの後ジャーナリズムで問題にされ、各人各様に需められるままに意見を書いた頃、辻の所へも当然、原稿依頼は殺到した。辻は一切それらを黙殺してやり過した。東京人の辻には、大杉や女たちの臆面のなさが、醜悪で野暮に見えてたまらなかったのだろう。どっちみち、女房を寝取られたコキュの立場で何を書いても嘲《わら》いものにされるだけであった。

寛永寺を出てからの辻は下谷区北稲荷町六番地に居を定め、「英語、尺八、ヴァイオ

リン教授」の看板をかかげていた。英語はもちろん、辻の得意とするところだし、尺八は、子供の時から好きで天才的な才能があり、名人の荒木竹翁《ちくおう》に弟子入りして鍛えられ、才能を認められていた腕前だから、指南の資格は充分である。ヴァイオリンだけは彼自身の指導でなく、当時、日本でも有数の提琴家の佐藤謙三が指南に来ていたのだった。ただし、ヴァイオリンも尺八も弟子は一人もなく、英語だけ幾人か習いに来た。もちろん、生活のたしになる月謝ではなかった。その頃のことを宮嶋がからかって、「エイ・シャク・バイ」と辻潤を呼んでいた。

　野枝は辻とうまくいかなくなった理由に、野枝との恋愛事件で、辻が上野女学校の英語教師という職を失い、ほとんど無為徒食して、一家が貧乏のどん底に落ちたため、家族がそれぞれに不満を持ち、居たたまれなくなったというようにいっているし、その頃の辻は、およそ積極性も世に出たいという野心も情熱もなく、何をしたいのかといっても、わからないと答える頼りなさだったといっているが、辻潤はこつこつロンブロオゾオの「天才論」を訳していたのであり、食うために陸軍参謀本部などの翻訳や、岩野泡鳴のアーサー・シモンズやプルタークの「英雄伝」の訳の下請けなどもしていたのだった。

　翻訳料が廉《やす》いため、家族の多い一家を養うには勿論苦しかったが、辻が全く働かなかったわけではない。むしろ、そんな苦しい中から、野枝を「青鞜」に通わせ、少しでものだ。

野枝の才能をのばしてやろうとしたのだから、夫としては非難を受けることはなかったのだ。

野枝が木村艸太との恋文事件で動揺した時も、辻は、

「野枝が行きたければ別れてやる。好きなようにしたらいい」

という態度をとった。腹に七カ月の子を妊《みごも》って、他の男の誘惑に動揺する妻に対して、そこまで寛大になれるのは、辻の江戸っ子らしい見栄坊とだけではすまされないだろう。すでに辻はこの頃からマックス・スチルネルを読みはじめていて、彼流にスチルネルの思想を咀嚼《そしやく》し、自分の生き方のポーズにしようとしていたのだ。辻のいうスチルネルの思想とは、

——各人が自分の自我をハッキリ意識することであり、そう自覚した自我を持ったなら、互いに相互の「わがまま」を認めあう「結合」が出来ると考える。誰もそれを統治したりする必要はないのだ。何人も何人を支配したり、命令したりしない状態が生れる。自分の自然の性情や傾向のままに自由に生きればいいのである。自分の生きてゆく標準を他に求めない。人は各自自分の物尺で生きればいい——

というものであった。その思想でいえば、野枝が辻との生活に飽き心変りして、他に走ろうとも、それは野枝のしたいことなら、夫といえども止めだては出来ない。自由にさせるべきだ、ということになる。

頭で割り切ったこの思想が、実人生ではすんなりいかなかったことは、辻の土岐哀果への手紙にも示されている。しかし辻は自分の感情を殺しても思想に殉じようとした。

野枝は辻潤と足かけ五年も暮しながら、辻の、動きの少い生き方の中に沈潜しながら、次第に固まろうとしていた思想や、それに殉じようとする男らしい決断は、見抜くことが出来なかったのである。

「青鞜」の新しい女の最年少者として、次第に野枝の名が世間的に虚名を得て来たことが、若い野枝の虚栄心をくすぐらないではおかなかっただろう。自分が「有名になった」と思う野枝にとっては、自分の夫である辻が、自分以上に認められないことは口惜しく恥しかった。その感情も虚栄の一種だということには気づいていなかった。辻を生活力のないぐずだと心でののしりながら、世間が辻をぐずだと評することには躍起になって憤慨した。

辻潤の著作の中では全く僅少な野枝についての記述の中で、辻は野枝の異常なほどの嫉妬深さを挙げている。

染井の新婚の頃、幼な馴染《なじみ》の幻燈屋《げんとうや》のふみちゃんが、朝鮮から帰って訪ねて来た。野枝は自分の留守に来たふみちゃんをつれて辻が散歩したというので、逆上してヒステリーを起し泣きわめいた。ふみちゃんはびっくりして逃げるように帰っていった。辻は名残が惜しまれて、見送ろうとすると野枝が承知せず自分もついてきた。仕方なく二人で駒込から上野まで送っていった。

二、三日してふみちゃんがいよいよ朝鮮へ帰るという日も、野枝は見送りたいという辻にくっついて新橋駅までいった。

こんな嫉妬深い野枝だから、従妹と辻が自分の目を盗んで浮気をしたという事実を知った時には、逆上して絶望感におちいった。

その前に木村との動揺事件があったが、野枝はそのことは棚に上げておいて、ひたすら辻の背信をなじった。

同棲数年の間に外泊したのは一度だと辻は述懐している。従妹との過失を除いては辻は全く野枝に忠実だったのだ。辻にしたら、木村の事件がなければ、野枝の従妹に手を出すような気にはならなかったかもしれないし、野枝は辻の過失がなければ、大杉などに心惹かれなかったといいたかったのかもしれない。要は、同棲数年にして当然起る倦怠期に、それらの事件は起るべくして起ったのだった。弛緩《しかん》しきっていたと、辻が自嘲するその頃の夫婦間の情熱の衰えが原因なのだろう。

「ふもれすく」は野枝の死後書かれたものだが、唯一の野枝の思い出が主題になった随筆である。辻はここで野枝に惹かれたのは、

「若し僕が野枝さんに惚れたとしたら彼女の文学的才能と彼女の野性的な美しさに牽《ひ》きつけられたからであった」

といい、当時の野枝は、成績も中位で、女の先生や生徒にも評判が悪く人気はなかった。顔も美人とはいえず、色が浅黒く、服装はいつも薄汚く衿垢《えりあか》で汚れ、およそ恋愛の対象ではなかったといっている。むしろ当時の辻には吉原の酒屋の娘の御簾納《みその》キンという下町娘が恋の対象だった。色が白く、江戸前の粋な少女で、緋鹿《ひが》の子《こ》の手絡《てがら》をかけて結綿《ゆいわた》に結い、黒衿をかけた着物をきりっと着つけたキンは、女学校を出た後も、職員室へ遊びによく来たりした。辻はキンに恋文を書いたりもらったりすることがその頃最上の喜びだった。それでもキンとの間はプラトニックに終った。

私は四年前、今も健在なキン女にお逢いしたことがある。辻の教え子たちに集ってもらった時で、キン女は今でもきりりと小股の切れ上った美しい江戸前の老女であった。他の老女たちが口々に若き日の辻潤のことを語っている時もあまり口をはさまず、ひっそりと笑っていた。

西洋乞食というニックネームだったという辻潤を、老女たちは、生徒に人気のあったすてきな先生だと懐しがっていた。

――僕は野枝さんから惚れられていたと云った方が適切だったかもしれない――

と辻潤は書く。政略的な結婚から逃げだして一気に懐にとびこんで来た野性の少女の情熱を、辻は受けとめずにおけなかった。辻の母や妹たちも、なぜか野枝を一目で好きになり、野枝の味方になった。信じられないような自然さで、野枝は辻の妻の座にすべりこんでしまったのだ。

——染井の森で僕は野枝さんと生れて始めての熱烈な恋愛生活をやったのだ。遺憾なきまでに徹底させた。昼夜の別なく情炎の中に浸った。始めて自分は生きた。あの時、僕が情死していたら、如何に幸福であり得たことか！　それを考えると、僕はただ野枝さんに感謝するのみだ。そんなことを永久に続けようなどと云う考えがそもそものまちがいなのだ——

その頃の野枝は美津の趣味で黒衿のついた着物を着せられ、大丸髷《おおまるまげ》に赤い手絡をかけ、辻は角帯を締め、尺八と三味線の合奏をして、長唄《ながうた》を歌うというような時間もあった。熊襲《くまそ》の血を受けた田舎娘も江戸の水に洗われ次第に下町の女らしく垢抜けがしてきた。

——その頃、みんな人は成長したがっていた。「あの人はかなり成長した」とか、「私は成長するために沈潜する」とか妙な言葉が流行していた。

野枝さんはメキメキ成長して来た。

僕とわかれるべき雰囲気が充分形ち造られていたのだ。そこへ大杉君が現われて来た。一代の風雲児が現われて来た。とても耐《たま》ったものではない——

辻潤はあっさり大杉に冑《かぶと》を脱いだように書いているが、決して本心はそんな平板なものではない。佐藤春夫が看破したように、大杉の「死灰の中から」を読んだ後では、それまでの大杉への感情が変化したと書いている。大杉の思い上り、優越者気どりを憎み、大杉の無神経さを憤った。

――大杉君は僕を頭から踏みつけている。充分な優越的自覚のもとに書いていることは一目瞭然である。それにも拘《かかわ》らず、僕は兎《と》角《かく》、引合に出される時は、大杉君を陰でホメているように書かれる。だが、それは随分とイヤ味な話である。僕は、別段、改って大杉君をホメたことはない、ただ悪く云わなかった位な程度である。僕のようなダダイストにでも相応のヴァニチイはある。それは唯だ、しかし世間に対するそれではなく、僕自身に対してのみのそれである。自分はいつでも自分を凝視《みつ》めて自分を愛している、自分に恥かしいようなことは出来ないだけの虚栄心を自分に対して持っている。唯それのみ。若し僕にモラルがあるならば又ただそれのみ。世間を審判にして争う程、まだ僕は自分自身を軽蔑したことは一度もないのである――

一代の風雲児の方が尻尾を巻きそうな凜然《りんぜん》とした辻潤の男らしさは、しかし、大杉、野枝がこの世を去ってから示されたもので、二人は幸か不幸か、辻潤の真意をこれほどまで明快に聞かされたことはなかった。

野枝は家を出た後も始終大杉とつれだって辻の家を訪れ、一《まこと》に着る物を届けたり、大杉が一《まこと》を遊びにつれだしたりした。その時はあらかじめ連絡があるのか、あるいは辻が流浪の旅に出ているところを見はからうのか、辻はそんな二人には一度も逢っていない。

一《まこと》氏の遺児野生《のぶ》さんが御健在なのでお逢いした。御両親がなくなられ、アメリカに留学して帰られたばかりのところだったが、一見、野枝を思わせる目と眉のあたりのくっきりした丸顔の美しいお嬢さんだった。

「父が話していましたけど、父は野枝さんのことはずっと嫌いのようでした。最後まで野枝さんとか、あの人とかいう呼び方でした。家を出た後よく大杉さんと来るんだけれど、来ると、手を洗えとか、着物が汚れているとかすごく口うるさいので大嫌いだったといっていました。今生きていたら、それこそうるさい婆さんになってるよというんです。大杉さんの方は好きみたいでした。よく父が話してくれた話に、大杉さんにつれられて遊びに出ると、尾行をまくため、走ってる電車に飛び乗ったりするんです。それがとても冒険をしてるようで面白くてたまらなかったといっていました。大杉さんの話はなつかしそうによくしました。ほんとに野枝さんは嫌いだったようです」

といわれた。

野枝が左の目を紫色にはらしていたと、宮嶋に書かれているのは、辻が野枝を一度だけ、家を出る前に足蹴《あしげ》にしたと書いている時の傷であろう。別れるまでふたりはほとんどケンカ口論のようなことはしなかったと述懐している。

野枝が辻と別れる理由のひとつに重大そうにとりあげて、更に辻を怒らせた大杉の小説の舞台になった谷中村の事件については、辻も、その話を渡辺政太郎が家に来て話すのを聞き、感動したが、そのことで野枝が異常なほどショックを受け興奮するのを、嗤《わら》ったことを認めている。渡辺政太郎が興奮するのはわかるが、子供の世話ひとつ出来ないで、その事件で何の智識もない野枝が、一人前の革命家きどりで興奮するのが辻には馬鹿々々しく映ったのだ。

辻はその時、自分の問題で社会問題どころではなかったと告白している。すでにその頃、スチルネルに触発された「自我経」的哲学が、自分の生き方のポーズとして定着しかけていた時なので、辻はそうした社会問題を、人類や自分の問題として考え世の中の改革や革命にひきつけて考えることの出来る人間はエライと、うそぶいている。

これはあきらかに大杉に対する皮肉のつもりであろうが、迫力は弱い。

「諧調は偽りなり」は『文藝春秋』一九八一年一月号〜一九八三年八月号で連載され、一九八四年に文藝春秋から単行本として刊行された。本書は一九八七年刊行の文春文庫版を底本とし、上下巻とした。また、「美は乱調にあり」との連作であることを示すため、「伊藤野枝と大杉栄」の副題を付した。なお、本文中に今日からすると社会的差別にかかわる表現があるが、描かれた時代および執筆当時の歴史性を考慮して、そのままとした。

諧調は偽りなり（上）— 伊藤野枝と大杉栄

2017年2月16日　第1刷発行
2022年1月14日　第3刷発行

著　者　瀬戸内《せとうち》 寂聴《じゃくちょう》

発行者　坂本政謙

発行所　株式会社　岩波書店
〒101-8002 東京都千代田区一ツ橋 2-5-5

案内 03-5210-4000　営業部 03-5210-4111
https://www.iwanami.co.jp/

印刷・精興社　製本・中永製本

ISBN 978-4-00-602285-3　　Printed in Japan

岩波現代文庫創刊二〇年に際して

二一世紀が始まってからすでに二〇年が経とうとしています。この間のグローバル化の急激な進行は世界のあり方を大きく変えました。世界規模で経済や情報の結びつきが強まるとともに、国境を越えた人の移動は日常の光景となり、今やどこに住んでいても、私たちの暮らしは世界中の様々な出来事と無関係ではいられません。しかし、グローバル化の中で否応なくもたらされる「他者」との出会いや交流は、新たな文化や価値観だけではなく、摩擦や衝突、そしてしばしば憎悪までをも生み出しています。グローバル化にともなう副作用は、その恩恵を遥かにこえていると言わざるを得ません。

今私たちに求められているのは、国内、国外にかかわらず、異なる歴史や経験、文化を持つ「他者」と向き合い、よりよい関係を結び直してゆくための想像力、構想力ではないでしょうか。

新世紀の到来を目前にした二〇〇〇年一月に創刊された岩波現代文庫は、この二〇年を通して、哲学や歴史、経済、自然科学から、小説やエッセイ、ルポルタージュにいたるまで幅広いジャンルの書目を刊行してきました。一〇〇〇点を超える書目には、人類が直面してきた様々な課題と、試行錯誤の営みが刻まれています。読書を通した過去の「他者」との出会いから得られる知識や経験は、私たちがよりよい社会を作り上げてゆくために大きな示唆を与えてくれるはずです。

一冊の本が世界を変える大きな力を持つことを信じ、岩波現代文庫はこれからもさらなるラインナップの充実をめざしてゆきます。

（二〇二〇年一月）

B278
ラーニャ
伊藤比呂美

あたしは離婚して子連れで日本の家を出た。心は二つ、身は一つ…。活躍し続ける詩人の傑作小説集。単行本未収録の幻の中編も収録。

B279
漱石を読みなおす
小森陽一

戦争の続く時代にあって、人間の「個性」にこだわった漱石。その生涯と諸作品を現代の視点からたどりなおし、新たな読み方を切り開く。

B280
石原吉郎セレクション
柴崎聰編

石原吉郎は、シベリアでの極限下の体験を硬質にして静謐な言葉で語り続けた。テーマ別に随想を精選、詩人の核心に迫る散文集。

B281
われらが背きし者
ジョン・ル・カレ
上岡伸雄
上杉隼人訳

恋人たちの一度きりの豪奢なバカンスがマフィアの取引の場に！　政治と金、愛と信頼を賭けた壮大なフェア・プレイを、サスペンス小説の巨匠ル・カレが描く。〈解説〉池上冬樹

B282
児童文学論
リリアン・H・スミス
石井桃子
瀬田貞二
渡辺茂男訳

子どものためによい本を選び出す基準とは何か。児童文学研究のバイブルといわれる名著が、いま文庫版で甦る。〈解説〉斎藤惇夫

岩波現代文庫［文芸］

B283
漱石全集物語
矢口進也

なぜこのように多種多様な全集が刊行されたのか。漱石独特の言葉遣いの校訂、出版権をめぐる争いなど、一〇〇年の出版史を語る。〈解説〉柴野京子

B284
美は乱調にあり
―伊藤野枝と大杉栄―
瀬戸内寂聴

伊藤野枝を世に知らしめた伝記小説の傑作が、文庫版で蘇る。辻潤、平塚らいてう、そして大杉栄との出会い。恋に燃え、闘った、新しい女の人生。

B285-286
諧調は偽りなり（上・下）
―伊藤野枝と大杉栄―
瀬戸内寂聴

アナーキスト大杉栄と伊藤野枝。二人の生と闘いの軌跡を、彼らをめぐる人々のその後とともに描く、大型評伝小説。下巻に栗原康氏との解説対談を収録。

B287-289
口訳万葉集（上・中・下）
折口信夫

生誕一三〇年を迎える文豪による『万葉集』の口述での現代語訳。全編に若さと才気が溢れている。〈解説〉持田叙子（上）、安藤礼二（中）、夏石番矢（下）

B290
花のようなひと
佐藤正午
牛尾篤画

日々の暮らしの中で揺れ動く一瞬の心象風景を〝恋愛小説の名手〟が鮮やかに描き出す。秀作「幼なじみ」を併録。〈解説〉桂川潤

2022.1